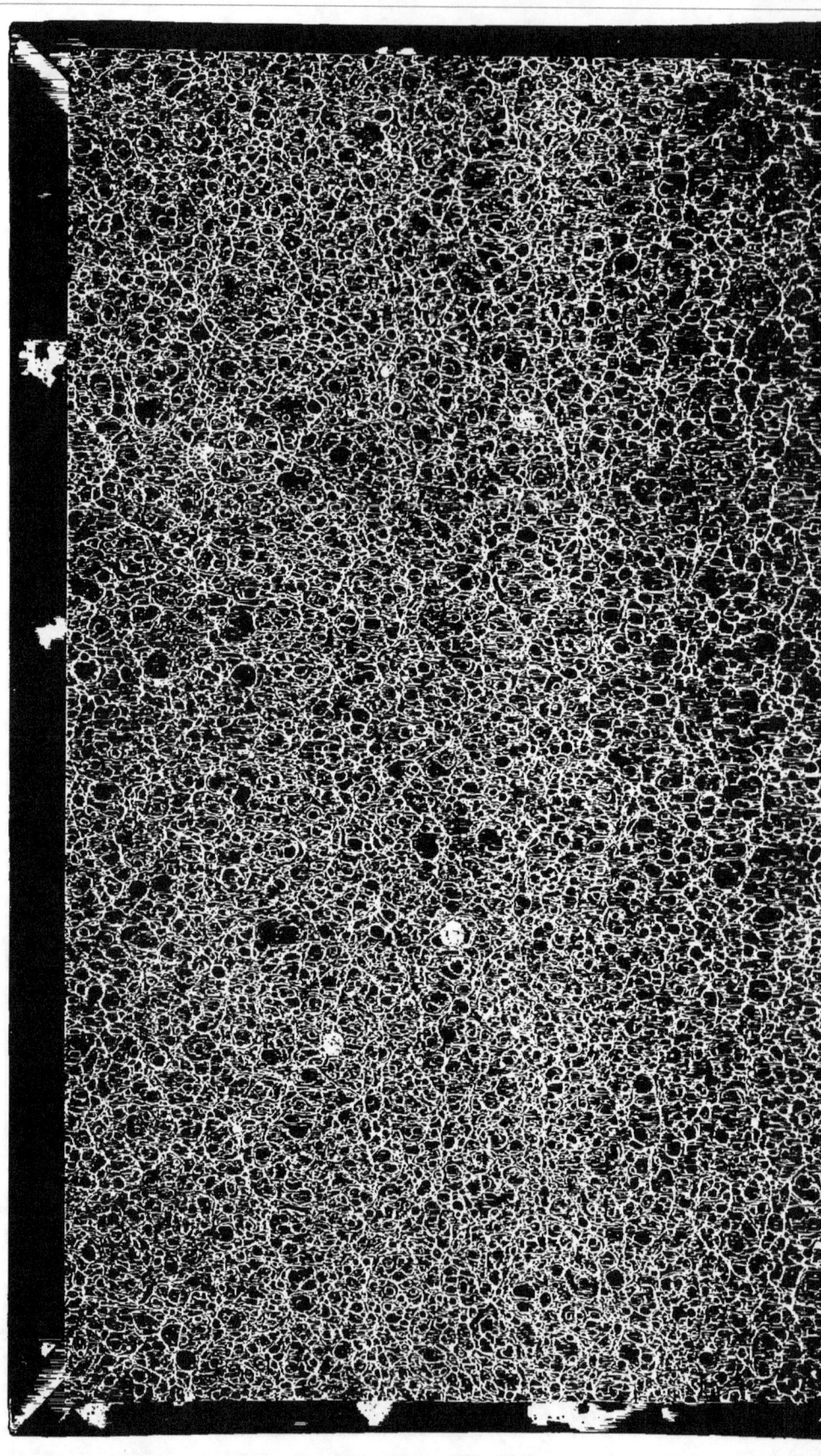

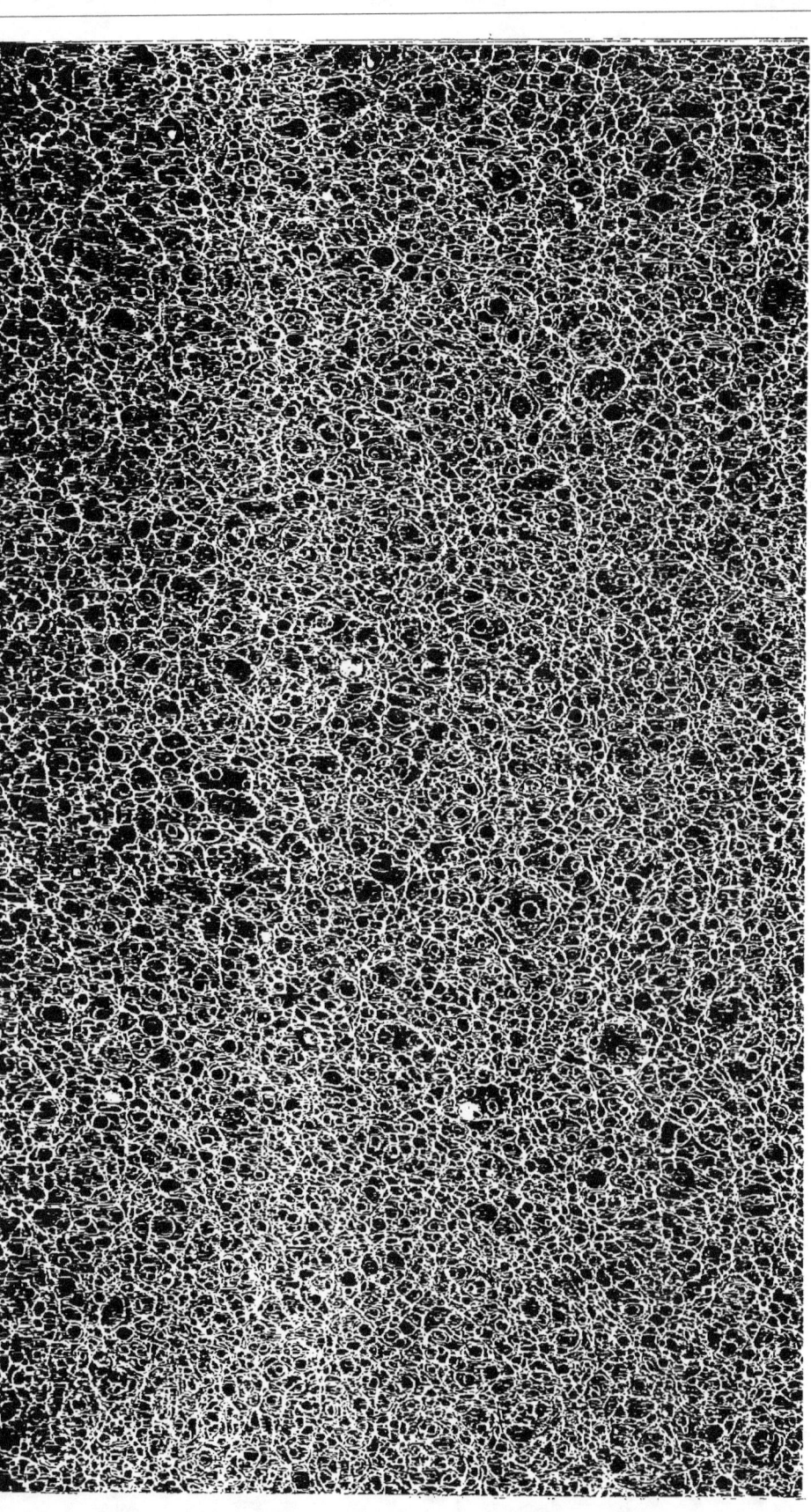

ŒUVRES

POSTHUMES

D'ATHANASE AUGER.

DE LA

CONSTITUTION

DES ROMAINS,

SOUS LES ROIS

ET AUX TEMS

DE LA RÉPUBLIQUE;

PAR ATHANASE AUGER.

TOME CINQUIÈME.

A PARIS,

Chez les Directeurs de l'Imprimerie du CERCLE SOCIAL, rue du Théatre François, n°. 4.

(1 7 9 3.)

L'AN II DE LA RÉPUBLIQUE.

DE LA CONSTITUTION

DES ROMAINS,

SOUS LES ROIS

Et aux tems de la République:

PLAIDOYER DE CICÉRON

POUR MARCUS FONTÉIUS.

Sommaire.

MARCUS Fontéius avoit été lieutenant en Macédoine et dans l'Espagne ultérieure ; en dernier lieu, il avoit gouverné la Gaule en qualité de préteur, pendant trois ans. A son retour, il fut accusé de concussion par Marcus Plœtorius, sur les plaintes des Gaulois, et surtout dl'Indutiomare, un de leurs chefs.

Il manque beaucoup de choses dans ce discours. Parmi un grand nombre de griefs ou chefs d'accusation qu'il renfermoit sans doute, il n'en restoit que trois qui ne sont pas même dans leur entier. On reprochoit à Fontéius d'avoir fait

contracter à la Gaule de grandes dettes, d'avoir
tiré de l'argent de la réparation des chemins,
d'avoir établi un impôt sur le vin : Cicéron entreprend de détruire ces trois reproches. Il s'applique sur-tout à infirmer le témoignage des
Gaulois, en faisant suspecter leur bonne-foi,
et en les rendant odieux. Il exalte la pureté
des mœurs de l'accusé et ses vertus guerrières.
La péroraison est regardée comme une des plus
belles de l'orateur qui excelloit dans cette partie.
Aux dépositions des Gaulois qui chargeoient
Fontéius, il oppose les témoignages de beaucoup
d'autres qui lui étoient favorables, il oppose
les supplications de sa mère, les supplications
de la vestale Fontéia, sa sœur : il faut voir
dans le discours même le parti qu'il tire de ces
circonstances.

La cause a été plaidée sous le consulat de
Quintus Hortensius et de Quintus Métellus,
l'an de Rome 684, de Cicéron 39. Elle avoit
déja été plaidée dans une première audience, elle
l'étoit alors dans une seconde.

PLAIDOYER POUR MARCUS FONTÉIUS.

*Il manque beaucoup de choses au commencement de
ce discours.*

Si la Gaule s'est vue accablée de dettes sous
la preture de Fontéius, nous dira-t-on à qui
elle a (1) emprunté ces sommes immenses ?
Est-ce aux Gaulois ? Non, certes. A qui donc ?
aux citoyens romains qui font des affaires
dans la Gaule. Pourquoi n'entendons-nous
pas leurs dépositions ? pourquoi ne produit-
on aucun de leurs registres ? Je persécute l'accusateur, oui je le persécute ; je le presse de
faire entendre des témoins, et je suis plus occupé à les demander, ces témoins, qu'on ne
l'est pour l'ordinaire à les refuter. Je le dis har-
diment, et je ne l'assure pas au hasard : la
Gaule est remplie de commerçans et de citoyens

(1) *Versuram facere*, emprunter de l'argent pour
remettre à un autre. Ainsi, autant que nous pouvons le conjecturer par ce qui nous reste de ce discours, on reprochoit à Fontéius d'avoir obligé la
Gaule d'emprunter pour lui être remises de fortes
sommes, et par-là de lui avoir fait contracter de
grandes dettes.

romains. Aucun des Gaulois ne fait d'affaire sans eux ; il ne se manie pas dans la Gaule une seule pièce d'argent qui ne soit portée sur les livres des citoyens romains.

Voyez jusqu'où va ma condescendance, combien je me relâche de mes précautions accoutumées et d'une exactitude rigoureuse. Qu'on montre un seul registre qui offre la moindre trace, le moindre indice d'argent donné à Fontéius ; que, dans tout ce grand nombre de colons, de cultivateurs, de négocians, de fermiers publics, de trafiquans en bestiaux, on produise un seul témoin ; et je conviendrai de la justice de cette accusation. Quelle cause, grands dieux ! avec quel avantage nous nous défendons! La province de Gaule qu'a gouvernée Fontéius est composée de villes et de peuples, dont les uns, sans parler du passé, ont fait de notre tems (1) au peuple romain des guerres longues et sanglantes ; les autres ont été ou

(1) Marcus Fulvius Flaccus, Caïus Sextus Calvinus, Cnæus Domitius Ænobarbus, Quintus Fabius Maximus, Caïus Marius, Quintus Catulus, avoient triomphé des Gaulois du tems des vieillards qui vivoient encore. Domitius et Fabius firent graver sur des monumens les révoltes des Gaulois.

soumis par nos généraux, ou domptés par nos
armes, ou flétris par nos triomphes, et par
des monumens de leur révolte, ou punis du
sénat par la perte de leurs terres et de leurs
villes ; d'autres ont combattu contre Fontéius
lui-même, et c'est au prix de ses sueurs et de
ses travaux qu'il les a remis sous l'empire et
la domination de Rome. Dans la même province, nous avons la ville de (1) Narbonne :
cette colonie formée de nos citoyens, nous
sert comme de citadelle et de forteresse pour
observer ces nations et les contenir dans le
devoir. Nous y avons encore la ville de Marseille dont j'ai déja parlé, peuplée d'alliés courageux et fidèles, qui, par les troupes et les
armes fournis au peuple romain, l'ont dédom-
magé des irruptions subites des Gaulois. Nous
y avons enfin une multitude de citoyens
romains, personnages d'une haute considération (2).

(1) *Narbo* ville de Narbonne. Elle avoit pris le
surnom de *Marcius*, parce que c'étoit le consul
Quintus Marcius Rex qui y avoit conduit la colonie.

(2) J'ai traduit comme si on lisoit d'après la conjecture d'un habile critique, *numerus civium roma-*
norum maximus, hominum honestissimorum.

C'est cette province, composée d'une grande diversité de peuples, qu'a gouvernée Fontéius. Ceux qui étoient encore ennemis, il les a subjugués; ceux qui l'avoient (1) été le plus récemment, il les a contraints d'abandonner les terres qu'avoit confisquées le sénat; quant aux autres, ils n'avoient été souvent vaincus dans des guerres considérables, que pour être soumis sans retour à notre empire; il en a exigé des troupes nombreuses de cavalerie pour les guerres que nous faisions alors dans toutes les parties du monde (2), de fortes sommes d'argent pour la solde de ces troupes, une grande quantité de blés pour l'entretien de l'armée d'Espagne. Celui qui a fait tout ce que nous venons de dire, est appelé en justice; vous qui n'avez pas vu les choses, vous le jugez de concert.

---

(1) Les uns lisent *qui proximi*, les autres *qui proximos*; dans l'une et l'autre leçon il faut sous-entendre *hostes*. L'orateur parle, sans doute, ici des Gaulois vaincus par Fabius et par Marius.

(2) Rome alors faisoit la guerre, en Espagne, contre Sertorius; en Cilicie, contre les Isauriens et les pirates; en Thrace, contre les Dardaniens; en Asie, contre Mithridate; en Italie, contre Spartacus.

avec le peuple (1) romain , il trouve des témoins qui le chargent, dans ceux qui n'ont
souffert qu'avec une peine extrême les contributions qu'il a exigées, dans ceux qu'il a
contraints par une ordonnance d'abandonner
leurs terres ; dans ceux qui, enfuis du combat
et sauvés du carnage, osent aujourd'hui, pour
la première fois, paroître devant Fontéius désarmé. Et les citoyens de Narbonne, que de-
mandent-ils ? que pensent-ils ? ils demandent
que vous sauviez Fontéius à leur prière ; ils
pensent qu'ils ont été sauvés par son courage.
Et la ville de Marseille ? Quand elle le possédoit, elle l'a comblé des plus grands honneurs qu'elle a pu imaginer ; maintenant privée de sa présence, elle vous supplie, elle
vous conjure d'avoir quelque égard à sa recom-
mandation, au scrupule qui a dicté son témoignage et au poids qu'il doit avoir. Et quels
sont les sentimens des citoyens romains ? il
n'en est aucun, dans un si grand nombre, qui
ne croie que Fontéius a rendu les plus signalés

(1) *Avec le peuple romain*, non-établi juge de
l'affaire (car ce n'étoit pas à son tribunal qu'elle
étoit portée), mais en entourant les sièges des juges,
et s'intéressant à la cause.

services à la province, à cet empire, aux alliés et aux citoyens.

Vous voyez, Romains, ceux qui attaquent Fontéius, vous connoissez ceux qui le défendent ; déterminez à présent ce que demandent de vous votre équité et la majesté de cet empire : examinez, si vous aimez mieux croire et ménager vos colonies, vos citoyens négocians, vos anciens alliés et amis, ou des peuples qui ne méritent aucune créance, parce qu'ils sont passionnés, ni aucune déférence, parce qu'ils sont perfides. Mais si je nomme encore une foule d'hommes de la plus grande distinction, qui peuvent rendre témoignage à la vertu et à l'intégrité de Fontéius, les Gaulois ligués contre lui prévaudront-ils toujours sur l'autorité des plus respectables personnages ? Vous le savez, Romains ; lorsque Fontéius gouvernoit la Gaule, nous avions dans les deux Espagnes de grandes armées et d'illustres généraux (1). Que de chevaliers romains dans les armées ; que de tribuns de soldats ! et quels hommes ! que de lieutenans envoyés aux généraux, et en combien d'occasions !

(1) Pompée, Métellus, Peyerna;

Outre cela, cet homme (aussi distingué par ses exploits que par ses qualités rares, Pompée a fait hiverner ses troupes dans la Gaule, lorsque Fontéius la gouvernoit. Trouvez-vous que la fortune nous donne assez de témoins dignes de foi, témoins instruits des détails de l'administration de Fontéius ? qui voulez-vous qu'on produise pour témoin, parmi un si grand nombre de personnes ? qui demandez-vous pour confirmer les faits ? Nous prendrons celui qu'il vous plaira pour déposer en faveur de Fontéius, pour rendre hommage à son innocence.

Douterez-vous encore plus long-tems, Romains, de la vérité de ce que je vous ai dit dès le commencement ; qu'on n'a pas d'autre dessein dans cette cause, que de perdre Fontéius par les dépositions de ceux qui n'ont payé qu'avec une extrême répugnance les contributions qu'il a exigées pour la république ; on veut qu'à l'avenir les autres aient moins d'ardeur pour exiger des contributions en voyant qu'on attaque et qu'on voudroit perdre ceux dont la ruine entraîneroit celle de cet (1) empire ?

(1) *Dont la ruine ....*, parce que, sans doute, l'empire ne sauroit subsister, si on supprime les

On a encore reproché à Fontéius d'avoir tiré de l'argent de la réparation des chemins, soit pour dispenser de faire des ouvrages, soit pour approuver ceux qui étoient faits. Mais si tous sans distinction ont été forcés de travailler, et si les ouvrages d'un grand nombre n'ont pas été approuvés, il est faux assurément qu'on ait donné de l'argent, soit pour obtenir une exemption, puisqu'on n'a exempté personne, soit pour faire approuver les ouvrages, puisque beaucoup n'ont pas été approuvés ; mais si nous pouvons transporter l'accusation à des hommes non suspects, et montrer, sans rejetter la faute sur autrui, que ceux-là ont présidé à la réparation des chemins, qui peuvent aisément justifier leur conduite, imputerez-vous tout encore à Fontéius, sur la foi de témoins passionnés ? Il voyoit que c'étoit à la république de réparer la voie Domitia (1) ; mais occupé d'affaires plus importantes, il

____

contributions des peuples en condamnant ceux qui les exigent.

(1). *Voie Domitia*, ainsi nommée, parce que c'étoit Domitius qui l'avoit fait construire ; Domitius qui étant proconsul avoit fait la guerre aux Gaulois et aux Allobroges.

chargea de cette commission ses lieutenans, personnages des plus distingués, Caïus Annius et Caïus Fontéius. Ils présidèrent donc à la réparation, ils commandèrent et approuvèrent les ouvrages d'après les principes de leur probité reconnue. Si nos adversaires n'ont pu l'apprendre (1) autrement, ils ont pu savoir la vérité par nos lettres écrites et reçues dont ils ont pris copie. Supposé qu'ils aient négligé de lire ces lettres, qu'ils sachent maintenant de moi ce que Fonteius a écrit à ses lieutenans, et les réponses qu'ils lui ont faites.

On lit les lettres de Marcus Fontéius, à ses lieutenans Caïus Annius et Caïus Fontéius, et les lettres de ceux-ci à Marcus Fontéius (2).

Il est assez clair (je pense) que la réparation des chemins ne regarde pas même Fon-

_____

(1) C'est aux accusateurs que Cicéron adresse ici la parole. Ils étoient autorisés par le préteur à mettre le scellé sur toutes des piéces nécessaires qu'ils trouvoient chez l'accusé et à en prendre copie. — *Supposé qu'ils aient négligé de lire.* C'est une supposition ironique.

(2) Après *Fontéio leg*. Il faut sous-entendre *ad M. Fonteium.*

téius, et que ceux qui en ont été chargés sont des hommes irréprochables.

Ecoutez maintenant, Romains, ce qui regarde les impôts sur le vin ; les adversaires ont présenté cette accusation comme la plus odieuse et la plus grave. En l'établissant, Plætorius a prétendu que ce n'étoit pas dans la Gaule que Fontéius avoit imaginé de mettre des impôts sur le vin, qu'il en avoit formé le projet en Italie, en partant de Rome ; en conséquence, que Riturius à Toulouse avoit exigé sous le nom d'impôt, quatre (1) deniers par amphore ; que Porcius à Crodime et Numius à Narbonne, avoient exigé trois victoriats ; que Servéius à Marseille en avoit exigé deux ; qu'à Crodime et à Narbonne, on avoit exigé un impôt de ceux qui vouloient transporter du vin de Cobiamaque, bourg entre Toulouse et

_____

(1) Quatre deniers, ou seize sesterces, 2 livres. *L'amphore* contenoit environ 24 de nos pintes. *Victoriat*, sorte de monnoie ainsi appelée parce qu'elle portoit une figure de la victoire. Elle valoit un demi denier, ou deux sesterces. Ainsi, trois victoriats faisoient 15 sols. Le texte ici est fort altéré ; j'ai traduit comme si on lisoit d'après la conjecture d'un savant ; *Crodimi M. Porcium et Numium ternos*

Narbonne, sans aller à Toulouse ; qu'à Elé-
siodole, Annius avoit exigé (1) six deniers de
ceux qui vouloient porter des vins à l'ennemi.
C'est là, sans doute, une accusation fort grave
par elle-même : il s'agit d'un impôt mis sur
nos récoltes ; et, je l'avoue, on pourroit par-
là tirer des sommes immenses, en même tems
que s'attirer beaucoup de haine. Aussi les ennemis de Fontéius se sont-ils empressés de répandre dans le public cette exaction. Mais moi,
je le pense, plus le grief dont nous montrerons
la fausseté est important, plus celui qui l'in-
vente nous fait injure. Il veut, par l'importance de l'accusation, prévenir tellement l'esprit des juges, que la vérité ait peine à trouver
auprès d'eux un accès favorable.

victoriatos Narbone ; Serveium binos victoriatos
Massiliae ; atque in his locis, Crodimi scilicet et
Narbone, ab his.... ire vellent ; Elesiodolis ? An-
nium senos denarios ab his qui ad hostem portarent
exegisse. Riturius, Porcius, Servéius, Annius,
hommes chargés, si l'on en croit les adversaires, de
lever l'impôt au nom de Fontéius.

(1) Six deniers, 24 sesterces, 3 livres.

Ici manque tout ce qui regarde l'impôt sur le vin, la guerre des Voconticns, et la déposition des quartiers d'hiver. Les deux derniers articles se trouvent désignés avec le premier, dans un ancien manuscrit.

Mais les Gaulois attestent le contraire ; mais ils sont convaincus de faux, par l'évidence des faits et par la force des preuves. Un juge peut-il donc refuser créance à des témoins ? Non - seulement il le peut, mais il le doit. Si les témoins sont passionnés, irrités, ligués ensemble, peu scrupuleux ; et si, parce que les Gaulois le disent coupable, Fontéius doit être regardé comme tel, qu'ai je besoin d'un juge éclairé, d'un président équitable, d'un orateur qui ne soit pas dépourvu de sens? Les Gaulois disent oui, nous ne pouvons dire non. Si vous croyez qu'ici le devoir d'un juge qui a de la pénétration, des lumières et de l'équité, est de croire sans examiner tout ce que disent les témoins, la déesse Salus (1) elle-même, ne

(1) La déesse Salus avoit un temple dans Rome. Térence a dit : *Ipsa si cupiat Salus servare prorsùs non potest hanc familiam.*

sauroit sauver la plus parfaite innocence. Mais si, dans les jugemens, la sagesse du juge sert beaucoup à lui faire peser les choses, à les lui faire estimer ce qu'elles valent, assurément, Romains, votre fonction est bien plus importante, d'une bien plus grande conséquence que la mienne, et vous avez bien plus besoin d'attention pour juger, que moi pour discuter. Moi, je ne dois sur chaque grief n'interroger un témoin qu'une fois et en peu de mots, souvent même je ne dois pas l'interroger, de peur de l'exciter à parler, s'il est animé par la colère, ou de donner du poids à sa déposition, s'il est passionné. Vous, au contraire, vous pouvez revenir plusieurs fois sur le même objet, examiner long-tems le même témoin, et quant aux témoins que nous n'avons pas voulu interroger, considérer quel motif nous avons eu de garder le silence. Si donc vous croyez que la loi et les fonctions de votre place vous obligent de croire les témoins, il n'y a pas de raison de penser qu'un juge soit meilleur ou plus éclairé qu'un autre. La faculté de l'ouïe est la même dans tous les hommes; elle a été donnée par la nature indistinctement, à l'insensé comme au sage. En quoi donc peut-on voir la prudence d'un juge ? en quoi peut-on distinguer un ignorant et crédule auditeur d'un juge éclairé et religieux ? Sans doute, en ce qu'un juge soumet à ses réflexions et à ses conjectures les dépositions des témoins : il examine avec quelle autorité elles sont faites, la retenue, la bonne-foi, l'amour d'une bonne réputation, l'esprit de religion et de justice, l'attention et la crainte qui les inspirent.

On produit contre nous des Barbares ; aurez-vous pour leur témoignage une aveugle soumission ; tandis que fort souvent, de nos jours et du tems de nos ancêtres, on a vu des juges pleins de sagesse hésiter sur les dépositions des plus illustres personnages de notre ville ? Ces juges n'ont pas ajouté foi à des témoins tels que les deux Cépion et les deux Métellus, qui déposoient contre Quintus Pompéius (1), homme nouveau. Le soupçon de passion et d'inimitié ôtoit toute l'autorité et tout le poids que devoient donner à leurs

____

(1) Quintus Pompéius fut accusé de concussion après son consulat, et absous, quoique les deux Cépion et les deux Métellus, tous quatre personnages consulaires, déposassent contre lui.

témoignages

témoignages la vertu, la naissance, les exploits de ces grands hommes. Avons-nous vu , pouvons - nous citer un homme comparable à Æmilius Scaurus , pour la prudence , pour la sagesse , pour la fermeté , les autres vertus , pour le génie , pour l'éclat des honneurs et des exploits ? Cependant cet homme qui , par un simple signe de sa volonté , gouvernoit presque tout l'univers, n'a pas été cru lorsqu'il déposoit , sous la foi du serment , contre Fimbria et Memmius (1). Les juges ne voulurent pas fournir à la haine ce moyen de perdre un ennemi. Qui ne sait pas quelle étoit la modération de Crassus , son génie et sa réputation ? Cet illustre citoyen , dont les simples discours avoient la force d'un témoignage authentique , ne put faire croire , par son témoignage même , ce qu'il déposoit dans un esprit de haine contre Marcellus. Telle étoit , oui telle étoit la rare et singulière prudence de ces

(1) Caïus Fimbria et Caïus Memmius furent aussi accusés tous deux de concussion , et tous deux aussi absous , quoique chargés par le témoignage de Marcus AEmilius Scaurus , un des plus grands hommes de la république. —— *Lucius Crassus* , orateur célèbre.

anciens juges : ils croyoient devoir juger, non-
seulement l'accusé, mais encore l'accusateur
et les témoins. Ils examinoient quelles dépositions étoient forgées, quelles fournies
par le hasard et par les conjonctures, quelles
dictées par l'espérance, par la crainte, par un
vil intérêt, par la cupidité, ou par la haine.
Si un juge n'embrasse pas toutes ces réflexions,
s'il n'envisage pas, s'il n'examine pas à-la-fois
tous ces objets, si tout ce qui sortira de la bouche des témoins est regardé par lui comme
un oracle ; assurément, ainsi que je l'ai déja
dit, il suffira, pour remplir la fonction de
juge, de n'être pas sourd : il sera inutile de
choisir entre plusieurs celui qui a le plus de
discernement et de capacité.

Quoi donc ? les chevaliers romains (1) que
nous avons vus, qui se sont distingués dernièrement dans la république et dans la déci-

____

(1) Tibérius Gracchus avoit fait ôter le département des tribunaux aux sénateurs, pour le faire
donner aux chevaliers romains : Sylla l'avoit ôté à
ceux-ci et rendu aux sénateurs : enfin il venoit
d'être statué que les sénateurs, les chevaliers romains
et les tribuns du trésor occupéroient ensemble les
tribunaux.

sion des causes les plus importantes ; les chevaliers romains ont eu assez de résolution et de
force pour refuser d'ajouter foi au témoignage
de Scaurus ; et vous en croirez sans examen
les dépositions des Volges et des Allobroges !
Si on ne doit pas croire un témoin ennemi,
Crassus étoit-il plus ennemi de Marcellus, ou
Scaurus de Fimbria, par esprit de parti et pour
des querelles dans l'administration, que les
Gaulois ne le sont de Fontéius ? Ceux d'entre
eux qui sont dans le cas le plus favorable, se
sont vus contraints une fois, deux fois, et plus
encore, de fournir des cavaliers, du blé, de
l'argent. Les autres ou ont été dépouillés de
leurs terres dans des guerres précédentes, ou
ont été domptés et subjugués par les armes de
Fontéius même. Si on ne doit pas croire les témoins qui paroissent déposer avec passion pour
quelque intérêt ; les Cépion et les Métellus
avoient apparemment un plus grand intérêt à
faire condamner Quintus Pompéius, à se délivrer d'un adversaire dans l'administration,
que n'en a toute la Gaule à perdre Fontéius,
la Gaule qui fait dépendre de la condamnation de ce préteur ses franchises et sa liberté. S'il est essentiel d'examiner le caractère

des témoins, le plus distingué de la Gaule ; est-il comparable, je ne dis pas aux plus grands hommes de notre ville, mais au dernier de nos citoyens? Induciomare (1) sait-il ce que c'est que de parler comme témoin en justice? Eprouve-t-il la crainte qu'éprouve chacun de nous, quand il faut déposer devant ce tribunal?

Rappelez-vous, Romains, quelle est votre inquiétude, non-seulement par ce que vous avez à dire en témoignage, mais encore par les termes dont vous devez vous servir, pour que tous vos mots soient pesés exactement, pour qu'aucun ne semble échappé dans la passion. Vous portez l'attention jusqu'à composer votre visage, de peur qu'on n'y lise quelque signe d'animosité. Vous [vous montrez jaloux, soit quand vous paroissez, même sans dire mot, qu'on ait une bonne idée de votre retenue et de votre scrupule ; soit quand vous vous re-

_____

(1) Il est parlé, dans les commentaires de César, d'un Induciomare, prince de Trévire, qui fut vaincu et tué par ce général. Mais il paroît que c'étoit un autre, qui portoit le même nom, puisqu'il devoit être du pays des Volges ou des Allobroges.

tirez , qu'on trouve que vous avez ménagé soi•
gneusement votre réputation.

C'étoient-là , sans doute , les scrupules et
les craintes qu'a éprouvés Induciomare en déposant, lui qui d'abord a supprimé dans toute sa
déposition cette parole si sage, usitée chez nous ,
je (1) *crois* , dont nous nous servons même ,
lorsque , sous la foi du serment , nous dépo-
sons sur des faits dont nous sommes certains ,
sur des choses que nous avons vues de nos
propres yeux , qui , dis-je , a supprimé cette parole , et a déclaré savoir tout parfaitement. Il
craignoit , oui il craignoit de perdre de sa réputation auprès des juges et du peuple romain ,
qu'on ne pût avoir cette opinion d'Induciomare , d'un homme tel que lui , qu'il avoit
parlé avec passion et sans réflexion. Il ne voyoit
pas (2) qu'en déposant , il ne devoit s'embarrasser que de prêter sa voix , son front , son
audace , à ses concitoyens et à nos accusateurs.

(1) La formule des dépositions chez les Romains ,
n'étoit pas , *j'ai vu* , *j'ai entendu* , mais, *je crois*
avoir vu , *avoir entendu* , *arbitror me vidisse* , *au-*
divisse.

(2) Cette phrase est ironique.

Croyez-vous que ces peuples, dans leurs dépositions, soient retenus par la foi du serment et par la crainte des dieux, eux dont les mœurs et les coutumes sont entièrement opposées à celles de tous les peuples du monde? Les autres peuples entreprennent des guerres pour la défense de leur religion, et eux, pour attaquer la religion de tous les hommes. Les autres peuples, dans leurs guerres, implorent la protection et la faveur des dieux immortels; eux font la guerre aux dieux immortels eux-mêmes. Ce sont les Gaulois qui ont pénétré si loin de leur pays, jusqu'à Delphes, pour outrager et pour dépouiller l'oracle de l'univers, Apollon Pythien (1). Ces mêmes peuples, si intègres et si scrupuleux quand ils déposent, ont assiégé le Capitole, et ce Jupiter, par le nom de qui nos ancêtres ont voulu que fût scellée la foi de sdépositions. Enfin, que peut-il y avoir de saint et de sacré pour des hommes qui même, au moment que la frayeur leur inspire la volonté d'appaiser les dieux, souillent de victimes humai-

(1) Tite-Live, Pausanias, Justin, rapportent ce fait.

nes (1) leurs temples et leurs autels? Ensorte
qu'ils ne font un acte religieux qu'en outrageant
la religion par un crime. Qui, de nous ignore
qu'ils ont conservé jusqu'à ce jour la coutume
féroce et barbare d'immoler leurs semblables?
Ainsi, quelle est, croyez vous, la bonne-foi,
quelle est la piété de ces peuples qui s'imaginent
appaiser les dieux, sur-tout par des forfaits et
par le sang humain?

Est-ce à de pareils témoins que vous as-
socierez la religion de votre serment? croyez-
vous que, dans aucuns de leurs témoignages,
ils aient montré de la modération ou du scrupule? Quoi? tous nos lieutenans qui se sont
rendus dans la Gaule durant les trois années de Fontéius, tous les chevaliers romains
qui se sont trouvés dans cette province, tous
les négocians qui y ont établi leur séjour,
enfin tous les alliés et amis de la république
qui habitent la Gaule, desirent que Fontéius
soit absous : tous, soit en commun, soit en
particulier, rendent témoignage à sa vertu
sous la foi du serment; et vous, Romains,

(1) César parle de cet usage des Gaulois dans ses
commentaires.

si intègres et si purs , vous aimerez mieux en croire des Gaulois ! Quel motif paroîtra vous avoir déterminés ? le vœu des personnes ? le vœu de vos ennemis aura-t-il donc plus de poids auprès de vous que celui de vos citoyens ? la dignité des témoins ? pouvez-vous donc préférer des inconnus à des personnes connues , des hommes injustes à des hommes équitables , des étrangers à des Romains , des cœurs passionnés à des esprits modérés , des ames mercenaires à des hommes désintéressés , des impies à des personnes religieuses , les ennemis déclarés de notre nom et de notre empire à de fidèles alliés , à des citoyens irréprochables ?

Doutez-vous , Romains , que tous ces peuples ne soient au fond du cœur et ne se montrent au-dehors les ennemis de notre nom ? croyez-vous que ces Gaulois d'au-delà des Alpes (2) paroissent dans Rome avec un extérieur abattu et humilié , comme ont coutume d'y paroître ceux qui , après avoir essuyé des

(1) *Gallia Braccata* , Gaule d'au-delà des Alpes ; *Gallia Togata* , Gaule d'en-deçà des Alpes ; ainsi nommées des habillemens que portoient les habitans de chacune d'elles.

outrages , viennent implorer la protection des
juges en supplians et comme des inférieurs?
Non , certes. Au contraire , ils parcourent tout
le Forum , la tête haute et avec un air de
triomphe ; ils font des menaces , ils voudroient nous épouvanter des sons horribles
de leur barbare langage. Je ne le croirois pas
assurément , Romains , si quelquefois je n'a-
vois entendu , aussi bien que vous , les accusateurs même nous avertir de prendre garde,
en faisant grace à Fontéius , d'exciter une nouvelle guerre avec les Gaulois.

Supposé même que tout manquât à Fontéius
dans cette cause ; sa jeunesse eût-elle été dé-
réglée , fût-il décrié pour les désordres de sa
vie , se fût-il mal comporté dans les magistratures qu'il a gérées sous vos yeux (1) , se
fût-il déshonoré dans ses lieutenances , fût-il
maintenant traduit en justice , convaincu par
les témoignages de tous les gens de bien ,
odieux à tous ses amis et à tous ses proches ;
enfin quand même , dans ce jugement , les
Marseillois nos alliés fidèles , toute la colonie
de Narbonne , tous nos citoyens établis dans

_____

(1) Je crois qu'après *gessit* il faut ajouter *malè
gestis.*

la Gaule viendroient l'accabler par leurs dépositions et par leurs registres : cependant,
Romains, vous devriez éviter avec la plus
grande attention de paroître redouter les Gaulois, de paroître effrayés par les menaces de
ceux que vos pères et vos ancêtres ont assez
affoiblis pour vous apprendre à les mépriser.
Mais puisque Fontéius n'est chargé par aucun homme de bien ; puisque tous vos citoyens et alliés rendent témoignage en sa faveur ; puisqu'il est attaqué uniquement par
ceux qui ont souvent attaqué cette ville et
cet empire ; puisque les ennemis de Fontéius
vous menacent vous et le peuple romain ;
puisque ses amis et ses proches vous supplient :
balancerez-vous à faire connoître, non-seulement à vos compatriotes, ces hommes si sensibles à la gloire et à l'honneur, mais encore à tous les peuples et aux nations étrangères, que, dans vos décisions, vous avez
mieux aimé épargner un citoyen que de céder
à des ennemis ?

Parmi toutes les raisons d'absoudre Fontéius, une des plus puissantes assurément,
c'est que ce seroit pour notre empire une
flétrissure et une ignominie, si l'on publioit

dans la Gaule que, les sénateurs et les chevaliers du peuple romain ont prononcé au
gré des Gaulois, non décidés par leurs dépositions, mais effrayés par leurs menaces.
Oui, certes, oui, s'ils entreprennent de nous
faire la guerre, il nous faudra tirer du tom-
beau Marius pour pouvoir tenir tête à cet
Induciomare si menaçant et si fier : il nous
faudra rappeller à la vie Domitius et Fabius
pour soumettre de nouveau et réduire par
les armes la nation des Allobroges et les autres : ou, puisqu'il n'est pas possible de res-
susciter les morts, il nous faudra prier Plætorius (1), mon ami, de détourner ses nouveaux cliens de nous faire la guerre, d'appaiser leur courroux, de calmer leurs mouvemens impétueux : ou, s'il ne peut réussir,
nous prierons Fabius, qui s'est joint à l'ac-

(1) Marcus Plætorius, principal accusateur de
Fontéius. Il n'est pas certain si c'est ironiquement
que Cicéron l'appelle son ami; mais c'est certainement par ironie qu'il appelle les Gaulois *ses nouveaux
cliens*. On croit que le Fabius qui s'étoit joint à Plætorius, n'étoit pas de la famille des Fabius Maximus,
et que c'est par un trait de raillerie qu'il le suppose
de cette famille illustre.

cusateur, d'adoucir les Allobroges auprès des-
quels le nom des Fabius est en si grande
considération, de les engager à rester tran-
quilles, comme étant vaincus et soumis, ou
de leur apprendre qu'en nous menaçant ils
nous font moins craindre une guerre qu'espérer un triomphe.

S'il est vrai que, même pour un accusé
infâme, vous devriez ôter aux Gaulois toute
idée qu'ils ont gagné quelque chose par des
menaces ; que devez-vous faire pour Fontéius ?
pour un homme (je crois devoir le dire,
presqu'à la fin d'une cause plaidée dans deux
audiences,) pour un homme contre lequel
vous n'avez pas entendu même ses ennemis
forger aucune imputation grave, d'action honteuse, ni même aucun reproche vague. Y eut-il
jamais un accusé, sur-tout ayant vécu au sein
de Rome, dans nos mœurs actuelles, ayant
demandé les honneurs, exercé des magistratures et des commandemens, à qui l'accusateur n'ait reproché aucun crime, aucune
turpitude, aucune infamie, aucun trait d'audace, de pétulence, ou d'impudicité, à qui
il n'ait rien reproché de pareil, sinon avec

vérité , du moins avec quelqu'ombre de vrai-
semblance ?

Æmilius Scaurus (1) , un des plus grands-
hommes de notre ville , fut accusé par Marcus
Brutus. Nous avons encore ces plaidoyers :
on y peut voir que bien des reproches furent
faits à Scaurus lui-même. C'étoit à tort, qui
est-ce qui en disconvient ? mais il fallut qu'il
les essuyât de la part d'un ennemi. Que d'in-
vectives n'entendirent pas durant le cours de
leur jugement, Aquillius (2), Cotta, Rutilius ?
Ce dernier a été condamné ; il me semble
néanmoins qu'on doit le compter parmi les
hommes les plus intègres et les plus vertueux.
Malgré la régularité et la pureté de ses mœurs ,

(1) C'est le même homme dont nous avons parlé
plus haut. Marcus Brutus , homme déshonoré , mais
qui avoit de l'éloquence.

(2) Marcus Aquillius, fut accusé de concussion par
Lentulus, prince du sénat , et défendu par Marcus
Antonius l'orateur. Cotta , accusé par Scipion l'Africain , fut absout ainsi que nous l'apprend Cicéron
dans d'autres discours. Publius Rutilius , homme
d'une intégrité rare , avoit réprimé dans sa lieute-
nance d'Asie , les exactions des fermiers publics. Il
fut accusé devant les chevaliers romains qui tenoient
alors les tribunaux , et indignement condamné.

il s'est vu réduit à entendre bien des injures, qui tendoient à faire soupçonner en lui
les plus infâmes déréglemens. Nous avons encore le discours de celui de nos citoyens,
suivant moi, qui avoit le plus de génie et
d'éloquence, de Caïus Gracchus, discours
dans lequel il reproche à Pison bien de hon-
teuses dissolutions. Mais quel homme que
ce Pison ! un homme qui avoit tant de vertu
et d'intégrité que, même dans ces heureux
tems où l'on ne pouvoit rencontrer un seul
citoyen pervers, lui seul fut nommé l'*homme
de bien*. Gracchus ayant ordonné qu'on fît
paroître Pison dans l'assemblée, et l'appari-
teur demandant quel Pison, parce qu'il y en
avoit plusieurs : tu me forces, dit-il, d'appeller mon ennemi l'*homme de bien*. Un citoyen
donc que même son ennemi ne pouvoit dé-
signer et nommer sans faire son éloge, dont
un seul et même surnom annonçoit en même-
tems et la personne et le caractère, étoit
obligé néanmoins d'entendre un accusateur
lui reprocher, faussement, il est vrai, et injustement, de honteux désordres.

Je le répète, durant le cours de deux audiences, on n'a rien reproché à Fontéius qui

offre la moindre trace d'impudicité, de pé-
tulance, de cruauté, d'audace. Les adversaires
n'ont rapporté aucune action de sa part, ni
même aucune parole répréhensible. S'ils avoient
autant d'assurance pour débiter le mensonge,
autant de génie pour l'inventer, qu'ils ont
d'ardeur pour perdre Fontéius, ou de hardiesse pour le calomnier, il lui faudroit aujourd'hui subir le sort des grands personnages
dont je parlois tout-à-l'heure, essuyer les reproches de vices infâmes.

Vous voyez donc, Romains, un homme
de bien, oui un homme de bien, un homme
modéré dans toutes les circonstances de sa vie,
honnête, régulier, chaste, religieux ; vous le
voyez mis sous votre protection et abandonné
à votre pouvoir. Considérez s'il est plus juste
qu'un homme aussi estimable, aussi rempli
de vertu, aussi bon citoyen, soit livré à de
cruels ennemis, à des nations féroces, ou
rendu à ses amis ; sur-tout lorsqu'il est tant
de motifs qui sollicitent auprès de vous en
faveur de son innocence : d'abord, la noblesse
de sa famille, qui tire son origine de la célèbre ville de Tusculum, et dont de glorieux
monumens attestent l'ancienneté ; en second

lieu , toutes les prétures que ses ancêtres ont obtenues sans interruption , dans lesquelles ils se sont signalés par toutes sortes de mérites , et principalement par celui d'une intégrité à toute épreuve ; de plus , la mémoire récente de son père , dont le sang non-seulement a souillé les mains des Asculans qui l'ont répandu , mais imprimé une tache éternelle sur toute la guerre sociale (1) ; enfin la personne même de Fontéius , qui s'est montré honnête et intègre dans toutes les parties de sa vie , qui s'est distingué dans l'art militaire par sa prudence et par sa bravoure , qui a plus d'exercice et plus d'expérience qu'aucuns de nos guerriers actuels.

Si donc , Romains , il étoit même besoin de vous donner des avis , ce qui n'est pas nécessaire , je croirois , d'après mes foibles connoissances , pouvoir vous recommander en

(1) Au commencement de la guerre sociale, Quintus Servilius, proconsul, partit pour appaiser les mouvemens des alliés. Il se rendit dans la ville d'Asculum, où il fut tué avec son lieutenant Fontéius, et les autres Romains qui l'avoient accompagné. La guerre sociale eut lieu, parce que Rome refusoit d'accorder le droit de cité aux peuples d'Italie.

peu

peu de mots de conserver soigneusement des hommes dont vous avez éprouvé , dans les combats , le courage , l'activité et le bonheur. Il fut un tems où la républiqne étoit plus abondamment pourvue de bons généraux; et cependant alors on craignoit de les perdre , on se plaisoit à les honorer. Que devez-vous faire aujourd'hui que la jeunesse a perdu le goût de l'art militaire , aujourd'hui que l'âge ou les discordes civiles et les malheurs de la république nous ont enlevé nos plus grands (1) hommes , nos meilleurs capitaines , que devez-vous faire , dis-je , au milieu de tant de guerres que la politique nous force d'entreprendre, ou que des conjonctures imprévues font naître subitement ? ne devez-vous pas , et conserver Fontéius pour les circonstances critiques, et exciter les autres à la bravoure , les enflammer de l'amour de la gloire?

Rappellez-vous quels lieutenans accompagnoient dans la guerre , Lucius , Julius (2) et

(1) *Summis* doit se joindre avec *hominibus* et avec *ducibus*. Je laisse donc le texte comme il est *hominibus autem ac summis* , et je n'adopte pas la correction d'un savant, *claris autem hominibus ac summis*.

(2) Lucius Julius Cæsar , Publius Rutilius Lupus ,

Publius, Rutilius, Lucius ; Cato et Enæus-
Pompéius ? vous verrez que nous avions alors
dans nos armées un Cinna, un Cornutus, un
Sylla, qui tous trois avoient été préteurs, et
qui étoient d'excellens guerriers. Nous avions
encore Marius, Didius, Catulus, Crassus
tous instruits dans la science des armes, non
par l'étude et par les livres, mais par des exploits et des victoires. Jettez maintenant les
yeux sur le sénat, admirez les membres qui
le composent, considérez de près toutes les
parties de la république : ne prévoyez-vous
aucune circonstance où l'on auroit besoin de
pareils hommes ? ou s'il survenoit quelque
malheur, en aurions-nous une grande foule ?
Si donc vous y réfléchissez avec attention,
assurément vous aimerez mieux retenir dans
votre ville pour vous et pour vos enfans un
homme infatigable dans les travaux de la
guerre, intrépide dans les périls, formé à la
conduite des troupes par l'expérience, sage
dans les entreprises, heureux dans les hasards,

consuls dans la première année de la guerre sociale ;
laquelle guerre dura encore sous le consulat de Lucius
Porcius Cato, et de Cnæus Pompéius Strabo, père
du grand Pompée.

vous aimerez mieux le retenir que le livrer
et l'abandonner (1), à des nations cruelles,
ennemies déclarées du peuple romain.

Les Gaulois viennent, pour ainsi dire, en-
seignes déployées, attaquer Fontéius ; ils le
poursuivent, le pressent avec acharnement,
avec une audace extrême. Mais, n'avons-nous
pas (2) des secours assez puissans et assez nombreux pour combattre sous vos auspices leur
odieuse et atroce barbarie ? Nous opposons
d'abord à leurs attaques violentes, la (3) Macédoine : cette province fidelle et amie de
notre empire, déclare que la prudence et la
valeur de Fontéius l'ont garantie toute entière de
l'irruption des Thraces, de toutes les horreurs
du pillage ; et elle vient maintenant par reconnoissance défendre son libérateur contre les
assauts et les menaces des Gaulois. D'une autre
part est placée pour notre défense l'Espagne
ultérieure, dont la vertu scrupuleuse résistera

---

(1) Au lieu de *condemnare*, j'ai lu avec d'habiles
critiques *condonare*.

(2) J'ai suivi la leçon, *audacia. Nos verò, judices,
non et multis.... resistemus ?*

(3) Il paroît que Fontéius avoit été lieutenant en
Macédoine et en Espagne : car il est parlé plus haut
de ses lieutenances.

sans peine à la passion de témoins irrités,
dont les témoignages et les éloges sauront ré-
primer les parjures d'hommes pervers. Nous
tirons des secours de la Gaule même, de la
partie de cette province la plus fidelle et la
plus respectable. Toute la ville de Marseille
vient combattre pour l'innocence de l'infortuné que nous défendons. Elle s'intéresse vivement à sa cause, et parce qu'elle est jalouse
de se montrer reconnoissante, en sauvant
celui qui l'a sauvée elle-même, et parce qu'elle
croit que les dieux l'ont établie, par sa position, pour empêcher que ces nations éloignées
ne nuisent à nos citoyens. La colonie de Narbonne combat avec la même ardeur pour le
salut de Fontéius: délivrée elle-même, il n'y a
pas long-tems, d'un siège, par son courage,
elle n'en est que plus touchée de l'infortune
et du péril où elle le voit aujourd'hui. Enfin,
et cela doit être dans une guerre de Gaulois;
les usages et les règles établies par nos ancêtres,
le veulent ainsi (1): tous les citoyens romains
de cette province viennent au secours de Fontéius, sans qu'aucune se permette d'alléguer
des excuses; fermiers publics, agriculteurs,

(1) Lorsqu'il survenoit une guerre contre les Gau-

commerçans en troupeaux, négocians de toute espèce, tous le défendent d'un concert et d'une voix unanimes.

Si ces troupes nombreuses de nos puissans défenseurs sont regardées avec mépris par Induciomare, chef des Allobroges et des autres Gaulois, viendra-t-il, même sous vos yeux, arracher Fontéius des bras d'une mère aussi respectable que malheureuse ? l'arrachera-t-il aux embrassemens d'une vestale (1) sa sœur, qui implore votre protection et celle du peuple romain ? occupée depuis tant d'années à fléchir les dieux pour vous et pour vos enfans, Fontéia ne pourra-t-elle en ce jour vous fléchir pour elle-même et pour son frère ? Quelle ressource, quelle consolation restera-t-il à cette infortunée, si elle perd Fontéius ? Les autres femmes peuvent se créer elles-mêmes des soutiens, et trouver dans leur maison un compagnon fidèle de leur sort et de leurs destinées :

lois, les lois romaines vouloient que personne ne fût exempt de servir et de marcher.

(1) On sait que les vestales se consacroient à une longue virginité, qu'elles étoient chargées d'entretenir le feu sacré auquel tenoit le destin de l'empire, et d'adresser des prières aux dieux pour la prospérité de Rome.

C 3

mais une vestale peut-elle avoir un autre ami
que son frère ? est-il un autre objet permis à
sa tendresse ? Ne souffrez-pas , Romains, qu'af-
fligée de votre arrêt, cette vierge fasse retentir
les autels des dieux et de la déesse Vesta de
ses continuelles lamentations. Qu'il ne soit
pas dit que ce feu éternel , entretenu nuit et
jour par les soins de Fontéia, s'est éteint par
l'abondance des larmes de votre prêtresse. Une
vestale vous tend les mêmes mains suppliantes
qu'elle élève pour vous vers les dieux immortels:
oui, il y auroit du danger et de l'orgueil à rejetter les supplications de celle dont les dieux
ne pourroient dédaigner les prières sans qu'on
vît bientôt la ruine de cet empire.

Le voyez-vous , Romains? le seul nom fait
couler tout-à-coup les larmes d'une mère et
d'une sœur de Fontéius, cet homme si courageux. Lui qui ne trembla jamais dans la mê-
lée , qui souvent s'est jetté avec ses armes au
milieu des bataillons ennemis , lorsque dans
de tels périls il croyoit laisser aux siens les
mêmes consolations que lui avoit laissées son
père , il est troublé maintenant et abattu , il
appréhende , non-seulement de ne pouvoir il-
lustrer , de ne pouvoir secourir les siens , mais

même de laisser à ces malheureux, avec un deuil amer, un déshonneur et une ignominie éternelle.

O que votre sort eût été bien plus doux, brave Fontéius, si vous aviez été libre de périr par les armes des Gaulois, plutôt que par leurs parjures ! Alors cette bravoure qui ne vous abandonna jamais pendant votre vie, eût accompagné avec gloire votre trépas. Mais aujourd'hui quelle sera votre douleur d'être puni des victoires remportées sous votre commandement, au gré de ceux qui ont été vaincus par vos armes, ou qui ne vous ont obéi qu'à regret ! Garantissez, Romains, garantissez de ce malheur un citoyen courageux et innocent : faites voir que vous avez ajouté plus de foi à des témoins pris parmi nous qu'à des étrangers, que vous avez eu plus d'egard au salut de vos citoyens qu'à la passion de vos ennemis, que vous avez plus respecté les supplications de celle qui préside à vos sacrifices, que l'audace de ceux qui ont fait la guerre à tous les dieux et à tous les temples. Enfin, jaloux de la majesté du peuple romain, faites qu'on puisse dire que vous avez mieux aimé céder aux prières d'une vestale qu'aux menaces des Gaulois.

C 4

PLAIDOYER

POUR AULUS CÉCINA.

Sommaire.

MARCUS Fulcinius, de la ville de Tarquinie, qui exerçoit la banque à Rome, avoit épousé Césennia. Il lui laissa en mourant l'usufruit de tous ses biens dont elle devoit jouir avec son fils qu'il institua son héritier. Ce fils mourut; il légua à sa mère une grande partie de ses biens et à son épouse une somme considérable. Les biens furent vendus, et Césennia chargea un nommé Sextus Ebutius, qui faisoit ses affaires, d'acheter une terre en son nom. Césennia épouse Cécina; elle meurt, et le fait son héritier. Ebutius prétend que la terre qu'il a achetée au nom de Césennia, il l'a achetée en son propre nom, et il s'en empare. Cécina lui dispute cette terre; il convient que, suivant les formalités d'usage, il se présentera avec ses amis sur la terre en litige, qu'Ebutius l'en chassera, qu'il

demandera au préteur d'être rétabli dans la
terre dont il aura été chassé par Ebutius.
Cécina se présente donc, mais Ebutius avec des
gens armés l'empêche d'y entrer. Cécina se plaint
au préteur ; il en obtient une ordonnance, interdictum, pour être rétabli dans la terre-dont
il a été chassé avec des hommes armés, undè
dejectus est hominibus armatis. On appeloit
interdictum une espèce d'ordonnance provisoire
en attendant la sentence qui prononceroit à qui
appartenoit la terre. Ebutius prétendoit qu'il
n'étoit pas dans le cas de l'ordonnance, qu'il
n'avoit pas chassé Cécina d'une terre où il n'é-
toit pas entré; que d'ailleurs Cécina étant de
la ville municipale de Volaterre, ne pouvoit
être héritier de Césennia, les habitans de cette
ville ayant été dépouillés par Sylla des droits de
cité romaine.

Cicéron plaide pour Cécina contre Ebutius.
Après s'être appuyé des témoins même d'Ebutius pour constater la violence, il explique fort
au long l'esprit et la lettre de l'ordonnance prétorienne contre la violence, et prouve que,
suivant l'un et l'autre, Ebutius doit être condamné. Au milieu de ses preuves, se trouve in-
séré un très-bel éloge de la jurisprudence. Il

montre que *Cécina* n'a pu perdre le titre de citoyen romain , titre qu'aucune puissance étrangère ne peut ravir. Dans l'exorde et dans la péroraison , il tâche de donner une bonne idée de *Cécina* , et sur-tout une mauvaise d'*Ebutius* ; c'est ce qu'il fait aussi dans sa narration , où il développe les faits dont nous avons tracé un tableau en raccourci.

Cette cause a dû être plaidée l'an de *Rome* 684 , de *Cicéron* 39 : ce discours est peut-être celui de l'orateur le plus difficile à entendre , parce qu'il y a beaucoup de raisonnemens subtils qui tiennent à la connoissance du droit romain , de formes bizarres et d'expressions latines.

Il est nécessaire d'expliquer ici la sorte de violence dont il est question dans tout le cours de ce plaidoyer. On distinguoit à *Rome* diverses sortes de violence. Une violence faite au sujet d'un fond de terre dont on revendiquoit la propriété , une violence privée , une violence publique. La première violence, la seule dont nous allons parler dans ce moment , étoit faite ou sans hommes armés , ou avec des hommes armés. Si elle étoit faite sans hommes armés , ce n'étoit qu'une violence simulée , une violence

journalière , c'est-à-dire , ordinaire , une vio-
lence faite suivant les formalités d'usage , vis
quotidiana , moribus facta. *On se présentoit*
pour entrer sur la terre en litige , la partie ad-
verse empêchoit d'y entrer ; on demandoit au
préteur d'être rétabli dans la terre d'où l'on
avoit été chassé par la violence , unde vi de-
jectus sum ; *le préteur rendoit une ordonnance*
appellée interdictum ; *par laquelle il enjoignoit*
de rétablir le plaignant. Alors la cause se plai-
doit de part et d'autre , et chacun des contendans
montroit ses droits sur la terre contestée. Si la
violence étoit faite avec des hommes armés, celui
contre lequel on avoit employé cette violence ,
obtenoit du préteur la même ordonnance interdictum ; *mais il attaquoit préalablement son ad-*
versaire , par une espèce d'action criminelle ,
comme ayant employé contre lui une violence
illégitime.

Plaidoyer pour Aulus Cécina.

Sans doute , Romains , si l'effronterie avoit
autant de pouvoir au tribunal et daus le barreau que l'audace dans des lieux écartés et en
pleine campagne , Cécina croiroit devoir céder

aujourd'hui devant vous à l'effronterie d'Ebutius , comme il a cédé auparavant à l'audace
qui employoit la force. Mais s'il a cru qu'alors
il y avoit de la sagesse à ne point disputer
avec les armes ce qu'il falloit discuter en justice
réglée , il croit qu'à présent ce seroit manquer
de fermeté que de ne point travailler à l'emporter par les voies et par les formes légales
sur un citoyen auquel il n'a pas voulu opposer
les armes et la violence.

Pour moi , Ebutius me paroît être aussi
effronté devant les juges qu'il s'est montré audacieux en rassemblant des hommes et en les
armant. C'est déja un trait d'impudence , quand
le délit est aussi manifeste , d'oser se présenter
au tribunal ; le trait néanmoins est ordinaire
dans nos mœurs actuelles : il va donc plus loin
encore ; il ne craint pas d'avouer la chose
même dont on l'accuse. Peut-être a-t-il fait ce
raisonnement : je n'aurois pu réussir , s'est-il
dit à lui-même, à retenir la possession d'autrui,
si je n'eusse employé qu'une violence (1) si-

_____

(1) Voyez au sujet de cette violence , le sommaire
de ce plaidoyer.

mulée, et Cécina, saisi de frayeur, ne s'ets enfui avec ses amis que parce que la violence étoit faite contre tout droit et tout usage ; il en sera de même en ce jour : mes adversaires auront l'avantage si l'on plaide la cause suivant les règles et la coutume, aù lieu que, si on s'en éloigne, j'aurai d'autant plus de supériorité que j'agirai plus effrontément. Croit-il donc que l'effronterie puisse autant dans une contestation judiciaire que la hardiesse dans une attaque violente ? Croit-il que nous n'avons pas alors cédé plus volontiers à l'audace, afin de pouvoir aujòurd'hui resister plus aisément à l'impudence ?

Ainsi, Romains, je me présente pour plaider la cause, dans une toute autre disposition que je ne m'étois présenté d'abord (1). Alors toute notre espérance étoit fondée sur

(1) C'étoit pour la troisième fois que Cicéron plaidoit cette cause : les deux premières, les juges avoient décidé que l'affaire n'étoit pas assez éclaircie, et ils avoient ordonné un plus ample informé. Pour l'explication de *recuperatores* qu'on trouve dans toute la suite de ce discours au lieu de *judices*, je renvoie à mon traité de la constitution de la république romaine.

les raisons que je pouvois produire ; elle
est fondée maintenant sur l'aveu de la partie
adverse. Nous comptions alors sur nos témoins,
nous comptons maintenant sur les témoins de
l'adversaire. Je craignois auparavant ses témoins ; s'ils n'avoient pas de probité , ils pouvoient attester le faux , ou s'ils étoient reconnus honnêtes, ils pouvoient faire recevoir
comme vrai ce qu'ils auroient attesté. A présent je suis fort tranquillle : car , ou ils ont
de l'honneur , et alors ils me sont favorables
en attestant comme témoins ce que je reproche
comme accusateur ; ou ils n'ont plus de scrupule , et alors ils ne sauroient m'être contraires ; si on les croit , on les croit (1) sur l'objet
même même de notre accusation ; si on ne
leur donne pas créance , les témoins de l'adversaire n'ont donc plus d'autorité.

Toutefois, quand j'examine la conduite que
tiennnent dans cette cause ceux contre qui
nous parlons , je ne vois pas qu'il soit possible
de plaider plus effrontément ; mais quand je
considère , Romains , votre embarras à vous

- (1) J'ai traduit comme si on lisoit, *sive creditur,
creditur hoc ipsum.*

décider , j'appréhende que ce qui paroît chez eux effronterie ne soit adresse et politique. En effet , s'ils eussent nié avoir employé des hommes armés pour commettre une violence , la déposition de témoins irréprochables les auroit convaincus facilement dans une chose aussi claire : au lieu qu'en avouant qu'ils ont pu faire alors ce qui n'est permis en aucun tems , ils ont espéré , et leur espérance n'a pas été déçue , qu'ils vous donneroient quelque scrupule , qu'ils vous engageroient à examiner de nouveau l'affaire , et à en différer le jugement. D'ailleurs , ce qu'il y a de plus indigne , ils ont cru que , dans cette cause , il ne seroit pas question de prononcer sur l'audace d'Ebutius , mais sur un (1) point de droit civil.

Si je n'avois ici qu'à défendre Cécina , je m'en croirois suffisamment capable : je pourrois répondre de mon zèle et de mon exactitude , qualités qui dispensent d'un talent supérieur , sur-tout dans une affaire aussi claire et aussi simple. Mais comme j'ai à parler d'une

(1) *Sur un point de droit civil* ; c'est-à-dire, qu'il s'agiroit seulement d'expliquer l'esprit et la lettre de l'ordonnance du préteur, et non de faire punir l'audace et la violence d'Ebutius.

jurisprudence qui intéresse tout le monde ;
jurisprudence établie par nos ancêtres et conservée jusqu'à ce jour ; comme en la détrui-
sant on donne atteinte à une partie du droit
civil, on confirme même dans un jugement
ce qu'il y a de plus contraire au droit, je veux
dire la violence : la cause, sans doute, demande beaucoup de talent, non pour démontrer ce qui est visible, mais pour empêcher
que, si on vous fait illusion dans une aussi
importante affaire, on ne s'imagine que c'est
plutôt moi qui ai manqué à ma cause que vous
à votre devoir de juge.

Au reste, je me persuade que, si vous avez
renvoyé deux fois la même cause à un plus
ample informé, ce n'est pas qu'elle vous ait
semblé obscure et douteuse : mais, sans doute,
voyant qu'elle intéressoit l'honneur et la réputation d'Ebutius, vous avez pris du tems
pour le condamner, et vous lui en avez donné
pour rentrer en lui-même. Ces délais sont
passés en coutume, c'est un usage suivi par
des juges honnêtes, par des hommes qui vous
ressemblent ; si donc l'on doit peut-être moins
le blâmer, on doit encore plus s'en plaindre.
En voici la raison. Les tribunaux sont établis,

ou

ou pour vuider les démêlés , ou pour punir
les crimes ; l'un de ces deux objets est de
moindre conséquence , parce qu'il s'ensuit un
moindre dommage , et que souvent il est jugé
à l'amiable ; l'autre est de la plus grande importance , parce que les intérêts sont plus sérieux , et qu'il demande , non la médiation
d'un ami , mais la sévérité et l'autorité d'un
juge : toutefois il arrive , par un abus , que
l'objet le plus important , et pour lequel
sur-tout les tribunaux sont établis , est traité
avec une extrême mollesse. Oui , lorsqu'on
devroit juger une affaire avec d'autant plus
d'activité et de promptitude qu'elle est plus
deshonorante , on juge avec la plus grande
lenteur celle où la réputation d'une des deux
parties est intéressée. Or , convient-il que la
raison même qui a fait établir les tribunaux en
retarde la marche ? Quelqu'un manque-t-il de
remplir l'objet pour lequel il s'est rendu cau-
tion ; encore qu'il ne se soit engagé que par
une simple parole , les juges le condamnent
sur - le - champ sans aucun scrupule : et celui
qui en a trompé un autre dans une tutelle ,
dans une société , dans une commission dont
on le charge , dans un fideï-commis , sera

Tome V.   D

puni moins promptement parce que le délit est plus grave ! La sentence, dira-t-on, seroit diffamante : mais l'action l'est aussi (1). Voyez donc combien il est injuste qu'il s'ensuive une mauvaise réputation parce qu'une action est révoltante, et qu'une action révoltante ne soit pas jugée parce qu'il s'ensuit une mauvaise réputation.

Si un juge me dit : Mais vous pouviez user d'une forme moins vigoureure, vous pouviez obtenir votre droit par une voie plus douce et plus facile ; ainsi ou changez la forme de votre procédure, ou ne me pressez pas de juger : ce juge me paroîtra, ou plus timide que ne doit l'être un homme ferme, ou plus prévenu que ne doit l'être un juge impartial, s'il me prescrit la manière de poursuivre mon droit, ou s'il n'ose pas juger d'après celle qu'on apporte à son tribunal. Car si le préteur, qui donne des juges, ne prescrit jamais au demandeur la sorte d'action dont il doit faire usage (2), voyez combien il est in-

(1) J'ai lu, *et factum quidem turpe.*

(2) Le préteur donnoit action aux parties, il leur donnoit des juges, prescrivoit à ces juges la formule suivant laquelle ils devoient juger : mais les parties étoient libres de choisir la sorte d'action qu'elles vou-

juste , lorsque la forme de jugement est réglée ,
qu'un juge examine la procédure qu'on a pu
ou qu'on peut suivre , et non celle qu'on a
suivie.

Cependant, Romains, nous nous prêterions
à votre excessive indulgence pour Ebutius , si
nous pouvions recouvrer nos droits d'une
autre manière. Mais quelqu'un de vous croit-
il qu'on doive négliger de poursuivre une violence faite avec des gens armés , ou peut-il
nous indiquer une voie plus douce pour en
tirer réparation ? Dans un délit pour lequel ,
comme le disent nos adversaires , on a établi
des procès (1) criminels , des procès capitaux ,
pouvez-vous nous taxer de dureté , lorsque

droient , c'est-à-dire , l'action civile ou l'action criminelle.

(1) On pouvoit intenter trois sortes de procès à
Ebutius ; procès civil , pour revendiquer la possession d'une terre ; procès d'outrage , *injuriarum* , ou
procès criminel, pour demander réparation d'une violence illégale ; procès capital , *capitis*, pour demander vengeance d'un assassinat prémédité. Je ne sais
pourquoi Cicéron fait entendre ici qu'on n'avoit intenté à Ebutius qu'une action civile, lorsqu'il semble dire le contraire ailleurs , notamment dans ce
même exorde.

D 2

jusqu'à présent nous n'avons fait que revendiquer notre possession en vertu de l'ordonnance
du préteur ? Mais soit que le péril qui menace
la réputation d'Ebutius, soit que l'embarras
d'un droit obscur aient occasionné vos len-
teurs jusqu'à ce jour, vous vous êtes ôté vous-
mêmes le premier obstacle en remettant souvent à prononcer ; je me flatte de détruire aujourd'hui le second, et je ferai ensorte qu'il
ne vous reste plus de doute sur notre démêlé particulier et sur le droit général (1). Que si je vous
parois remonter à la source des preuves, de
plus haut que ne le demande la nature de la
cause, et le point de droit dont il est question,
je vous prie de me le pardonner : car Cécina
est aussi jaloux de paroître avoir évité les voies
de rigueur qu'avoir eu pour lui un droit incontestable.

Marcus Fulcinius étoit de la ville municipale de Tarquinie ; c'étoit un des citoyens les
plus distingués de sa ville, et il faisoit à Rome
le commerce de la banque avec honneur. Il
avoit épousé de la même ville Césennia, dame
d'une grande naissance et remplie de vertu,

(1) *Droit général*, droit qui regarde tous les citoyens. *Le point de droit...* J'ai lu *juris ejus de quo.*

comme il l'a témoigné lui-même pendant sa
vie en bien des manières, et déclaré à sa mort
par son testament. Les malheurs de la république (1) venant à troubler le commerce, il
vendit à Césennia un fonds situé sur le territoire de Tarquinie ; et comme il employoit à
sa banque la dot de son épouse qu'il avoit
reçue comptant, pour plus grande sûreté, il
fit assigner sa dot sur ce fonds. Quelque tems
après, il renonce au commerce de la banque,
et achète quelques terres contiguës à celle de
son épouse. Je tranche sur bien des faits étrangers à la cause ; Fulcinius meurt ; il établit héritier par son testament le fils qu'il avoit eu de
Césennia, et lègue à Césennia l'usufruit de tous
ses biens pour en jouir conjointement avec son
fils. C'étoit de la part d'un époux, une grande
marque de considération et bien flatteuse pour la
veuve si elle eût été plus durable. Elle auroit joui
des biens de son époux avec celui qu'elle vouloit faire héritier des siens, et dont la tendresse étoit si chère à son cœur. Mais la fortune ennemie la priva bientôt de cette joie. Le
jeune Fulcinius mourut en peu de tems. Il

(1) Les guerres civiles, et sur-tout celle de Sylla.

institua Césennius son héritier. Il légua à son
épouse une somme considérable , et a sa mère
la plus grande partie de ses biens. Les femmes
furent donc appelées au partage de la succession.

La vente (1) étoit décidée et réglée ; Ebutius
depuis long-tems subsistoit du veuvage de
Césennia et de son dénuement. Il s'étoit
insinué dans son amitié en se chargeant, non
sans quelque profit pour lui-même, des affaires
et des procès qui pouvoient survenir à cette
dame ; on le trouvoit aussi alors dans tous ces
détails de vente et de partage ; on le voyoit
s'offrir et s'ingérer par tout avec empressement:
tel étoit enfin l'ascendant qu'il avoit pris sur
Césennia que , suivant cette femme peu instruite , rien ne pouvoit se faire de bien si Ebutius ne s'en mêloit. Qu'on se représente un
de ces personnages si communs dans le monde,
complaisant des femmes , solliciteur des veuves,
chicaneur de profession , amoureux de querelles et de procès , ignorant et sot parmi les

____

(1) Il paroît que , pour faciliter les partages, on
vendoit les successions , et qu'ensuite les héritiers et
légataires recevoient en argent ce que leur avoit laissé
le testateur.

hommes, habile et entendu avec les femmes :
voilà Ebutius ; c'est-là ce qu'Ebutius étoit
pour Césennia. Ne demandez pas s'il étoit son
parent ; personne ne lui fut plus étranger : si
c'étoit un ami que lui eût laissé son père ou
son époux : rien moins que cela. Qu'étoit-il
donc ? un de ces hommes que je viens de dé-
peindre ; un ami d'intérêt, tenant à Césennia,
non par quelque lien de parenté, mais par
un faux zèle pour sa personne, par un empressement hypocrite, par des services quelquefois utiles, rarement fidèles.

La vente étoit décidée, comme j'avois
commencé de le dire ; il étoit réglé qu'on
la feroit à Rome : les amis et les parens de
Césennia lui donnoient une idée qu'elle avoit
eue d'elle-même. Elle pouvoit acheter, disoient-
ils, la terre qu'avoit acquise Fulcinius, et
qui tenoit à celle qu'il lui avoit vendue : il
n'y auroit pas de raison de laisser échapper
une telle occasion, sur-tout puisqu'il devoit
lui revenir de l'argent dans le partage ; cet argent ne pouvoit être mieux employé. Césennia
est donc déterminée. Elle s'adresse pour
acheter la terre, à qui croyez-vous, Romains ?
ne pensez-vous pas tous pour cette commis-

sion à l'homme toujours prêt à se charger des
affaires de Césennia , sans lequel rien ne pouvoit se faire avec tant d'intelligence , avec
assez d'adresse ? Vous ne vous trompez point.
Ebutius est chargé de la commission. Il se
trouve à la vente , il met l'enchère. Beaucoup
sont détournés d'acheter , les uns par le prix ,
les autres par considération pour Césennia. La
terre est adjugée à Ebutius. Ebutius promet de
l'argent au banquier (1). Et c'est par le témoignage de celui-ci que cet homme de bien
prétend aujourd'hui prouver qu'il a acheté
pour lui - même ; comme si nous ne conce-
vions pas que la terre lui a été adjugée, ou
comme si on avoit douté alors qu'elle ne
fût achetée pour Césennia. La plupart le savoient , presque tout le monde l'avoit entendu dire ; les autres avoient bien des raisons pour le conjecturer ; il devoit revenir de
l'argent à Césennia dans la succession ; il lui
étoit avantageux d'en acheter des terres ; les
terres étoient fort à sa bienséance, elles étoient

(1) Les ventes à l'enchère se faisoient à Rome , au
milieu de la place publique, au comptoir des ban-
quiers : ceux-ci écrivoient sur leurs registres l'argent
donné par les acheteurs pour les objets adjugés.

vendues ; celui-là enchérissoit qu'on étoit accoutumé à voir agir pour Césennia ; enfin
nul ne pouvoit soupçonner qu'il achetât pour
lui-même.

Cette acquisition faite , l'argent est payé par
Césennia. Ebutius s'imagine qu'on ne sauroit
le prouver parce qu'il a détourné lui - même
les registres de cette dame , et qu'il présente
ceux du banquier sur lesquels est porté ce
qu'il a payé et ce qui lui a été adjugé ;
comme si la chose avoit pu se faire autrement.
Tout s'étant passé ainsi que nous le préten-
dons , Césennia prit possession de la terre et
la donna à ferme. Elle épousa peu de tems
après Cécina. Pour trancher court , Césennia
mourut après avoir fait son testament. Elle
institue Cécina son héritier pour onze
douzièmes et demi de la succession. Des trois
soixante - douzièmes qui restent (1) , elle en
lègue deux à Fulcinius affranchi de son premier époux ; le troisième elle l'abandonne à
Ebutius pour récompense de ses soins et de

(1) Une succession se partageoit en douze parties
ou douze onces , chaque once en six sixièmes ,
sextulae. Une demi-once , faisoit donc trois sixièmes
d'une once , ou trois soixante-douzièmes du tout.

ses peines. Il regarde lui ce modique legs
comme le fondement sur lequel il peut bâtir
toutes ses chicanes.

Dès le commencement , il osa dire que
Cécina étoit inhabile à hériter de Césennia ,
parce qu'enveloppé dans la disgrace des habitans de (1) Volaterres , il ne jouissoit pas
de tous les droits de citoyen. On croira peut-
être que Cécina , en homme timide et peu
instruit , n'ayant , ni assez de résolution , ni
assez de lumières , n'a pas jugé que la succession valût la peine de se voir contester son
titre de citoyen romain ; on croira qu'il a cédé
à Ebutius tout ce qu'il vouloit des biens de
Césennia. Non , certes ; mais au contraire
il détruisit et mit en poudre cette extrava-
gante chicane avec toute la fermeté d'un
homme sage et courageux, Ebutius avoit part
à la succession ; se prévalant de sa modique
portion de legs , il prend le titre d'héritier , et
demande un arbitre pour les partages. Au bout

_____

(1) Sylla , vainqueur, voulant punir les villes municipales qui avoient embrassé le parti de Marius ,
leur ôta le droit de cité. Volaterres fut une de ces
villes. Cicéron prouvera à la fin de ce discours , que
le droit de cité romaine ne pouvoit jamais se perdre.

de quelques jours , ne pouvant rien arracher
de Cécina par la terreur d'un procès , il lui
déclare à Rome dans la place publique , que
la terre dont j'ai parlé plus haut , dont j'ai
montré qu'il avoit été l'acquéreur au nom de
Césennia , il lui annonce que cette terre est
à lui , qu'il l'a achetée pour lui même. Comment ? une terre que Césennia a possédée sans
aucune contestation pendant quatre ans , c'est-
à-dire depuis que la terre a été vendue jusqu'à
sa mort , vous prétendez , Ebutius , qu'elle
est à (1) vous ? Oui , dit-il , et Césennia n'en
avoit que l'usufruit et la jouissance par le testament de son premier époux.

Ebutius , plein de mauvaise foi , faisoit donc
cette nouvelle chicane ; Cécina , de l'avis de
ses amis , résolut de fixer un jour où l'on se
transporteroit sur les lieux, et où lui, Cécina, seroit dépossédé suivant les formalités d'usage.
On s'abouche , on convient d'un jour. Cécina
avec ses amis se rend le jour marqué au château Axia , qui n'est pas éloigné de la terre
en litige. Là , il apprend de différentes per-

----

(1) J'ai lu , d'après la conjecture de plusieurs savans , *tuus ille fundus est.*

sonnes qu'Ebutius a rassemblé et armé une
foule d'hommes libres et d'esclaves. Parmi ceux
qui l'accompagnoient, les uns en étoient surpris, les autres ne le croyoient pas. Ebutius
lui-même vient au château, il déclare à Cécina qu'il avoit des gens armés; qu'il lui arriveroit malheur s'il approchoit. Cécina et ses
amis jugèrent à propos de tenter l'aventure,
et d'avancer jusqu'où ils pourroient, sans trop
s'exposer. Alors ils descendent du château;
il y avoit, ce semble, de la témérité dans
cette démarche; mais la raison, je pense, qui
leur fit prendre ce parti, c'est qu'aucun d'eux
ne pouvoit supposer à Ebutius le front d'ef-
fectuer une telle menace.

Celui-ci place des gens armés dans tous les
lieux par où l'on pouvoit se rendre, non-
seulement à la terre qui avoit fait naître le procès, mais à nne terre voisine qui n'étoit pas
contestée. Cécina voulut donc d'abord entrer
dans une possession qui lui appartenoit depuis
long-tems, par où l'on pouvoit approcher de
plus près du terrein en litige. Une foule de
gens armés s'y opposèrent. Chassé de cet endroit, il s'efforce de pénétrer comme il peut
à la terre dont il devoit être éloigné par une

violence simulée, d'après la convention. L'extrémité de cette terre est bordée d'une rangée d'oliviers. Cécina en approchoit : Ebutius se présente avec toute sa troupe ; et appelant par son nom son esclave Antiochus, il lui dit assez haut pour être entendu, de tuer le premier qui entreroit dans la rangée d'oliviers. Cécina si prudent, suivant moi, me semble avoir eu dans cette occasion plus de courage que de prudence. Il voyoit une multitude de gens en armes, il avoit entendu ces paroles d'Ebutius : il s'approcha néanmoins ; et déja il entroit dans la rangée d'oliviers, lorsqu'il fut obligé de fuir, pour éviter l'attaque violente d'Antiochus armé et des autres qui lui lançoient des traits. Ses amis et ceux qui l'avoient accompagné, prennent en même tems la fuite, saisis de crainte, comme vous l'avez entendu dire à un des adversaires. Cécina porte donc ses plaintes en justice : le préteur Dolabella rend une ordonnance, suivant la coutume, au sujet de la violence faite avec des gens armés, sans aucune (1) clause, en ces termes : *On rétablira*

(1) *Sans aucune clause*, c'est-à-dire, sans spécifier si celui qui a été chassé étoit en possession ou non.

celui qui a été chassé par la violence. Ebutius déclare qu'il n'est point dans le cas de l'ordonnance (1). Les deux contendans consignent une
somme : *l'un soutient qu'il a été chassé de force,
l'autre qu'il n'a pas chassé de force son adversaire*; et c'est là-dessus, Romains, que vous
avez à prononcer.

Cécina devoit désirer avant tout de ne pas
avoir de procès, ensuite de n'en pas avoir avec
un homme aussi audacieux, enfin d'en avoir
avec un personnage aussi imprudent; car son
imprudence nous sert autant que son audace
nous nuit. Son audace lui a fait rassembler et
armer des hommes dont il s'est servi pour faire
violence. En cela, il a nui à Cécina; mais il
l'a servi en ce qu'il a pris des témoins pour attester même sa conduite audacieuse, et qu'il
s'appuie dans la cause de leurs dépositions. Je
suis donc résolu, avant que d'en venir à mes

_____

(1) Mot à mot, *Ebutius déclare qu'il a rétabli*;
manière de parler plus douce et plus honnête, usitée
alors, pour dire, ainsi que nous l'avons traduit,
*Ebutius déclare qu'il n'est point dans le cas de l'or-
donnance.* J'ai ajouté ce qui est souligné, *l'un soutient....* qui n'est pas exprimé dans le latin, mais qui
est comme renfermé dans ces mots, *sponsio facta est.*

défenses et à mes témoins , de faire usage d'Ebutius et des dépositions dont il s'appuie.

Qu'avoue donc Ebutius , et si fermement qu'il paroît non-seulement en convenir, mais s'en glorifier ? J'ai fait chercher des hommes , je les ai rassemblés , je les ai armés ; j'ai empêché Cécina d'avancer en le menaçant de la mort : c'est avec le fer, oui, dit-il, c'est avec le fer (et il le dit devant des juges) que je l'ai éloigné, que je l'ai épouvanté.

Et ses témoins , qu'attestent-ils ? Vétilius , parent d'Ebutius, atteste qu'il a accompagné Ebutius avec des esclaves armés; qu'ajoute-t-il ? qu'il y avoit un grand nombre de gens armés. Quoi encore ? qu'Ebutius a menacé Cécina. Que dirai-je de ce témoin ? Sinon que les juges doivent ajouter foi à ce qu'il dépose, quoique ce ne soit pas un homme digne de foi, qu'ils le doivent par la raison qu'il atteste pour son parent ce qui est le plus contraire à la cause de son parent.

Térentius, second témoin, accuse Ebutius, il s'accuse lui-même, il dit contre Ebutius qu'il y avoit des gens armés ; il publie contre lui-même qu'il a ordonné à Antiochus, esclave d'Ebutius, de se jetter avec son épée sur

Cécina qui avançoit. Que pourrai-je dire de plus contre cet homme ? Malgré les instances de Cécina, je refusois de parler contre lui, dans la crainte de paroître l'accuser d'un crime capital. Je ne sais maintenant quel parti prendre à son sujet, puisque, dans une déposition véridique, il parle ainsi contre lui-même.

Cœlius ne s'est pas contenté de dire qu'Ebutius étoit soutenn d'une troupe nombreuse de gens armés, il a même ajouté que Cécina n'étoit accompagné que d'un petit nombre de personnes. Déprimerai-je un témoin auquel je demande que les juges ajoutent autant foi que si je le produisois moi-même ?

Memmius a suivi ; il a fait valoir le service important qu'il a rendu aux amis de Cécina, en leur ouvrant, a-t-il dit, par la terre de son frère un chemin pour se sauver, lorsqu'ils fuyoient tous, saisis de crainte. Je sais gré à ce témoin de s'être montré aussi officieux dans cette rencontre, que scrupuleux dans sa déposition.

Caïus Atilius et Lucius Atilius son fils, ont dit qu'ils étoient eux-mêmes avec Ebutius en armes, et qu'ils ont amené leurs gens armés ; ils ont dit de plus qu'Ebutius menaçant

Cécina

Cécina de le tuer, Cécina lui demanda alors de le déposséder suivant les formalités d'usage. Rutilius a dit la même chose, et l'a dit d'autant plus volontiers qu'il étoit jaloux d'avoir été cru une fois en justice.

Il est encore deux témoins qui n'ont point parlé de la violence, mais de l'acquisition de la terre : Césamius, vendeur de la terre (1), homme de poids seulement par le corps ; le banquier Clodius, nommé Phormion, non moins (2) basané, non moins présomptueux que le Phormion de Térence ; ni l'un ni l'autre n'ont parlé de la violence, ils n'ont rien dit que d'étranger à la cause.

Le dixième témoin qui a déposé, témoin attendu, réservé pour le dernier, sénateur du peuple romain, la gloire de cet ordre, l'honneur et l'ornement des tribunaux, le modèle de l'antique sévérité; c'est Fidiculanus Falcula.

(1) Latin *auctor fundi*, c'est-à-dire, *venditor*, *alienator*, car *auctor* se prend quelquefois dans ce sens.

(2) Térence ne parle point de son Phormion parasite comme d'un homme basané; mais apparemment que l'acteur qui le r_ _sentoit avoit ou prenoit ce teint.

Tome V. E

Il avoit montré d'abord beaucoup de véhémence et de chaleur ; non-seulement il étoit
disposé à nuire à Cécina par son parjure,
il paroissoit même irrité contre moi : je l'ai
rendu si doux et si paisible, qu'il n'osa pas
dire une seconde fois, ainsi que vous vous le
rappellez, de combien de milles sa terre étoit
éloignée de Rome : car ayant dit qu'elle
étoit bien à quarante milles (1), le peuple se mit
à crier en riant que c'étoit justement le compte.
Tout le monde se rappeloit qu'il avoit reçu
quarante mille sesterces dans le jugement d'Oppianicus. Que dirai-je contre lui, sinon ce
qu'il ne peut nier? qu'il a pris séance dans un

(1) J'ai changé le nombre dans ma traduction
d'après le plaidoyer pour Cluentius, où il étoit beaucoup parlé de ce Fidiculanus Falcula un peu différemment qu'il n'en est parlé ici. On voit dans le plaidoyer que chacun des juges corrompus devoit recevoir 40000 sesterces (5000 livres) : or pour donner
lieu à l'équivoque, il falloit que la terre de Falcula, d'après son rapport, fût éloignée de Rome d'un
peu moins de quarante milles, ou quarante mille pas,
environ 13 lieues. — *Une cause publique.* Il s'agissoit d'empoisonnement dans la cause de Cluentius ;
or ces sortes de causes étoient regardées comme des
causes publiques.

tribunal où l'on jugeoit une cause publique, n'étant pas juge de ce tribunal ; que là il a prononcé, quoiqu'il n'eût pas entendu la cause et qu'il pût la renvoyer à un plus ample informé ; qu'ayant voulu juger d'une affaire qui lui étoit inconnue , il a mieux aimé condamner qu'absoudre ; que l'accusé ne pouvant être condamné, s'il y avoit une voix de moins, il étoit venu, non pour examiner la cause, mais pour opérer la condamnation. Peut-on rien alléguer de plus fort contre un juge que de dire qu'on l'a engagé par argent à condamner un homme qu'il n'avoit jamais vu , dont il n'avoit jamais entendu parler? Quel reproche peut être mieux fondé que celui qu'on n'essaie pas même de détruire par un signe de tête? Quoiqu'il en soit, Falcula a voulu vous apprendre que, lorsqu'on plaidoit la cause et que les autres témoins déposoient, lui avoit l'esprit ailleurs , et songeoit dans ce moment à quelque accusé : car seul , il a dit qu'il n'y avoit pas de gens armés avec Ebutius, quoique les autres témoins avant lui eussent déposé qu'il y en avoit un grand nombre. Je crus d'abord qu'en homme habile , il sentoit à merveille ce que demandoit la cause, et que

seulement il se trompoit en ce qu'il infirmoit
le témoignage de tous ceux qui avoient déposé avant lui, lorsque tout-à-coup se montrant aussi peu sensé qu'il a coutume d'être,
il déclara qu'il n'y avoit que ses esclaves qui
fussent armés. Que dire d'un tel témoin?
Ne lui accorderons-nous pas de s'avouer le
plus insensé des hommes, pour se défendre
d'être le plus scélérat?

Est-ce que vous n'ajoutiez pas foi, Romains,
à toutes ces dépositions, quand vous avez
renvoyé l'affaire à un plus ample informé?
Mais il étoit incontestable que les témoins déposoient suivant la vérité. Douteriez-vous
qu'une multitude d'hommes rassemblés, que
des armes, des traits, la crainte pressante de
la mort, un péril évident du massacre, que
tout cela n'annonçât de la violence? Où donc
trouvera-t-on de la violence, si on n'en trouve
point là?

Avez-vous jugé merveilleuse cette défense?
Je n'ai pas chassé, j'ai empêché qu'on n'entrât.
Je ne vous ai point permis d'entrer sur le terrein en litige, je vous ai opposé des gens armés, afin de vous apprendre que, si vous y
mettiez le pied, vous péririez sur-le-champ.

Comment? Ebutius, quand on a été effrayé, repoussé, mis en fuite par des armes, vous trouvez qu'on n'a pas été chassé? Nous examinerons ensuite le mot; établissons maintenant le fait que ne nient pas les adversaires, et voyons si, d'après le fait, on peut avoir action.

Voici le fait que ne nient pas les adversaires : Cécina est venu au tems et au jour marqué, pour être dépossédé suivant les formalités d'usage; il a été éloigné et repoussé par la violence, par des hommes rassemblés et armés. Ce fait étant certain, moi qui ne connois pas les formes judiciaires, qui ignore les affaires et les procès, je crois avoir action, je crois, Ebutius, en vertu de l'ordonnance du préteur, pouvoir obtenir mon droit et me venger de votre injure. Je suppose que je me trompe en cela, et qu'en vertu de l'ordonnance, je ne saurois me procurer ce que je souhaite ; je ne veux pas ici avoir d'autre maître que vous pour m'instruire. Je vous demande si, d'après le fait, j'ai action ou non. Il ne faut pas rassembler des hommes parce qu'on dispute une succession; il ne convient pas d'armer une multitude pour conserver son droit. Rien n'est plus ennemi du droit que la violence, rien

E. 3

n'est plus contraire à la justice que de rassembler des hommes et de les armer.

Dans cet état de la chose, et le fait étant de nature à mériter sur-tout l'animadversion des magistrats, je vous le demande encore, Ebutius ; d'après le fait, ai-je action ou non ? Vous direz que je ne l'ai pas. Je suis bien aise d'entendre dire à celui qui, au milieu de la paix, lorsque tout est tranquille, a formé une troupe, a rassemblé, armé, disposé une multitude, qui, par la terreur des armes et par la crainte de la mort, a éloigné, repoussé; mis en fuite des hommes désarmés, des hommes venus au jour marqué pour tenter les voies de droit, je suis bien aise de lui entendre dire : j'ai fait tout ce que vous dites ; ma démarche étoit indiscrète, téméraire, pouvoit avoir des suites fâcheuses ; eh bien ! je l'ai faite impunément; car vous ne pouvez avoir action contre moi, en vertu du droit civil et du droit prétorien (1). Eçouterez-vous, Romains, un pareil discours ? Souffrirez-vous qu'on vous le répète sans cesse ? Nos ancêtres,

_____

(1) On appelloit droit civil, le droit réglé par les jurisconsultes, et droit prétorien, le droit réglé par les ordonnances des préteurs.

pleins de prudence et d'attention , ont établi
des loix pour régler les plus petites choses
comme les plus importantes , ils sont entrés
dans les moindres détails; et ils (1) auroient omis
ce seul cas, un cas aussi grave ! ils m'auroient
donné action contre celui qui m'eût contraint
par la force des armes de sortir de ma maison ; et ils ne me l'auroient pas donnée contre celui qui m'eût empêché d'y entrer ! Je
n'examine pas encore le fond de la cause de
Cécina , je ne parle pas encore de notre droit de
propriété ; j'attaque seulement, Pison (2) , votre
moyen de défense.

Si Cécina, dites-vous , étant sur la terre,
en avoit été chassé, alors il eût fallu le rétablir en vertu de l'ordonnance du préteur ;
mais il n'a pu être chassé d'un lieu où il n'étoit
pas : Cécina n'a donc rien gagné par l'ordonnance. Voilà donc comme vous raisonnez ;
eh bien ! je vous le demande , si aujour-

_____

(1) *Ut hoc genus* : j'ai supprimé avec Lambin cet
ut qui ne fait qu'embarrasser la phrase.

(2) Lucius Calpurnius Piso, personnage consulaire , suivant Paul Mannce : il avoit été consul ,
dit-il , avec Glabrion , l'année avant que Cicéron fût
préteur.

E 4

d'hui (1) , lorsque vous retournerez chez vous , des hommes rassemblés et armés vous éloignoient, non-seulement de la porte et de l'intérieur , mais des premières avenues et du parvis (2) de votre maison , je vous demande quelle action auriez-vous ? Calpurnius , mon

(1) Dans tout le raisonnement qui suit , Cicéron semble faire entendre que Cécina n'avoit pris contre Ebutius qu'une action civile , c'est-à-dire , une action tendante à faire décider qu'Ebutius étoit dans le cas de l'ordonnance, que Cécina devoit être rétabli, et que par conséquent, les juges devoient examiner si la terre lui appartenoit, si c'étoit sa propriété. Mais il paroît et dans l'exhorde, et dans l'article qui suit, *le préteur, cependant, Pison....*, que l'action prise contre Ebutius avant l'examen du fond , étoit plus grave, et que c'est pour cela que les juges avoient renvoyé deux fois l'affaire à un plus ample informé. C'est une difficulté , je l'avoue , dont je ne vois pas la solution. Voyez les remarques que nous avons déja faites P. 6. n. (2). En général, l'orateur ne s'est pas expliqué assez clairement sur cet objet, soit par défaut, soit parce qu'il avoit dessein d'obscurcir et d'embrouiller les choses.

(2) *Vestibulum* en latin n'étoit pas ce que nous appelons en françois *vestibule*, une partie de l'édifice tenant à l'édifice , mais un espace vuide devant la maison: *parvis* en françois m'a paru rendre ce mot.

ami, vous avertit de dire, ce qu'il a déja dit lui-même, qne vous auriez une action pour outrage. Mais pour l'article de la propriété, mais pour être rétabli dans un bien dont on a été dépossédé injustement, mais pour une affaire de droit civil (1), qu'est-ce que fait une action pour outrage ? Vous aurez cette action ? Je vous accorderai plus : non-seulement vous avez eu action, mais encore vous avez fait condamner votre partie adverse ; en posséderez-vous davantage votre bien ? L'action pour outrage n'obtient pas le droit de propriété, mais adoucit, par la rigueur d'une sentence, la peine d'avoir été lésé dans sa liberté,

Le préteur cependant, Pison, se taira-t-il sur un cas aussi grave ? ne saura-t-il comment vous rétablir dans votre demeure ? Lui qui siége des jours entiers pour empêcher qu'on ne fasse de violence, ou pour ordonner qu'en les répare quand elles sont faites, qui rend des ordonnances pour des fossés, pour des égoûts, pour les moindres contestations au sujet des eaux et des chemins, gardera-t-il tout-

_____

(1) J'ai traduit comme si on lisoit, en supprimant ce qui embarrasse, *quid denique ad jus civile injuriarum actio ? ages injuriarum !*

à-coup le silence? ne saura-t-il que faire dans l'injure la plus atroce? et si Pison a été repoussé de sa maison et de sa demeure, s'il en a été repoussé par des hommes rassemblés et armés, ne saura-t-il comment se venger suivant les formes et les usages? Car enfin, qne dira-t-il? ou que demanderez-vous après avoir essuyé une pareille injure? demanderez-vous qu'on vous (1) rétablisse dans une demeure d'où vous avez été repoussé par la violence? emploirez-vous cette formule *repoussé par la violence*? Mais jamais on ne rendit d'ordonnance suivant une telle formule; elle est nouvelle, elle est extraordinaire, elle est inouïe. Emploirez-vous cette autre : *Chassé par la violence*? mais qu'y gagnerez-vous? On vous répondra ce que vous me répondez maintenant, que les gens armés ne vous ont qu'empêché d'entrer; or, que vous n'avez pu être chassé d'un lieu dont vous n'avez pas approché.

Je suis chassé, dites-vous, si quelqu'un de mes gens est chassé. Oui, certes. Vous rai-

_____

(1) J'ai un peu commenté le texte dans cet endroit, pour faire entendre la pensée de l'orateur.

sonnez bien maintenant : vous abandonnez les mots pour recourir au droit ; car si nous nous attachons aux mots seuls, comment êtes-vous chassé, lorsque votre esclave est chassé ? mais sans doute, comme vous dites, je dois vous regarder comme chassé, quoiqu'on ne vous ait pas touché. N'est-ce pas ? Mais si on n'a pas même déplacé aucun de vos gens ? Si tous ont été laissés et gardés dans la maison, si seul vous avez été repoussé de votre maison par la violence et par la terreur des armes, aurez-vous l'action dont nous avons fait usage, en aurez-vous une autre, ou n'en aurez-vous aucune ? Vous avez trop de lumières et trop de réputation de sagesse pour dire qu'on ne doit avoir aucune action dans une injure aussi insigne, aussi atroce. S'il en est par hasard quelqu'une qui nous ait échappé, dites quelle est cette action, je suis bien aise de l'apprendre. Si c'est celle dont nous avons fait usage, d'après votre propre jugement, nous avons gain de cause.

Vous ne direz point, j'en suis sûr, que, dans le même cas, sur la même ordonnance, vous deviez être rétabli, et non Cécina. En effet, qui ne voit clairement que les propriétés

et les possessions n'auront plus rien d'assuré ;
si on ôte de sa force à l'ordonnance du préteur, si on donne atteinte dans quelque partie ; si la violence d'hommes armés est soutenue par l'autorité de juges respectables, approuvée dans un jugement, et dans un jugement
où l'on convient qu'on a pris les armes, où
l'on ne dispute que sur les mots. Gagne-t-on
sa cause auprès de vous, quand on dit pour
sa défense. Je vous ai repoussé avec des gens
armés, je ne vous ai pas chassé ; ensorte qu'un
délit grave disparoisse, non par la solidité des
raisons, mais par le seul changement de
verbe (1) ? Déciderez-vous qu'on n'a aucune
action, qu'on ne peut tenter la voie de la justice contre celui qui s'est opposé à un particulier avec des gens armés, qui, avec une multitude rassemblée, l'a empêché d'entrer dans
sa maison, et même d'en approcher?

La distinction de notre adversaire ne peut-
elle avoir lieu ? Que je sois chassé dès que

(1) *Eloigné* au lieu de chassé. Le latin dit *par la
circonstance d'une seule lettre*; sans doute *ejeci* au
lieu de *dejeci*. —— Un peu plus bas, *contre celui....*
j'ai traduit comme si on lisoit, *constitutum contrà
eum qui obstiterit...*

j'aurai touché ma demeure , dès que j'aurai mis
le pied dans ma possession ; ou qu'avec la même
violence et les mêmes armes on se présente à
moi auparavant., pour que je ne puisse , non-
seulement entrer dans ma maison , mais même
la regarder , ou essayer d'en approcher; n'est-ce
donc pas la même chose ? Le premier acte de
violence diffère-t-il du second , de sorte que
celui-là soit forcé de me rétablir qui m'a chassé
lorsque j'étois entré , et non celui qui m'a repoussé lorsque j'entrois ? Voyez , au nom des
Dieux , quelle jurisprudence vous voulez établir pour nous , quelles suites elle auroit pour
vous-mêmes et pour tous les Romains. L'ordonnance du préteur , en vertu de laquelle
nous avons agi , donne une seule espèce d'action. Si cette action est nulle , ou si elle n'a
aucune force dans l'affaire actuelle , quelle
négligence , quel défaut de raison dans nos
ancêtres , d'avoir oublié à établir une action
pour un cas aussi grave , ou d'en avoir établi
une qui ne puisse point renfermer dans sa teneur
tous les cas particuliers ? Il est dangereux de
détruire l'ordonnance prétorienne ; il est malheureux pour tout le monde qu'il y ait une
circonstance où l'on ne puisse opposer aux

voies de fait les voies de droit ; mais combien ne seroit-il pas indécent de taxer de folie les hommes les plus sages , de prononcer que nos ancêtres n'ont pas songé à établir d'ordonnance prétorienne et à donner d'action pour un cas si important ?

Nous pouvons nous plaindre , nous dit-on ; mais Ebutius n'est point compris dans l'ordonnance prétorienne. Pourquoi ? c'est qu'on n'a point fait de violence à Cécina. Peut-on dire qu'il n'y a pas eu de violence , où il y a eu des armes , une multitude d'hommes munis de traits et d'épées , disposés et comme rangés en bataille , où il y a des menaces , l'appareil d'un combat , et le danger de la mort ? Personne , dit-on , n'a été tué , personne n'a été blessé. Quoi ? lorsqu'il s'agit de contestation pour un bien , de discussion judiciaire entre particuliers , vous direz qu'il n'y a pas eu de violence , s'il n'y a pas eu de meurtre et de massacre ? Moi je dis que des grandes armées ont été souvent repoussées et mises en déroute par la seule frayeur , et par le choc des ennemis , sans qu'il y ait eu personne de tué ni même de blessé. En effet , Romains , on ne doit pas seulement appeller violence celle qui

atteint notre corps et qui attaque notre vie ;
une violence beaucoup plus forte est celle qui
nous montrant en péril de la mort, jette la
terreur dans notre esprit, nous fait souvent
quitter la place et abandonner notre poste.
Aussi arrive-t-il souvent que des hommes
blessés, malgré la foiblesse extrême de leur
corps, conservent la force de leur ame, tiennent toujours ferme dans le poste qu'ils ont
résolu de défendre ; d'autres au contraire,
sans avoir reçu de blessure, sont repoussés :
en sorte qu'il n'est pas douteux qu'une plus
grande violence n'ait été faite à celui dont
l'ame a été effrayée qu'à celui dont le corps a
été blessé. Si donc nous disons que des armées
ont été repoussées, quand la crainte et souvent le moindre soupçon de péril les a fait
fuir ; si nous savons pour l'avoir vu ou pour
l'avoir oui dire, que des troupes nombreuses
ont été repoussées, non-seulement par le con-
flit des boucliers et le choc des corps, non-
seulement par les coups portés de près ou de
loin, mais souvent par le seul cri des soldats,
par l'ordre de bataille et l'aspect des étendarts :
ce qu'on appelle violence dans la guerre n'aura
point ce nom dans la paix ! ce qui paroît

grave dans des opérations militaires sera jugé
peu de chose dans le droit civil ! ce qui fait
impression sur des troupes armées n'en fera
aucune sur un petit nombre de témoins paci-
fiques ! La violence sera annoncée par les bles-
sures du corps plus que par la frayeur de l'ame !
et l'on cherchera des blessés quand il est certain qu'il y a eu des hommes mis en fuite ! Un
de vos témoins a dit que la crainte ayant saisi
ceux qui accompagnoient Cécina, il leur avoit
montré un endroit par où ils pouvoient échapper. Des hommes qui cherchoient non-seulement à prendre la fuite, mais un chemin sûr
pour s'enfuir, on trouvera qu'ils n'ont pas
essuyé de violence ! pourquoi donc fuyoient-
ils ? — par crainte. — Mais que craignoient-ils ?
la violence, sans doute. Pouvez-vous donc nier
des principes quand vous accordez les consé-
quences ? Vous avouez qu'ils étoient effrayés,
qu'ils ont fui ; vous convenez que la raison
de leur fuite est celle que nous savons tous,
les armes, une multitude rassemblée, l'irruption et l'attaque de gens armés : quand on convient de ces faits, niera-t-on qu'il n'y ait eu
de la violence ?

C'est un ancien usage, confirmé par l'exemple

ple de nos ancêtres et pratiqué dans plusieurs occasions ; lorsqu'il est convenu qu'on emploiera une violence légale , si on a apperçu des gens armés quoique de loin , on se retire dès que les témoins ont signé (1) ; on peut alors attaquer en justice la partie adverse comme ayant usé de violence contre l'ordonnance du préteur. Comment ! savoir qu'il y avoit des gens armés suffit pour prouver qu'il y a eu violence , et tomber dans leurs mains ne suffit pas ! la vue des gens armés pourra démontrer la violence ; l'irruption et l'attaque ne le pourront point ! celui qui se sera retiré prouvera plus facilement qu'on lui a fait violence que celui qui aura été mis en fuite ! Pour moi je dis plus : si, dès qu'Ebutius eût dit à Cécina dans le château , qu'il avoit rassemblé et armé des hommes , et qu'il lui arriveroit malheur s'il approchoit , Cécina se fût retiré d'abord ;

___

(1) *Testificari, curare ut testes , postquam dixerint testimonia , tabulas obsignent :* il y a des exemples de *testificari* pris dans ce sens. —— *On peut alors attaquer...* mot à mot, *on peut alors consigner une somme, à condition qu'on la perdra, s'il n'y a pas eu de violence faite contre l'ordonnance du préteur.*

Tome V   F

vous auriez prononcé sans hésiter qu'on avoit fait violence à Cécina : s'il se fût retiré dès qu'il eût apperçu de loin des gens armés , vous l'auriez prononcé bien plus encore. Car il y a violence toutes les fois que par la crainte on nous force de nous retirer d'un lieu , ou qu'on nous empêche d'en approcher (1). En décidant autrement, prenez garde de décider qu'on n'a pas fait violence à quiconque s'est retiré avec la vie sauve ; prenez garde de nous prescrire à tous , dans les démêlés pour des possessions , de nous prescrire comme une règle , d'en venir aux mains et de combattre avec les armes : dans la guerre , les généraux font subir une peine aux lâches ; prenez garde que de même dans les tribunaux ceux qui ont fui soient traités moins favorablement que ceux qui ont combattu jusqu'au bout. Lorsque , dans une discussion de droit et dans des contestations juridiques entre particuliers , nous parlons de violence , on doit entendre la plus légère. J'ai vu des gens armés quoiqu'en petit nombre ; c'est une grande violence. Je me

___

(1) J'ai suivi la leçon , *aut aliquò prohibet accedere.*

suis retiré effrayé par les armes d'un seul homme ; c'est avoir été repoussé et chassé. Si vous
le décidez ainsi , par la suite on ne voudra jamais , dans un démêlé pour des possessions
engager un combat , ni même opposer la moindre résistance. Mais si vous pensez que pour
la violence il faut qu'il y ait meurtre , blessure , sang répandu , vous déciderez qu'on
doit être plus attaché à ses possessions qu'à sa
vie.

C'est vous-même que je prends pour juge ,
Ebutius ; répondez-moi , si vous le jugez à
propos. Cécina n'a-t-il pas voulu ou n'a-t-il pas
pu approcher de la terre en litige ? Dire que
vous vous êtes opposé à lui , que vous l'avez
repoussé , c'est convenir assurément qu'il vouloit en approcher. Prétendrez-vous donc que la
violence n'ait pas été un obstacle pour celui à
qui une troupe de gens armés n'a pas permis
d'approcher quoiqu'il le désirât , quoiqu'il fût
venu dans ce dessein ? S'il n'a pu exécuter son
projet , il faut , sans doute , qu'une violence se
soit opposée à ses désirs : ou bien dites pourquoi,
voulant approcher, il n'a point approché. S'il y a
donc eu violence , vous ne pouvez en disconvenir. On demande comment celui qui n'a

point approché d'un lieu en a été chassé. Pour
être chassé d'un lieu ; il faut nécessairement
être déplacé et repoussé : or , comment cela
peut-il arriver quand on n'a pas même été
dans le lieu d'où l'on dit qu'on a été chassé ?
Mais si on y avoit été, et que saisi de crainte
en voyant des gens armés , on eût pris la fuite ,
on l'eût abandonné ; diriez-vous qu'on a été
chassé ? oui , sans doute. Mais vous qui jugez
des contestations judiciaires avec une subtilité
si minutieuse , plutôt par les mots que d'après
la raison , qui réduisez le droit à de vaines
paroles sans songer à l'intérêt de tous, pourrez-
vous dire que celui-là a été chassé que l'on n'a
pas touché ? Direz-vous qu'il a été poussé
dehors , *detrusum* (1) : car c'étoit le mot dont
les préteurs se servoient anciennement dans
l'ordonnance dont nous parlons. Mais quoi ?
peut - on pousser quelqu'un dehors , *detru-*
dere , si on ne le touche pas ? En voulant
nous attacher au mot, ne faut-il point de toute
nécessité convenir que celui-là seul a été poussé

_____

(1) On voit assez, sans que je le dise, pour quelle
raison, dans tout cet article, j'ai ajouté quelquefois
le mot latin au mot françois.

dehors, *detrusum* , sur lequel on a porté la main ?
Non , si nous voulons expliquer la chose
par le mot , on ne peut dire que quelqu'un est
poussé hors d'un lieu s'il n'en est déplacé , s'il
n'en est rejetté avec violence et par l'effort de
la main. Le mot employé dans l'ordonnance
signifie proprement *jetté de haut en bas, précipité*, DEJECTUS. Or peut-on dire qu'un homme
ait été précipité , s'il n'a été jetté d'un lieu
élevé dans un lieu plus bas ? On peut dire qu'il
a été chassé, repoussé , mis en fuite ; mais on
ne dira jamais de celui que l'on n'a pas touché,
qui n'a pas même été chassé d'un lieu plat et
uni , on ne dira jamais qu'il ait été *précipité*.
Quoi donc ? croyons-nous que l'ordonnance
n'a été rédigée que pour ceux qui ont été jettés
de lieux élevés. Car il n'y a que ceux-là que
nous puissions dire proprement avoir été *précipités* , DEJECTOS.

Ou bien, connoissant le vœu , l'intention
et l'esprit de l'ordonnance prétorienne , ne
croirons-nous pas que c'est l'excès de l'impudence et de la folie de chercher à tromper par
des mots , de négliger la chose , de trahir
même la cause et l'intérêt de tous ? Doutera-
t-on qu'il n'y ait pas une assez grande abon-

F 3

dance de mots , non-seulement dans notre
langue que l'on dit être pauvre , mais dans la
langue la plus riche , pour que chaque chose
ait son mot propre et déterminé ? D'ailleurs
est-il besoin de mots quand la chose pour laquelle les mots sont trouvés , est suffisamment
entendue ? est-il une loi , un sénatuscon-
sulte , une ordonnance de magistrat, un traité ,
une alliance ; et pour revenir aux actes des
particuliers , est-il un testament , une stipu-
lation , un engagement , un contrat, une décision de parens (1) , qui ne puissent être infirmés ou entièrement détruits , si nous voulons assujettir les choses aux paroles , si nous
abandonnons la volonté de ceux qui ont écrit,
leurs sentimens et leurs intentions? On ne s'en-
tendra certainement plus dans les conversations familières, dans les entretiens journaliers,
si on chicane sur les mots. Enfin nous ne
pourrons plus commander dans nos maisons ,
si nos esclaves ont la liberté de ne nous obéir que
suivant les termes , et non suivant ce que les
termes peuvent faire entendre. Est-il néces-

_____

(1) Latin *judicia* ; un commentateur ajoute *inter*
privatos.

saire que je rapporte des exemples? ne s'en présente-t-il pas à chacun de vous une foule de toute espèce? ils prouvent que le droit ne dépend pas entièrement des mots, que les mots sont assujettis aux intentions et aux sentimens des hommes.

Un peu avant que je parusse au barreau, le plus éloquent des orateurs, Crassus a fort bien discuté et développé cette même vérité dans une cause portée devant les centumvirs, où il avoit pour adversaire Scœvola (1), cet homme si instruit : il persuada sans peine à tout le tribunal, que Curius, etabli héritier en cas qu'un fils posthume vînt à mourir, devoit être héritier, quoique ce fils ne fût pas mort, quoiqu'il ne fût pas même né. Cela étoit-il donc exprimé en termes assez clairs? nullement. Qu'est-ce donc qui a déterminé les juges? l'intention du testateur. Si nous pouvions faire connoître nos intentions sans parler, nous ne ferions point usage de mots; ne le pouvant pas, nous avons trouvé des mots, non pour traverser nos volontés, mais pour les déclarer.

(1) Quintus Mucius Scœvola, fameux jurisconsulte.

La loi fixe à deux ans (1) la prescription
pour un fonds de terre. Nous faisons usage de
la même règle ponr les maisons, qui ne sont
pas nommées dans la loi. Si le chemin est impraticable, elle permet de conduire ses bêtes
de charge par où l'on voudra. Peut-on croire,
d'après ces mots, supposé que le chemin fût
impraticable dans le Bruttium, que l'on pourroit, si on le vouloit, conduire ses bêtes
de charge à travers la terre de Saurus dans le
Rusulum ? On a action contre le vendeur (2)
présent, et voici en quels termes elle est conçue : *Puisque je vous apperçois dans ce tribunal...*
Le fameux Appius l'aveugle n'auroit pu employer cette action, si on s'attachoit scrupu-
leusement aux termes sans égard aux choses
qu'ils expriment. Si Cornélius étoit nommé héritier dans un testament comme étant encore
pupille, et qu'il eût déja vingt ans, d'après
vous il perdroit sa succession.

Il s'offre à moi une foule d'exemples, et

(1) La prescription chez nous, comme on sait,
s'étend beaucoup plus loin.

(2) J'ai suivi la leçon *auctorem*. Nous avons déja
remarqué que *auctor fundi* signifioit *fundi venditor,
alienator*.

sans doute il s'en offre à vous encore un plus
grand nombre. Mais pour ne pas embrasser
trop de choses , et pour ne pas trop m'écarter
de mon sujet , considérons l'ordonnance (1)
même dont il s'agit. Vous y verrez que , si
nous établissons le droit sur les mots , en voulant être fins et subtils , nous perdrons tout
l'avantage de cette ordonnance.

Si vous , ou vos esclaves (2) , *ou votre procu-*
reur fondé , avez chassé.... Si votre fermier seulement m'eût chassé , ce ne seroit pas , sans
doute , vos esclaves qui m'auroient chassé ,
mais un de vos esclaves. Seriez-vous donc en
droit de dire que vous n'êtes point dans le cas
de l'ordonnance ? oui , assurément. Car quoi
de plus facile que de prouver à ceux qui sa-

(1) Ce n'étoit pas l'ordonnance de Dolabella ,
c'étoit une ancienne ordonnance prétorienne portée
contre la violence illégale , laquelle ordonnance étoit
devenue une loi.

(2) On appeloit en latin *familia* tous les esclaves
d'une maison. Nous disions en françois , *la maison*
d'un prince , *la maison du roi* , *la maison de la*
reine. Cicéron explique lui-même , par la suite , la
vraie signification de *procurator*. On doit entendre
par *fermier* , en latin *villieus* , un esclave chargé en
chef du soin d'une ferme.

vent notre langue qu'on ne sauroit appeller
des esclaves un seul esclave. Si vous n'avez
pas d'autre esclave que celui qui m'a chassé ,
vous direz apparemment : si j'ai des esclaves ,
j'avoue que vous avez été chassé par mes esclaves. Et il n'est pas douteux que , si nous ju-
geons d'après le mot , et non d'après la chose ,
on doit entendre par esclaves au plurier plusieurs esclaves , qu'un seul homme ne fait pas
plusieurs. Le mot du moins porte à penser
ainsi , il y force même. Mais le fond du droit ,
l'esprit de l'ordonnance des préteurs , l'opinion
et les lumières de personnages éclairés, n'admettent point cette défense , la rejettent avec mépris.
Quoi donc ? est-ce que ces hommes ne savent
point parler notre langue ? oui , et autant qu'il
faut pour faire connoître (1) leur volonté, puisqu'ils ont eu intention que vous me rétablis-
siez , soit que vous m'ayez chassé vous-même ,
ou quelqu'un des vôtres , esclaves ou amis ;
ils n'ont pas spécifié le nombre d'esclaves , mais
ils ont dit en général *vos esclaves*.

---

(1) *Ad intelligendam voluntatem* , c'est-à-dire , du
moins à ce que je pense , *ut intelligatur ipsorum vo-
luntas*.

Ils ont appellé du nom de *procureur fondé* tout homme libre. Ce n'est pas que ceux que nous avons chargés de quelque commission ; soient ou puissent être appellés nos procureurs fondés : mais en cela ils n'ont pas voulu qu'on subtilisât sur les termes, quand on connoissoit l'esprit de l'ordonnance : la chose au fond est toujours la même, soit qu'il s'agisse d'un esclave ou de plusieurs ; elle ne change point dans le cas où j'aurai été chassé par votre procureur fondé, proprement dit, par un homme chargé de l'administration de toute la fortune d'un citoyen qui n'est pas en Italie, qui est absent pour les affaires de la république, par un maître substitué, à qui le vrai maître a remis tous ses droits ; ou si j'ai été chassé par votre voisin, par votre client, par votre affranchi, ou par tout autre qui se sera chargé de cette violence à votre prière ou en votre nom. Si donc pour rétablir celui qui s'est vu chassé par la violence, la chose au fond est toujours la même ; la chose une fois connue, il importe peu quelle est la signification des mots et des termes. Si j'ai été chassé par votre affranchi, par quelqu'un qui n'est chargé d'aucune de vos affaires ; vous ne me rétablirez pas moins , que si je l'avois été par votre procureur fondé proprement dit. Ce n'est pas que tous ceux que nous avons chargés de quelque commission soient des procureurs fondés ; mais c'est qu'il n'est pas nécessaire d'examiner le mot. Vous ne me rétablirez pas moins si j'ai été chassé par un seul de vos esclaves que si je l'avois été par tous vos esclaves ensemble. Ce n'est pas qu'un seul esclave soit plusieurs esclaves ; mais c'est qu'on examine l'action et non les paroles. Et pour m'éloigner encore plus des mots , sans m'écarter de la chose , quand il n'y auroit eu aucun esclave à vous , quand ce seroient les esclaves d'un autre dont vous auriez payé les bras , ils seront regardés comme étant vos esclaves.

Continuons d'examiner l'ordonnance. *Avec des hommes rassemblés* , dit-elle. Quand vous ne les auriez pas rassemblés , qu'ils seroient venus d'eux-mêmes , c'est assurément rassembler des hommes que de les réunir ; et ceux qu'on a réunis dans le même lieu ont été vraiment rassemblés. Que s'ils ne sont pas même venus , s'ils étoient auparavant dans la campagne , selon leur usage, non pour commettre une violence , mais pour cultiver la terre , ou pour faire pâître des troupeaux ; vous soutiendrez qu'ils n'ont pas été rassemblés : et si l'on s'en tient aux termes, vous l'emporterez même à mon jugement ; mais si on considère la chose, vous ne pourrez même vous présenter devant aucun juge : car vos ancêtres ont voulu qu'on réparât une violence faite par une multitude en général , et non-seulement par une multitude rassemblée. Mais comme pour l'ordinaire , quand on a besoin d'une multitude , on rassemble des hommes , voilà pourquoi l'ordonnance parle d'hommes rassemblés. Quand cette ordonnance différeroit pour les termes , elle seroit toujours la même pour les choses ; elle auroit la même force dans tous les cas où le fond est le même.

Avec des hommes armés , ajoute-t-elle. Que dirons-nous ? Si nous voulons parler notre langue , qui pouvons-nous appeller vraiment des hommes armés? sans doute ceux qui sont munis de boucliers , de traits et d'épées. Quoi donc? si vous chassez quelqu'un de sa terre avec des mottes , des pierres ou des bâtons, et qu'on vous enjoigne de rétablir celui que vous aurez chassé avec des hommes armés , direz-vous que vous n'êtes point dans le cas

de l'ordonnance ? Si on n'a égard qu'aux mots,
si on juge des choses d'après les paroles et
non d'après la raison , je vous conseille de
le dire ; on vous accordera assurément que
des pierres qu'on ramasse , que des mottes
de terre , des morceaux de gazon, des branches d'arbre qu'on rompt en passant , ne sont
pas des armes ; qu'être muni de tout cela n'est
pas être armé ; que les armes ont leurs noms
particuliers , qu'il y en a d'offensives et de
défensives : on vous accordera que ceux qui
n'avoient pas de ces armes étoient désarmés.
Lorsqu'il s'agira d'examiner des armes , vous
pourrez parler comme vous faites : lorsqu'on
examinera le droit et la justice , ayez honte
de vous couvrir d'une aussi froide et aussi
misérable chicane. Non , vous ne trouverez
point de juge qui examine si un homme
étoit armé , comme il examineroit les armes
d'un soldat : mais il regardera comme ayant
été réellement armés , ceux qui se trouveront
avoir été munis d'instrumens propres à donner
la mort ou à faire violence.

Et afin de vous faire mieux comprendre
combien vos disputes de mots sont absurdes ,
si vous , ou quelqu'autre , étant seul , vous

fussiez tombé sur moi avec un bouclier et une épée , et qu'ainsi j'eusse été chassé ; oseriez-vous dire que l'ordonnance parle d'hommes armés , et qu'ici il n'y avoit qu'un homme armé ? Vous ne manqueriez pas , je crois , jusqu'à ce point de pudeur. Mais prenez garde de montrer maintenant beaucoup plus d'impudence. Car alors vous pourriez prendre toute la terre à témoin, vous plaindre de ce que , dans votre affaire , on oublioit de parler la langue ; qu'un homme (1) armé étoit regardé comme étant des hommes armés ; que l'ordonnance parlant de plusieurs , et la chose ayant été faite par un seul, un seul homme étoit regardé comme faisant plusieurs hommes.

Mais , dans ces cas , ce ne sont pas les mots qui sont portés en justice , mais la chose pour laquelle les mots ont été mis dans l'ordonnance. Nos ancêtres ont voulu que toute violence , sans exception , qui attaquoit nos jours , fût réparée. Cette violence se fait ordinairement avec des hommes rassemblés et armés ; si elle est faite d'une autre manière et avec le même danger pour ma vie , ils

_____

(1) Au lieu d'*inermes* , j'ai lu avec Lambin *armatus*.

ont voulu qu'elle fût jugée par la même règle.
Car ce n'est point pour moi une plus grande
injure si je suis chassé par tous vos esclaves,
et non simplement par le fermier de vos terres ;
par vos propres esclaves, et non par des
esclaves d'emprunt que l'on paie ; par votre
procureur fondé, et non par votre voisin ou
par votre affranchi ; par des hommes rassemblés, et non par des hommes venus d'eux-
mêmes, ou par vos ouvriers de journée ; par
des hommes armés, et non par des hommes
désarmés, mais ayant les mêmes facilités pour
nuire ; par plusieurs, et non par un seul.
L'ordonnance indique les moyens ordinaires
avec lesquels se fait une violence ; si elle
s'est faite par d'autres moyens, quoique non-
comprise dans la lettre de l'ordonnance, elle
se trouve cependant renfermée dans l'esprit et
dans l'intention de la loi.

Je passe maintenant à votre défense principale : je ne l'ai point chassé, si je ne lui
ai point permis d'approcher. Sans doute, Pison, vous voyez vous-même combien cette
défense est plus foible et moins recevable que
cette autre : ils n'étoient pas armés, ils n'a-
voient que des pierres et des bâtons. Certes,

si

si moi qui n'ai pas à beaucoup près toutes
les ressources de la parole , j'avois le choix
de soutenir , ou que celui-là n'a pas été chassé
à qui on s'est présenté avec des armes et dans
l'intention de faire violence , ou que ceux-là
n'étoient pas armés qui étoient sans épées et
sans boucliers : je trouverois l'une et l'autre
proposition également insoutenable et futile ;
mais dans l'une des deux, ce me semble, je
pourrois trouver quelque chose à dire , essayer
au moins de montrer que ceux-là n'étoient pas
armés qui n'avoient ni épée , ni bouclier :
au-lieu que je serois grandement embarrassé ,
s'il me falloit soutenir que celui-là n'a pas été
chassé qui a été repoussé et mis en fuite.

Ce qui m'a le plus surpris dans tout votre
plaidoyer , c'est que vous ayez dit qu'on ne
devoit pas suivre l'autorité des jurisconsultes.
Ce n'est pas pour la première fois , et seulement dans cette cause , que j'ai entendu parler
de la sorte ; je ne savois cependant pourquoi
vous teniez ce langage. Ordinairement on n'a
recours à ce propos que quand on croit pouvoir défendre sa cause par la justice et par
l'équité. Si l'on rencontre des hommes qui dis-
putent sur les mots et les syllabes , et comme

Tome V.   **G**

on dit , dans la rigueur de la lettre , on oppose
à ces discussions de mauvaise foi le nom d'é-
quité et de justice. Alors on se moque de toutes ces formes de la chicane (1) ; alors on tâche
de rendre odieux les piéges tendus à la simpli-
cité par des pointilleries sur les syllabes et sur
les mots ; alors on soutient avec chaleur que
les causes doivent être jugées d'après ce qui
est juste et équitable , et non d'après de
subtiles et captieuses interprétations ; qu'il est
d'un plaideur de mauvaise foi de s'attacher aux
paroles , qu'un bon juge doit défendre l'intention et le sentiment de celui qui les a écrites.
Mais ici , lorsque c'est vous même qui vous
défendez par des mots et des syllabes , lorsque
vous nous opposez ce raisonnement : d'où avez
vous été chassé ? est-ce d'un lieu où l'on ne
vous a point permis d'approcher ? dans ce cas ,
vous avez été repoussé et non chassé. Lorsque
vous venez nous dire : j'en conviens, je l'avoue;
j'ai rassemblé des hommes , je les ai armés , je

(1) *Sive , nive ,* étoient des débuts de formules
judiciaires, fort. connus des chicaneurs et dont ils
abusoient souvent. Paul Manuce, au lieu de ces deux
mots , a mis d'après ses propres conjectures , *summo
jure.*

vous ai menacé de la mort, je dois être puni (1) en vertu de l'ordonnance prétorienne, si on examine l'intention et le droit ; mais je trouve dans l'ordonnance un seul mot sous lequel je me mets à l'abri : Je ne vous ai point chassé, dites-vous, d'un lieu où je vous ai empêché de venir. Vous employez une pareille défense, et vous blâmez les jurisconsultes, parce qu'ils croient qu'on doit avoir égard au droit et non pas aux mots !

Ici vous avez rappelé que Scévola n'avoit pas gagné une cause au tribunal des centumvirs. J'ai déja cité le même Scévola ; et quoique sa cause fût soutenable, tandis que la vôtre ne l'est pas, je l'ai dit, Scévola faisant la même chose que vous faites à présent, ne persuada personne, parce qu'il sembloit avec des mots vouloir renverser toute justice. Je suis surpris que, pour vous défendre, vous ayez attaqué (2) les jurisconsultes, dans une pareille affaire, mal à propos et contre l'intérêt de votre cause ; et en général ce qui m'étonne, c'est que, dans les tribunaux, quelquefois même des orateurs

_____

(1) *Vindicari*, sous-entendez *vim*.

(2) Il faut joindre *defendisse* avec le membre de phrase *nec jurisconsultis*.

G 2

de beaucoup d'esprit , prétendent qu'il ne faut
pas toujours s'en rapporter aux jurisconsultes ,
qu'il ne faut pas toujours dans les causes consulter le droit civil. Si ceux qui soutiennent
ce sentiment , disent que les jurisconsultes ne
décident pas bien , ce ne sont pas les règles du
droit civil qu'ils doivent attaquer , mais les
décisions de l'ignorance. Convenir que les jurisconsultes répondent comme ils doivent , et
dire qu'on doit juger autrement , c'est vouloir
qu'on juge mal : car il n'est pas possible qu'on
doive juger d'une façon et répondre d'une
autre , ni qu'on soit habile jurisconsulte quand
on décide comme étant le droit de ce qui ne
doit pas être confirmé par un jugement. Mais
on a quelquefois prononcé contre la décision
des jurisconsultes. D'abord , a-t-on jugé bien
ou mal ? Si on a bien jugé , c'est selon le droit
qu'on a jugé: Sinon , on voit clairement qui
des juges ou des jurisconsultes sont blâmables.
Ensuite si on a jugé , lorque le droit étoit douteux , on n'a pas plus jugé contre les jurisconsultes , si on a prononcé contre l'avis de
Scévola , qu'on n'a jugé d'après leur autorité ,
si on a prononcé comme pensoit Manilius (1).

(1) Marcus Manilius, habile jurisconsulte.

Crassus lui-même, en plaidant devant les centumvirs, ne parloit pas contre les jurisconsultes, mais il faisoit voir que l'opinion soutenue par Scévola n'étoit pas conforme au droit; et pour le prouver, il ne se contentoit point d'apporter des raisons, il s'appuyoit de l'autorité de Quintus Mucius (1) son beau-père, et de plusieurs hommes fort habiles.

Rejetter le droit civil, c'est agir contre l'intérêt de tous, c'est renverser le soutien des tribunaux, c'est détruire les fondemens de la société. Blâmer les interprètes du droit, dire qu'ils ne connoissent pas le droit, c'est déprimer les personnes et non le droit civil. Croire qu'il ne faut pas écouter ceux qui sont instruits, ce n'est pas offenser les personnes, c'est attaquer les loix et la justice. Il est donc abso-

---

(1) Quintus Mucius Scævola. Il y avoit, presque dans le même tems, deux Quintus Mucius Scævola, tous deux grands jurisconsultes ; ils parvinrent tous deux au consulat. Ils étoient distingués l'un par le titre d'augure, et l'autre par celui de souverain pontife. Lucius Crassus, orateur célèbre, plaidoit donc contre l'avis du Scévola souverain pontife, et j'appuyoit de l'opinion du Scévola augure, dont il avoit épousé la fille.

G 3

lument nécessaire de vous persuader qu'il n'est rien dans un état qu'on doive conserver plus soigneusement que le droit civil , puisque , sans ce droit , je ne puis savoir ce qui est à moi ou à autrui ; il n'est plus de règle commune et uniforme qui fixe les incertitudes des citoyens. Ainsi , dans les autres questions soumises aux tribunaux , lorsqu'on examine si un fait est réel ou non , si on produit la vérité ou le mensonge , il n'est que trop ordinaire de suborner un témoin , de fabriquer des pièces : quelquefois on présente l'erreur à un juge intègre sous une apparence spécieuse; on fournit à un juge corrompu qui a mal jugé sciemment , le moyen de persuader au public qu'il s'est déterminé par la déposition d'un témoin (1) ou par l'autorité d'une pièce. Il n'est rien de tel dans le droit. Il n'y a pas de pièces fabriquées. Il n'y a pas de témoin suborné. Ce crédit énorme , qui n'a que trop de pouvoir parmi nous , demeure oisif en ce seul cas ; il n'a aucun moyen d'effrayer , de corrompre ou de surprendre un juge , enfin il ne

(1) Il est certain qu'au lieu de *testamentum* dans le texte, il faut lire , avec d'habiles critiques, ou *testimonium* ou *testem tamen*.

sauroit faire le moindre mouvement Un
homme qui a moins de pudeur que de crédit,
peut dire à un juge : jugez que cela a été fait
ou n'a jamais été fait ou même imaginé ;
croyez ce témoin, approuvez cette pièce. Mais
on ne peut lui dire : jugez que le testament de
celui à qui il est né un fils après sa mort, n'est
pas nul ; qu'on peut exiger ce qu'une femme
a promis sans l'aveu de son tuteur (1). La
puissance ni le crédit n'ont aucun accès dans
ces sortes de questions. Enfin, ce qui doit rendre le droit plus sacré et plus vénérable, en
pareil cas un juge ne sauroit être corrompu
par argent. Ce témoin produit par vous, Ebutius, ce sénateur qui a osé condamner un
citoyen quoiqu'il n'eût pu même savoir de
quoi on l'accusoit (2), n'oseroit jamais décider
que la dot qu'une femme a promise sans être
autorisée de personne, est due à son époux.
Quelle science admirable, Romains, et digne
à ce titre d'être conservée ! oui, tel est le droit

(1) Dans la jurisprudence romaine, les femmes
demeuroient toujours en tutelle.

(2) Allusion à Fidiculanus Falcula, dont il est
parlé plus haut., un des membres du tribunal qui
avoit condamné Oppianicus.

G 4

civil ; nul crédit ne peut le changer , nulle
puissance ne peut l'ébranler , nul argent ne
peut l'altérer. Si on le détruit, que dis-je ? si
l'on s'en écarte , ou si on ne le conserve pas
dans toute sa pureté , on ne peut plus compter
ni sur ce qu'on reçoit de son père, ni sur ce
qu'on laisse à ses enfans. De quoi vous sert-
il , en effet, qu'une maison ou une terre vous
soient laissées par votre père ou vous tombent
en partage par quelque autre voie légitime , si
vous n'êtes pas sûr de pouvoir retenir tout ce
que vous possédez par droit de (1) propriété ,
si on peut attaquer votre droit , si le crédit
d'un homme puissant vous empêche de posséder
der en vertu de la loi civile et publique ? de
quoi vous sert-il d'avoir une terre , si sous
quelque prétexte on peut changer et bouleverser
ser les règles sagement établies par nos ancêtres
pour les bornes , pour les possessions , pour

(1) *Quae cum omnia tua jure mancipii sint.* Ce
texte est certainement altéré : les uns lisent, en supprimant les mots inutiles, *quae jure mancipii sint ;*
d'autres, *quae tua communi jure mancipii sint ;* d'autres *omnia quaecumque tua jure mancipii sint ,*
d'autres *quae communita jure mancipii sint.* L'avant-
dernière leçon est celle que je préfère.

les eaux et pour les chemins ? Croyez-moi , les
loix et le droit attribuent à chacun de vous ,
pour la sûreté de ses biens , une plus belle
succession , que les personnes qui lui ont trans-
mis ces biens mêmes. C'est en vertu d'un testament qu'une terre tombe en ma possession ;
je ne puis conserver , sans le droit civil , ce qui
m'est devenu propre. Une terre peut m'être
laissée par mon père ; mais le droit de prescription , mais le terme de toute inquiétude et
de la crainte des procès ne m'est point laissé
par mon père , ce sont les loix qui me le don-
nent. Le droit de conduire l'eau , d'en puiser,
le droit de chemin et de passage , m'est laissé
par mon père ; mais je tire du droit civil la
confirmation de tous ces droits. Ainsi , le patrimoine public du droit que vous avez reçu de
vos ancêtres , vous ne devez pas le conserver
avec moins d'attention que vous conservez vos
patrimoines particuliers , non-seulement parce
que ceux-ci n'ont de sûreté que par le droit
civil , mais encore parce qu'un seul homme
souffre de la perte d'un patrimoine de famille ,
au lieu que la science du droit ne sauroit être
perdue sans que tout le corps de la société en
reçoive un énorme préjudice.

Dans cette cause même , Romains, si nous
ne vous persuadons pas qu'on a vraiment été
chassé par la violence et avec des hommes
armés , quand on a été certainement repoussé
et mis en fuite avec des hommes armés et par
la violence , qu'arrivera-t-il ? Cécina , sans
perdre sa fortune, qu'il perdroit avec courage
s'il le falloit, ne sera point rétabli pour le moment dans une possession , voilà tout : mais il
n'y aura plus rien d'assuré dans les droits et
dans les fortunes du peuple romain; les possessions et les propriétés de chacun deviendront
douteuses et incertaines. Voici la règle que
vous établirez par votre sentence : celui à qui
on disputera par la suite une possession, on
ne sera obligé de le rétablir, qu'autant qu'on
l'aura (1) chassé lorsqu'il sera entré dans la

(1) Ou il faut lire *dejeceris* au lieu de *delegeris*,
ou dire, comme le pensent quelques-uns, que *delegeris* se prend ici dans le même sens. Par rapport à
tout ce passage, j'ai suivi de bonnes éditions, où le
texte me paroît offrir un sens très-clair et très-net,
et j'ai lu : *eum si ingressum modò delegeris (dejeceris), in praedium restituas oportebit; sin autem
ingredienti cum armatâ multitudine obvius fueris,
et ità venientem repuleris, fugâris, averteris, non*

terre en litige: on n'y sera point obligé si on s'est présenté à lui avec une multitude armée lorsqu'il y entroit ; si , lorsqu'il y venoit, on l'a éloigné , on l'a repoussé et mis en fuite. Par-là , Romains , vous déciderez qu'il n'y a de violence que dans le meurtre , et non aussi dans l'intention de le commettre ; qu'il n'y a pas de violence , à moins qu'il n'y ait eu du sang de répandu ; que celui qu'on a éloigné avec les armes n'a qu'une action pour outrage ; que je ne saurois être chassé d'un lieu , à moins qu'on n'y voie les traces de mes pas. Décidez donc , Romains , lequel vous paroît plus utile , de retenir l'esprit de la loi , et d'avoir sur-tout égard aux principes d'équité , ou de donner la torture au droit en chicanant sur les mots et sur les syllabes.

Dans ce moment j'ai lieu de m'applaudir de l'absence d'un illustre jurisconsulte , qui se trouvoit dernièrement à l'audience , qui a suivi tous les plaidoyers de cette affaire ; c'est de Caïus Aquillius (1) que je veux parler. S'il

restitues. —— un peu plus bas j'ai traduit comme si on lisoit, *injuriarum ei actionem esse qui prohibitus sit.*

(1) Caïus Aquillius Gallus , célèbre jurisconsulte,

étoit présent, je m'exprimerois avec plus de timidité , sur ses vertus et ses lumières; sa modestie pourroit s'offenser de mes louanges, et moi-même je rougirois de le louer en face. Nos adversaires ont prétendu qu'on ne devoit pas trop déférer à son autorité ; moi, quoique je dise d'un tel homme, je ne crains pas (1) d'en dire plus que vous n'en pensez ou que vous ne desirez que j'en dise. Je dis donc qu'on ne peut trop déférer à l'autorité d'un homme dont le peuple romain a reconnu les lumières dans de sages formules , et non dans de vaines subtilités ; qui n'a jamais séparé le droit civil , de l'équité naturelle ; qui , depuis tant d'années, consacre au peuple romain son génie , ses travaux , ses vertus , tient sans cesse ouverts

le même qui étoit juge dans la cause de Quintius : il avoit donné une réponse à Cécina; et ordinairement les jurisconsultes assistoient au plaidoyer , et ils s'intéressoient pour celui auquel ils avoient répondu.

(1) Je lis *ego non vereor*. La particule *non* est nécessaire , elle se trouve dans plusieurs livres ; mais il me semble que le pronom *ego* ne l'est pas moins.

(2) Avant d'intenter un procès , on s'adressoit à un jurisconsulte pour savoir quelle formule d'instruction on devoit demander au préteur , c'est-à-dire , de quelle loi on devoit réclamer l'exécution.

pour lui ces trésors précieux; qui est si droit et si honnête que ces décisions paroissent plutôt inspirées par la nature que dictées par la science; qui est si habile et si éclairé qu'il semble devoir au droit civil, non-seulement les lumières de son esprit, mais encore les qualités de son cœur; d'un homme enfin doué d'un génie si étendu et d'une candeur si franche, qu'on sent soi-même qu'on ne puise rien dans une telle source que de pur et de limpide. Ainsi, Pison, nous vous savons infiniment gré de dire que notre défense est appuyée de l'autorité d'un tel homme. Mais je suis surpris (1) que vous citiez comme étant contre moi celui même que vous nommez comme venant à l'appui de notre défense.

Mais enfin que dit cet Aquillius (2) dont nous nous appuyons ? On doit agir, dit-il,

(1) Le texte peut s'entendre tel qu'il est, mais je voudrois qu'on pût lire, *illud autem miror, cur vos aliquid contrà me sentire dicatis, quem autorem vos pro me appelletis, quem nostrum nomineits.*

(1) J'ai suivi la leçon *iste noster autor*, et ensuite *quo nos autore.... constituere nos dicitis.* C'est ici l'endroit le plus embrouillé et le plus difficile de tout le discours. Cicéron, je crois, montre ici la contradiction des adversaires, qui vouloient infirmer l'au-

selon les termes dans lesquels sont exprimés
un acte et une sentence. Parmi les jurisconsultes, je ne citerai pas apparemment en ma faveur celui-même d'après lequel, dites-vous,
nous défendons notre cause en suivant vos
principes. Il discutoit avec moi la question
présente, savoir s'il étoit vrai qu'on ne pût se
dire chassé que d'un lieu où l'on avoit été. Il
avouoit que le sens et l'esprit de l'ordonnance
étoient pour nous, mais que la lettre étoit contre nous ; or il ne pensoit pas qu'on pût s'écarter de la lettre. Je lui opposois plusieurs exemples pris dans tous les tems (1), je lui disois
que, dans nombre d'occasions, on avoit souvent distingué des mots écrits et de la lettre le
droit et la justice, qu'on avoit toujours fait la
plus grande attention à ce qui étoit le plus
juste, à ce qui avoit en soi le plus d'au-

torité d'Aquillius comme étant favorable à Cécina,
et qui le représentoient comme étant contraire au
même Cécina, parce qu'il vouloit qu'on s'en tînt à la
lettre de l'ordonnance. Si la phrase *omnibus... convenit* n'est pas altérée, il faut sous-entendre *facere*
avant *convenit*.

(1) J'ai traduit d'après la restitution d'un habile
critique, *ex omni memoriâ antiquitatis* au lieu de
etiam illa ateriam aequitatis.

torité : il me rassura en me disant que je ne
devois pas être embarrassé dans cette cause ;
que les termes même de la consignation
faite par les deux parties étoient en ma faveur,
si j'y prenois garde. Je demandai comment ; il
me répondit : Cécina a été chassé par la violence et avec des hommes armés d'un lieu
quelconque, si non du lieu où il vouloit se
rendre, du moins de celui d'où il a pris la
fuite. Qu'en voulez-vous conclure ? repli-
quai-je : le préteur, ajouta-t-il, a ordonné
de rétablir dans le lieu d'où l'on auroit été
chassé par la violence, c'est-à-dire, quelque fût le lieu d'où l'on auroit été chassé. Or
Ebutius qui avoue que Cécina a été chassé de
quelque lieu, a tort de dire qu'il n'est point
dans le cas de l'ordonnance, et doit nécessairement perdre la somme par lui consignée.

Eh bien ! Pison, voulez-vous combattre
avec des mots ? vous plaît-il d'établir sur un
mot une question de droit, la cause de toutes
les possessions en général, et non pas simplement de la nôtre ? J'ai fait connoître ce que je
pensois, ce qui a été pratiqué par nos ancêtres,
ce que demandoit la dignité de ces juges ;
j'ai fait voir qu'il étoit juste et raisonnable,

qu'il étoit utile pour tout le monde , d'exami‑
ner l'intention et l'esprit d'un acte , et non les
mots. Vous voulez que je discute les mots ?
Avant que d'entrer dans cette discussion ,
je vous déclare ma répugnance. Je dis
qu'on ne le doit pas , qu'on ne sauroit le sou‑
tenir ; je dis qu'il est impossible de rien ex‑
primer , de rien statuer , de rien excepter suf‑
fisamment , si parce qu'un mot est omis ou
qu'il renferme de l'équivoque, encore que l'on
connoisse l'esprit de la chose et la chose même,
on n'a point égard au sens , mais aux paroles.

Puisque j'ai assez déclaré ma répugnance ,
j'accepte enfin ce que vous me proposez. Je
vous demande si j'ai été chassé , non de la
terre de Fulcinius (car le préteur n'a pas
ordonné de me rétablir dans cette terre si j'en
avois été chassé , mais de me rétablir dans le
lieu d'où j'aurois été chassé) ; j'ai été chassé
de la terre voisine par laquelle je voulois me
rendre à la terre en litige. J'ai été chassé du
chemin , je l'ai été assurément de quelque lieu
public ou privé. C'est là qu'on a ordonné de
me rétablir. Vous prétendez n'être point dans
le cas de l'ordonnance du préteur ; je prétends
moi que vous êtes précisément dans le cas de

ou

cette ordonnance. Que dites-vous à cela? Il
faut de toute nécessité que vous soyez battu
ou par vos propres armes ou par les miennes.
Si vous ne recourez à l'esprit de l'ordonnance,
si vous dites qu'on doit examiner de quelle
terre il s'agissoit, lorsqu'on ordonnoit à Ebutius de *rétablir* (1), si vous ne croyez pas qu'on
doive soumettre une question de droit à la
subtilité d'un mot, vous voilà dans mes retran-
chemens et dans mon fort. C'est là, oui c'est là
ma défense. Je le publie hautement ; j'en atteste tous les dieux et tous les hommes ; nos ancêtres n'ayant pas voulu fournir une défense
légale à la violence armée, on ne doit pas,
en justice, suivre les pas de celui qui a été
chassé, mais la conduite de celui qui a chassé ;
on a été vraiment chassé quand on a été mis
en fuite, on nous a fait violence quand on nous
a effrayés par la crainte de la mort. Vous fuyez
ce moyen, vous redoutez cette attaque, et
vous me rappellez, pour ainsi dire, d'un champ
de bataille bien ouvert, d'une simple discussion de droit, dans les défilés tortueux de vos
chicanes sur les mots et les syllabes ! Vous

_____

(1) J'ai hasardé en françois le verbe *rétablir* sans
régime.

serez pris dans les piéges même où vous vou-
drez me prendre. Je ne vous ai point chassé ,
dites-vous , je vous ai repoussé. Cette raison
vous paroît bien subtile ; c'est comme votre
arme principale. Il faut nécessairement que
vous soyez percé de votre propre épée. Car
voici ce que je vous replique : si je n'ai pas
été chassé du lieu où l'on ne m'a point permis
d'approcher, je l'ai été de celui dont j'ai approché , d'où j'ai pris la fuite. Si le préteur n'a
point distingué le lieu où il ordonnoit de me
rétablir et qu'il ait ordonné de me rétablir ,
je n'ai pas été rétabli d'après son ordonnance.

Je vous en prie , Romains , si vous trouvez
plus de subtilité dans ce moyen que dans
ceux dont je fais usage ordinairement , pensez
d'abord que c'est un autre qui l'a imaginé et
non pas moi : ensuite , que , loin de l'avoir
inventé , je ne l'approuve pas même ; que je
ne l'ai pas apporté pour me défendre , mais
que je l'oppose à la défense de nos adversaires;
enfin je suis en droit de dire que , dans l'affaire
actuelle , on ne doit pas examiner en quels
termes est conçue l'ordonnance du préteur
mais de quel lieu il s'agissoit lorsqu'il a rendu
son ordonnance ; même que dans la dénon-

ciation d'une violence à main armée, il n'est
pas question de savoir où elle a été commise,
mais si elle a été commise ; que vous, Pison,
vous ne pouvez aucunement établir dans quel
cas vous voulez qu'on ait égard aux mots,
et dans quel cas vous ne le voulez point.

Mais que peut-on répondre à ce que j'ai
déja touché plus haut , (1) que tels sont , non
seulement le vœu et l'esprit de l'ordonnance,
mais encore les termes dans lesquels elle est
conçue, qu'on ne devroit, ce semble, y rien
changer ? Soyez attentifs, Romains, je vous
prie ; vous avez besoin de toute votre intelligence pour saisir, non mes réflexions, mais
celles de vos ancêtres: ce que je vais dire, ce
n'est pas moi qui l'ai imaginé, ce sont eux-
mêmes qui l'ont apperçu. Ils voyoient que ,
lorsque le préteur statue sur la violence, il est
deux sortes de cas auxquels son ordonnance
pourroit s'étendre ; le premier , si on étoit
chassé avec violence du lieu où l'on se trouvoit ; l'autre, si on étoit éloigné, avec violence, du lieu où on vouloit se transporter.

(1) Je ne vois pas, je l'avouerai, où Cicéron a
touché l'article qui suit : je n'ai rien vu dans tout
ce qui précède qui puisse y avoir rapport.

H 2

Et il n'y a , en effet , que ces deux cas de
possibles. Or , je vous en prie , Romains ,
suivez mon raisonnement. Quelqu'un chasse-
t-il mes esclaves de ma terre , il me chasse
du lieu où je suis. Quelqu'un vient-il au-de-
vant de moi avec des hommes armés , hors
de ma terre , et m'empêche-t-il d'y entrer ,
il ne me chasse pas de ce lieu , il m'en re-
pousse. Nos ancêtres (1) ont trouvé un seul
mot qui suffit pour exprimer ces deux circonstances , ensorte que je doive être rétabli en vertu
d'une seule et même ordonnance , soit que
j'aie été chassé de ma terre , ou *d'auprès de
ma terre. D'où vous aurez été chassé* , dit l'ordonnance. Ce mot *d'où* annonce en même-
tems qu'on a été chassé d'un lieu , ou *d'auprès d'un lieu.* D'où Cinna a-t-il été chassé ?
de Rome ; c'est-à-dire , jetté hors de Rome.
D'où Carbon (1) a-il été chassé ? de Rome ; c'est-

(1) Tout cet endroit est bien difficile à rendre , pour
ne pas dire impossible ; il tient aux deux prépositions
ex et *ab* que nous n'avons pas dans notre langue.
J'ai tâché de suppléer à cette disette le mieux que
j'ai pu , et de m'exprimer assez clairement pour
qu'on entendît la pensée de l'orateur.

(1) *Undè dejecisti.* J'ai suivi la correction *undè,
dejectus Carbo?* en supposant , ce que quelques-uns

à-dire, d'*auprès de Rome*, repoussé de Rome. D'où les Gaulois ont-ils été chassés ? du Capitole ; c'est-à-dire, d'*auprès du Capitole*, repoussés du Capitole. D'où les partisans de Gracchus ont-ils été chassés ? du Capitole ; c'est-à dire, jettés hors du Capitole. Vous voyez donc qu'un seul mot signifie deux choses, qu'on a été chassé d'un lieu ou d'*auprès d'un lieu*. Et lorsque le préteur ordonne qu'on soit rétabli dans le lieu d'où l'on a été chassé, c'est comme si les Gaulois, pouvant l'obtenir, eussent demandé à nos ancêtres d'être rétablis dans le lieu d'où ils avoient été chassés ; il faudroit, je pense, les rétablir, non dans la voie souterraine par où ils avoient voulu emporter le Capitole, mais dans le Capitole même dont ils vouloient se saisir. Car voilà ce qu'on entend par ces mots : rétablissez-le dans le lieu d'où vous l'avez chassé, soit que vous l'ayez chassé d'un lieu, soit que vous l'en ayez repoussé. L'explication maintenant est simple : rétablissez dans le même lieu ; c'est-à-dire, si vous l'avez chassé d'un lieu, rétablissez-le dans le lieu d'où vous l'avez chassé ; si vous l'avez

croyoient peu conforme à l'histoire, qu'on avoit empêché Carbon d'entrer dans Rome.

repoussé d'un lieu , rétablissez-le dans le lieu, non pas d'où vous l'avez chassé , mais d'où vous l'avez repoussé. Si quelqu'un de la pleine mer s'étoit approché de sa patrie , et que rejetté tout-à-coup par la tempête, il souhaitât d'être rétabli dans le lieu d'où il auroit été chassé ; il souhaiteroit, je pense, que la fortune le rétablit dans sa patrie, dans le lieu d'où il auroit été repoussé ; non sur la mer, mais dans la ville où il vouloit se rendre. De même aussi, en recherchant la signification des mots par la comparaison des choses, si quelqu'un repoussé d'un lieu demande d'être rétabli d'où il a été chassé, il demande d'être rétabli, non dans le lieu d'où il a été chassé, mais dans le lieu d'où il a été repoussé.

C'est à quoi les paroles nous conduisent, et la chose même nous force de prendre ce sentiment, d'adopter cette explication. En effet, Pison, (je reviens à ce que je disois au commencement de ce plaidoyer) si quelqu'un vous eût chassé de votre maison avec violence, avec des hommes armés, que feriez-vous ? Sans doute, vous réclameriez contre lui l'ordonnance dont nous faisons usage. Mais, si quelqu'un à votre retour de la place publique, vous empêchoit, avec des hommes armés, d'entrer dans votre maison, que feriez-vous? Vous useriez de la même ordonnance. Lors donc que le préteur auroit ordonné de vous rétablir dans le lieu d'où vous avez été chassé, vous apporteriez la même explication que j'ai apportée, puisque ce mot d'*où*, par lequel il seroit ordonné de vous rétablir, peut signifier également qu'il faut vous rétablir dans votre maison, soit que vous ayez été chassé du parvis ou de l'intérieur de cette maison.

Mais pour que vous n'hésitiez nullement, Romains, à prononcer en notre faveur, soit que vous examiniez la chose, soit que vous ne considériez que les mots, du milieu des debris de tous les moyens ruinés sur cette nouvelle défense. On peut chasser, disent nos adversaires, celui qui est en possession; celui qui n'est pas en possession, ne peut être chassé en aucune sorte. Ainsi donc, Ebutius, si on me chasse de votre maison, je ne dois pas être rétabli; on doit vous rétablir, si on vous chasse de la vôtre.

Voyez, Pison, par combien d'endroits pèche cette défense. Et, d'abord, remarquez que

H 4

vous abandonnez votre moyen victorieux.
Vous qui disiez qu'on ne pouvoit être chassé
d'un lieu (1) si on n'y étoit pas, vous convenez
maintenant qu'on peut être chassé d'un lieu
dont on est en possession quoiqu'on n'y soit
pas. Pourquoi donc dans cette ordonnance
concernant une violence ordinaire (2), *d'où il
m'a chassé avec violence*, ajoute t-on ces mots,
lorsque j'étois en possession, si on ne peut être
chassé à moins qu'on ne soit en possession ? ou
pourquoi n'ajoute-t-on pas ces mêmes mots dans
cette ordonnance, *au sujet des hommes armés*,
s'il faut examiner si celui qui a été chassé
étoit en possession ou non? Vous dites qu'on ne
peut être chassé à moins qu'on ne soit en possession. Je montre moi, que si quelqu'un a été
chassé sans une troupe d'hommes armés et
rassemblés, celui qui avoue avoir chassé, gagne

(1) J'ai suivi la leçon, *nisi qui in eo loco fuerit.
Nunc qui possideat, cum, etiamsi non fuerit in eo
loco, dejici posse concedis.*

(2) Mot à mot, *pourquoi donc dans cette ordonnance journalière*, ce que j'ai un peu commenté en
traduisant. Au sujet de la violence journalière, ou
ordinaire, ou simulée; voyez la fin du sommaire de
ce plaidoyer.

sa cause, s'il prouve que celui qu'il a chassé
n'étoit pas en possession. Vous dites qu'on ne
peut être chassé à moins qu'on ne soit en
possession. Je montre moi par l'ordonnance
au sujet des hommes armés, que, quand même
on pourroit prouver que celui qui a été chassé
n'étoit pas en possession, on doit être condamné si on avoue qu'on l'a chassé.

On peut être chassé de deux manières, ou
sans une troupe d'hommes rassemblés et armés,
ou par une violence de cette nature. Pour ces
deux cas différens, il y a deux ordonnances
différentes. Pour la violence ordinaire, la violence simulée, il ne suffit pas de pouvoir
montrer qu'on a été chassé, si on ne peut prouver
qu'on a été chassé lorsqu'on étoit en possesion.
Cela même ne suffit point, si on ne montre
qu'on n'y étoit, ni par force, ni furtivement,
ni précairement. Aussi alors celui qui soutient
n'être point dans le cas de l'ordonnance, ne
craint pas d'avouer hautement qu'il a chassé
avec violence ; mais il ajoute, Il n'étoit pas
en possession : ou même en convenant que
celui qu'il a chassé étoit en possession, il gagne
sa cause s'il prouve que (1) c'étoit une posses-

_____

(1) *Ab se possedisse.* Voici comme un savant ex-

sion , ou violente, ou frauduleuse, ou précaire.
Vous voyez , Romains, quels moyens de défense nos ancêtres ont fournis à celui qui a
fait violence sans armes et sans multitude rassemblée. Celui , au contraire qui, s'écartant des
formes , des règles , des sages coutumes . a eu
recours au fer , aux armes , au meurtre , vous
voyez qu'il plaide dépourvu de toute défense
et de toute ressource , afin qu'ayant disputé
une succession avec les armes , il plaidât ,
pour ainsi dire, entièrement désarmé. En quoi
donc, Pison , diffèrent les deux ordonnances
dont je parle ? quelle différence y a t-il d'a-
jouter ou de ne pas ajouter ces mots lorsqu'Aulus Cécina étoit en possession ou n'y
étoit pas ? Les règles du droit , la diversité des
ordonnances , l'autorité de nos ancêtres, tout
cela ne fait-il sur vous aucune impression ?
Si on avoit ajouté l'article de la possession , il
faudroit l'examiner ; quoiqu'on ne l'ait pas
ajouté , le faudra t-il toujours ?

Au reste , ce n'est pas par où je défends
Cécina : Cécina étoit en possession ; et quoi-

plique ces mots. *A me possidet*, dit-il, *qui mea
possidet. Vi à me possidet, qui me vi dejecit, et
possessionem mihi abstulit.*

que cette question soit étrangère à la cause, je vais cependant, Romains, la traiter en peu de mots : par là vous ne serez pas moins portés à protéger la personne même qu'à défendre le droit civil.

Vous ne niez pas, Ebutius, que Césennia n'ait eu une possession usufruitière (1). Le même fermier qui avoit loué de Césennia, continuant après sa mort à tenir la terre en

___

(1) Cicéron prouve que Cécina étoit en possession par quatre raisons qu'il jette rapidement. 1°. Les adversaires conviennent que Césennia avoit une possession usufruitière. Pourquoi donc, après sa mort, une location qui devoit finir, a-t-elle continué ? Preuve qu'elle avoit une vraie possession, une possession plus qu'usufruitière, qu'elle a transmise à son héritier. J'ai ajouté quelques mots dans ma traduction, pour faire ressortir le raisonnement de l'orateur qui est un peu étranglé. 2°. Cécina, après la mort de Césennia, a agi en vrai possesseur ; il a reçu les comptes du fermier. 3°. Ebutius a signifié à Cécina de lui abandonner cette terre, et non une autre ; il reconnoissoit donc que Cecina étoit en possession de cette terre. 4°. Cécina demandoit à être dépossédé suivant les formalités d'usage ; il déclaroit donc qu'il étoit en possession. Il ne s'agit pas de savoir si cette possession étoit solide et bien assurée, il suffit qu'elle fût réelle.

vertu de la même location , étoit - il douteux
que, si Césennia avoit une vraie possession
lorsque le fermier tenoit la terre , son héritier
après sa mort ne l'ait eue au même titre ? Ensuite , lorsque Cécina lui-même visitoit ses hé-
ritages, il vint aussi dans cette terre et reçut les
comptes du fermier : le fait est prouvé. D'ailleurs, Ebutius , si Cécina n'étoit pas en possession , pourquoi lui signifiâtes-vous qu'il eût
à vous abandonner cette terre plutôt que toute
autre ? Enfin , pourquoi Cécina lui-même vouloit - il être déposé suivant les formalités d'u-
sage , et vous avoit-il donné cette réponse de
l'avis de ses amis et d'Aquillius lui-même ?

Mais, dites vous , Sylla a porté une loi. Sans
me plaindre de ces tems désastreux et du malheur de la République, je vous réponds que
le même Sylla a mis une clause dans cette
loi ; il déclare que, si la (1) loi étoit contraire
au droit reçu elle seroit nulle. Qu'est-ce qu'on
appelle contraire au droit reçu ? sans doute ,

_____

(1) *Si quid jus.... rogatum.* C'étoit la formule ordinaire qui terminoit toutes les loix. Dans ce qui
suit , j'ai mis l'interrogation après *non sit,* et je l'ai
ôtée après *non possit.* Après *aliquid* sous-entendez
quod jus non sit.

ce que le peuple ne peut ordonner ou défendre. Sans aller plus loin , cette clause annonce
qu'il est quelque chose qui annulle les loix ;
autrement, on ne la mettroit pas dans toutes
les loix. Mais , je vous demande , si le peuple
ordonnoit que je fusse votre esclave ou que
vous fussiez le mien , croyez vous que cet ordre auroit son effet ? vous voyez qu'il seroit
nul ; et sans parler (1) des autres objets sur lesquels je dois vous interroger , vous convenez
d'abord que tout ce que le peuple ordonne
ne doit pas avoir son effet. Ensuite vous ne
pourriez prouver pourquoi , la liberté ne
pouvant nullement se perdre , le droit de cité
le pourroit. Nos ancêtres nous ont laissé
les mêmes loix pour l'une et pour l'autre ; et
si une fois le droit de cité ne peut être conservé ,
la liberté ne peut l'être davantage. Car enfin ,
peut - on être libre par le droit des Romains ,
quand on n'est pas au nombre des Romains ?

C'est ce que je fis entendre aux juges lorsqu'étant encore très-jeune je plaidois ce point

---

(1) Le texte ici est fort altéré ; et en consultant
les diverses leçons , j'ai traduit comme si on lisoit ,
*nihil esse, et in ceteris quae interrogabo , primum
illud.*

contre Cotta (1), l'homme le plus éloquent de notre ville. Je défendois la liberté d'une femme d'Arrétium ; Cotta avoit fait naître des doutes aux Décemvirs sur la validité de notre action, parce qu'on avoit dépouillé les Arrétins du droit de cité ; je soutenois fortement qu'ils n'a-voient pu perdre ce droit : les Décemvirs ne décidérent rien dans la première audience ; mais ensuite, après une délibération mûre et réfléchie, ils prononcerent sur la validité de notre action. C'étoit du vivant de Sylla et mal-gré toutes les raisons qu'opposoit Cotta, que cette décision fut donnée. Pourquoi apporte-rois-je les autres circonstances où tous ceux qui sont dans le même cas agissent en vertu de la loi, poursuivent leur droit, exercent le privilège de citoyen sans nulle difficulté de la

(1) Caïus Cotta, orateur célèbre, dont Cicéron fait l'éloge dans son Brutus. Au reste, la question que Cicéron va traiter ici, il l'a traitée encore ailleurs, et nommément dans le discours pour sa maison, et dans le plaidoyer pour Lucius Cornélius Balbus. —— *Aux décemvirs*, nous voyons dans le discours pour sa mai-son, que les décemvirs étoient chargés de juger les causes pour liberté, et qu'on les jugeoit *sacramento*, en faisant déposer une somme aux parties.

part des magistrats , des juges , des hommes instruits ou ignorans? aucun de vous, Romains, ne doute de ce que je dis.

Ecoutez, Pison , une objection qui vous a échappé ; je ne l'ignore pas , on demande comment, si le droit de cité ne peut se perdre, nos citoyens sont souvent partis pour les co-lonies latines (1). Ils sont partis, ou de leur propre mouvement, ou pour ne point subir une peine légale. S'ils eussent voulu subir cette peine , ils auroient pu rester dans Rome et y jouir des droits de citoyen. Et celui qu'a li-vré le chef des Féciaux (2) , celui que son père ou que le peuple a vendu , comment perd t-il le droit de cité ? On livre un citoyen Romain, pour affranchir la ville d'un engagement solem-nel : lorsqu'il est reçu , il appartient à ceux auxquels il a été livré ; si on ne le reçoit

(1) Colonies envoyées dans le Latium, qui origi-nairement ne jouissoient point du droit de cité. On y envoyoit ceux qui se faisoient inscrire volontaire-ment, ou qui vouloient se soustraire à la peine ju-diciaire.

(2) Latin *Pater Patratus* : on appelloit ainsi le chef des Féciaux. Les féciaux étoient des espèces de prê-tres , chargés , entre autres choses, de déclarer la guerre et de conclure la paix.

pas , comme les Numantius n'ont pas reçu
Mancius , par cela même il conserve tous les
droits de citoyen dont il jouissoit auparavant. Si un père a vendu le fils que la naissance avoit soumis à son pouvoir , il renonce
au pouvoir qu'il avoit sur ce fils (1). Lorsque
le peuple vend un citoyen qui a fui le service,
il ne lui ôte pas la liberté , il juge qu'il n'est
pas libre puisqu'il n'a pas voulu s'exposer au
péril pour conserver sa liberté. Et lorsqu'il
vend un citoyen qui n'a pas fait inscrire son
nom sur le rôle des censeurs , il juge que nul
esclave n'étant tenu à faire inscrire son nom
sur ce rôle, tout homme libre qui n'a point
déclaré son nom aux censeurs a renoncé de lui-
même à sa liberté. Que si , dans ces cas, on
peut très-bien ôter à quelqu'un la liberté ou le
droit de cité, ceux qui rapportent ces exemples
n'apperçoivent point les vraies intentions de
nos ancêtres : s'ils ont voulu qu'on pût ôter

_____

(1) Un père avoit sur son fils la même puissance
qu'un maître sur son esclave : ainsi quand il le vendoit, il ne faisoit que s'ôter sa puissance et la donner
à un autre. Quelle étoit chez les Romains l'étendue
de la puissance paternelle , quand et comment elle
finissoit, c'est ce qu'il seroit trop long d'expliquer ici.

l'un

l'un et l'autre avec ces formes , ils n'ont pas
voulu qu'on pût le faire sans ces mêmes formes.
Puisqu'ils citent ces autorités prises dans le
droit civil, je voudrois qu'ils montrassent à
qui , en vertu des loix , on a fait perdre la
liberté ou le droit de cité. Pour ce qui est
de l'exil , on voit clairement quelle est sa nature. L'exil n'est pas un supplice , mais un
port et un asyle pour se dérober au supplice :
car ceux qui veulent se soustraire à une punition ou à une disgrace , changent de pays ,
de lieu et de demeure. Aussi ne trouvera-t-on
pas que les loix chez nous , comme chez les
autres peuples, punissent quelque crime de
l'exil. Mais lorsque des citoyens veulent éviter
les peines infligées par la loi , la prison , la
mort, l'ignominie , ils se retirent en exil comme
dans un refuge. S'il vouloient subir dans
leur ville la rigueur des loix, ils ne perdroient
le droit de cité qu'en perdant la vie : ne le
voulant point , on ne leur ôte pas le droit de
cité , ce sont eux qui y renoncent et qui l'a-
bandonnent. Comme , d'après nos loix , on
ne sauroit appartenir à deux villes , un citoyen perd enfin le droit de cité lorsque s'en-

fuyant, il est reçu dans le lieu de son exil, c'est-à-dire dans une autre ville.

J'ai supprimé beaucoup de choses sur cet article de notre jurisprudence : toutesfois, Romains, je ne l'ignore pas, j'en ai dit plus que n'en demande l'affaire soumise à vos décisions. Je l'ai fait, non que je jugeasse cette discussion nécessaire à la cause, mais pour que tout le monde pût voir que le droit de cité n'a été enlevé et ne peut être enlevé à personne. J'ai voulu l'apprendre à ceux auxquels *S*ylla a voulu faire cette injustice, comme à tous les autres citoyens anciens et nouveaux (1). Car on ne sauroit montrer pourquoi, si on peut faire perdre le droit de cité à quelque citoyen nouveau, on ne pourroit pas en dépouiller tous les patriciens, tous les plus anciens citoyens. Mais que cette discussion soit étrangère à la cause, on peut s'en convaincre, d'abord parce que ce n'est pas là dessus, que vous avez à prononcer ;

_____

(1) On appelloit citoyens nouveaux, ceux qui avoient été faits citoyens depuis la guerre sociale. Les anciens citoyens étoient ceux qui l'avoient été avant cette guerre. Les plus anciens étoient les patriciens.

ensuite parce que Sylla lui-même , en ôtant à
plusieurs le droit de cité romaine , ne leur a
point enlevé le droit d'aliéner (1) et d'hériter.
Il veut qu'ils soient traités comme les habitans
de Rimini : or, qui ne sait pas que ceux-ci
jouissoient des mêmes droits que les douze
colonies , qu'ils pouvoient hériter des citoyens (2) romains? Mais quand même Cécina
auroit pu perdre par la loi son droit de cité ,
tous les gens honnêtes devroient plutôt chercher les moyens de corriger l'injustice et de
rétablir dans ce droit un homme si avantageusement connù , si sage , d'une prudence si
consommée , d'un si rare mérite , un homme
qui jouit dans la ville d'une si grande considération ; on devroit plutôt le rétablir
que de prétendre , en se montrant semblable à vous , Ebutius, en ignorance et en
impudence, que Cécina a été dépouillé de son
droit de cité , lorsqu'il n'en a pu rien perdre.

Cécina , Romains , n'a pas trahi son droit,
il n'a point cédé à l'audace et à l'insolence

(1) *Nexuu, nexa*, étoit le droit de vendre et d'a-
liéner un bien dans une certaine forme.

(2) *A populo Romano*, c'est-à-dire *à quovis
cive populi Romani.*

I 2

d'Ebutius ; je vous abandonne du reste (1) la
cause de tous les peuples , je les remets à
votre justice et à votre religion. Cécina fut toujours jaloux de se concilier votre estime et
celle de tous vos semblables ; ce n'est pas là
ce dont il s'est le moins occupé dans cette
cause. Il n'a eu d'autre but que de paroître n'a-
voir pas absolument négligé son droit , et il
n'appréhende pas moins de passer pour mépriser Ebutius, que pour avoir été méprisé (2)
par lui. Si donc abstraction faite de la cause,
on peut louer la personne, vous voyez dans
Cécina un homme d'une modestie admirable,
d'un mérite rare , et d'une probité reconnue ,
un des plus illustres personnages de l'Etru-
rie (3) , qui , dans l'une et l'autre fortune , a
donné bien des preuves de vertu et de douceur. Si du côté de la partie adverse, quelque

(1) Au lieu de *derelinquo* j'ai lu avec un habile
critique *de reliquo*. Par *la cause de tous et le droit
de tout le peuple* , il faut entendre ce qui regarde
le droit de cité romaine.

(2) *De eo* , locution singulière pour *ab eo* que des
savans proposent.

(3) J'ai traduit comme si on lisoit *amplissimum
Etruriae totius hominem in utrâque fortunâ.*

chose doit choquer dans la personne, vous
voyez un homme, je ne dis rien davantage,
qui confesse avoir rassemblé et armé une troupe;
sans considérer les personnes, si vous n'examinez que la cause en elle même, vous avez
à prononcer sur la violence, et celui contre
qui je parle avoue qu'il a fait violence avec
des gens armés; il entreprend de se défendre
par un mot et non par la justice, et cette défense même lui a été enlevée; là dessus nous
avons pour nous la décision des hommes les
plus sages : il ne s'agit pas dans ce jugement si
Cécina étoit en possession ou non, et cependant j'ai prouvé qu'il étoit en possession; il
est encore moins question si la terre lui appartient ou non en propriété, et cependant
j'ai (1) montré qu'elle lui appartenoit; il est
indifférent qu'il soit citoyen ou non, et cependant on ne peut douter qu'il ne soit citoyen : dans cet état de choses, examinez ce
que vous devez prononcer sur des hommes

(1) Quoique Cicéron n'ait pas prouvé ce point en règle et fort au long; cependant il a montré suffisamment
qu'Ebutius n'avoit pas acheté pour lui, mais pour
Césennia, qu'il n'avoit pas acheté de ses deniers,
mais de ceux de cette dame.

I 3

armés dans les circonstances actuelles (1) , sur
la violence d'après l'aveu d'Ebutius ; sur l'é-
quité naturelle d'après notre discussion , sur
le droit civil d'après l'esprit de l'ordonnance.

(1) Dans un tems où les guerres civiles étoient
toutes récentes.

PLAIDOYER

POUR AULUS CLUENTIUS AVITUS.

Sommaire.

Sassia, mère de *Cluentius*, avoit été mariée en premières nôces au père de celui-ci : elle épousa en secondes nôces *Aulus Aurius Mélinus*, son gendre, qu'elle retira à *Cluentia* sa propre fille, sœur de *Cluentius*. Elle prit pour troisième époux *Stalius Albius Oppianicus*, chevalier romain, de *Larinum*, ville municipale de l'*Apouille*, celui même qui avoit fait mourir son second mari. *Cluentius* étoit aussi chevalier romain et de la même ville : il avoit des biens considérables qui tentèrent *Oppianicus*, homme d'une audace et d'une scélératesse sans exemple. Le beau-père entreprend de faire périr, par le poison, son beau-fils, dont les biens, après sa mort, devoient revenir à *Sassia*. *Cluentius* découvre ce projet ; il cite en justice et fait condamner d'abord *Scamandre* et *Fabricius*, ministres du crime d'*Oppianicus*, ensuite *Oppianicus* lui-même ; *Lucius Quintius*, tribun du

I 4

peuple , un des défenseurs d'Oppianicus accusé ,
prétend qu'il a succombé sous l'injustice , que
les juges se sont laissés corrompre par l'argent
de l'accusateur ; il s'en plaint avec force devant
le peuple : Junius , président du tribunal , est
sacrifié ; plusieurs juges , traduits devant divers
tribunaux , sont condamnés sur ce soupçon.
Cluentius est évidemment soupçonné d'avoir corrompu les juges pour faire condamner son beau-
père ; tout le public est prévenu contre lui. Oppianicus meurt en exil cinq ans après sa condamnation. Trois ans après sa mort , Sassia
ayant marié sa fille au jeune Oppianicus son
fils , exige de lui qu'il accuse Cluentius d'avoir
fait périr par le poison, son père et deux autres
personnes. Titus Attius de Pisaure , fut choisi
pour accuser Cluentius , et Cicéron , alors préteur , se chargea de le défendre.

Il paroît que l'accusateur avoit principalement insisté sur la corruption des juges qui
avoient condamné Oppianicus , et que profitant
des préventions publiques pour rendre odieux
Cluentius , il avoit essayé de prouver que les
juges avoient été corrompus par lui pour faire
condamner un homme innocent ; il paroît enfin
qu'il avoit fait de cette corruption de juges ,

un des principaux chefs de son accusation , quoique ce ne fût pas précisément l'objet sur lequel
le tribunal eût à prononcer. Cicéron emploie la
plus grande partie de son discours à établir le
contraire. Après un exorde qui est un chef-
d'œuvre d'insinuation , par lequel il engage les
juges à l'écouter sans se laisser prévenir , vient
une suite de superbes narrations , pleines d'éloquence et de mouvemens. Il raconte et peint des
traits les plus frappans les crimes et les forfaits
multipliés de Sassia et d'Oppianicus , incestes ,
assassinats , empoisonnemens , un tissu d'horreurs qui révoltent. Oppianicus forme le projet
d'empoisonner Cluentius, les détails de ce projet,
la manière dont Cluentius le découvre , les accusations intentées à Scamandre et à Fabricius
ministres du crime , enfin à Oppianicus lui-
même , les moyens qu'emploie celui-ci pour corrompre les juges , comment il arrive que ces
juges le condamnent ; tout cela est exposé avec
beaucoup de naturel et d'intérêt. L'orateur allègue diverses sortes de preuves pour démontrer
que les juges ont été corrompus par Oppianicus
et non par Cluentius. Il fait sur-tout valoir ce
raisonnement , qu'il n'étoit pas besoin de corrompre les juges pour faire condamner un homme

aussi coupable qu'Oppianicus , un homme déja
condamné par deux précédens arrêts qui for-
moient contre sa cause d'invincibles préjugés.
Tous les jugemens rendus depuis par les tribunaux , par les censeurs , par le sénat , les préventions publiques et particulières , ne peuvent
rien contre Cluentius : sur tout cela Cicéron
entre dans de très-longs détails. Cluentius auroit
pu se défendre par une fin de non - recevoir ,
parce qu'on l'accusoit en vertu d'une loi à laquelle il n'étoit pas assujetti ; mais il n'a point
voulu profiter du bénéfice de la loi. L'orateur
prouve assez longuement que les sénateurs seuls
étoient assujettis à la loi, en vertu de laquelle
Cluentius , chevalier romain , étoit accusé , et
que des juges ne doivent prononcer que suivant
les loix.

Après avoir détruit en peu de mots quelques
reproches étrangers à la cause , Cicéron passe
aux crimes d'empoisonnemens , qui étoient le
fond même de la cause : il s'étend peu sur les
deux premiers, et s'arrête au troisième, au crime
d'avoir empoisonné Oppianicus. Il developpe
toutes les intrigues et toutes les manœuvres de
Sassia pour faire succomber son fils.

La péroraison , qui est fort longue , est em-

ployée toute entière à rendre odieuse cette marâ-
tre , et à intéresser les juges en faveur de son
malheureux fils, qu'elle persécute.

Cette cause a été plaidée sous le consulat de
Lépidus et de Tullus , l'an de Rome 687 , de
Cicéron 41. Ce discours est un des plus beaux
de ce grand orateur ; il y développe toutes les
richesses et toute la vigueur de l'éloquence la
plus variée et la plus véhémente. .

J'ai remarqué , Romains , que tout le plaidoyer de l'accusateur pouvoit se réduire à
deux parties principales. La première m'a paru
avoir pour objet, et pour grand motif de confiance, de réveiller ces préventions (1) déjà
si anciennes sur la condamnation d'Oppianicus : la seconde m'a semblé toucher légèrement, avec timidité et défiance, seulement pour

(1) *Ces préventions ,* occasionnées par les harangues du tribun Lucius Quintius défenseur d'Oppianicus.
Déja si anciennes , qui duroient depuis huit années :
car il c'étoit passé ce tems depuis la condamnation
d'Oppianicus jusqu'à la cause de Cluentius. *Sur la*
condamnation d'Oppianicus ; mot à mot , *sur le ju-*
gement de Junius , c'est-à-dire , sur le jugement que
présidoit Junius , dans lequel Oppianicus fut condamné.

la forme, les crimes mêmes d'empoisonnement dont la décision est remise par la loi (1) à ce tribunal. Je me suis proposé de suivre la même marche que notre adversaire : je parlerai d'abord de cette condamnation d'Oppianicus, contre laquelle le peuple a été si prévenu, ensuite des empoisonnemens qu'on nous reproche ; et je tâcherai de faire comprendre à tout le monde, que je n'ai voulu, ni rien éluder par mon silence, ni rien déguiser par mes discours. Mais quand je considère ce qu'exigent de moi les deux parties de l'accusation, je vois que la dernière, seul point véritable sur lequel vous avez à prononcer, sera d'une discussion aussi courte que facile ; et que l'autre, qui, absolument étrangère au barreau, convient plus au tumulte d'une assemblée séditieuse (2), qu'au sang froid d'un tribunal paisible, demande beaucoup de travail.

Cependant, Romains, parmi ces difficultés

(1) Par la loi Cornélia, qui chargeoit un des préteurs d'informer du crime d'empoisonnement.

(2) L'orateur désigne ici les harangues par lesquelles le tribun avoit animé le peuple contre Cluentius et contre les juges qui avoient condamné Oppianicuss

qui m'effraient, il est une chose qui me rassure : sans doute si, pour les chefs d'accusation,
vous exigez de l'orateur qu'il s'applique à les
détruire tous, si vous ne croyez devoir absoudre l'accusé qu'autant que son défenseur a pu
le justifier des crimes qu'on lui impute, vous
êtes disposés différemment lorsqu'il s'agit des
préventions (1) de tout le peuple, vous faites
moins d'attention alors à ce que nous disons,
qu'à ce que nous devons dire. En effet, les
chefs particuliers d'accusation n'intéressent que
la personne de Cluentius ; au lieu qu'il est de
l'intérêt de tout le monde, que nul ne soit
sacrifié à la prévention. Ainsi, dans une des
parties de la cause nous travaillerons à vous
instruire, dans l'autre nous aurons recours aux
prières ; dans l'une nous avons besoin de toute

_____

(1) L'*invidia*, que j'ai rendu par *préventions*,
dont Cicéron s'est déjà servi, et qui revient souvent
dans ce discours, m'a paru très-bien expliqué par un
commentateur. *Invidia*, dit-il, *est mala gratia et
malevolentia ex improbo aliquo facinore aut hujus-
modi facinoris suspicione contracta, aut improbi
alicujus hominis sermone excitata, quae tantùm
habet momenti tantùm que virium ad opprimendam
etiam innocentiam, ut ea viro forti metuenda sit.*

votre exactitude , dans l'autre il nous faut implorer votre protection : car il n'est personne
qui puisse repousser les traits de la prévention
publique , sans le secours de juges aussi équitables.

Pour moi, je ne sais quel parti je dois prendre. Soutiendrai-je que plusieurs des juges
d'Oppianicus n'ont pas été violémment soupçonnés de s'être laissé corrompre ? nierai-je que
cette affaire ait été agitée dans les assemblées
du peuple (1) , débattue dans les tribunaux ,
rapportée dans le sénat ? puis-je arracher des
esprits un préjugé si général , si ancien , si
profondément enraciné ? non, Romains, mon
foible talent ne peut rien ici ; c'est à votre
équité seule qu'il appartient de secourir l'innocence en butte à des bruits fâcheux , de la
secourir comme dans un grand incendie dont
les flammes menaceroient de s'étendre. Si par-
tout ailleurs la vérité a peu de force et d'appui , à votre tribunal une prévention fausse
doit être foible et sans effet. Que la prévention

_____

(1) *Dans les assemblées du peuple* où parloit le
tribun Quintius. —— *Dans les tribunaux* , où furent
condamnés les juges qui avoient reçu de l'argent.

triomphe dans les assemblées du peuple, mais
qu'elle disparoisse des tribunaux : qu'elle do-
mine dans les esprits et dans les discours d'une
ignorante multitude, mais que les personnes
sages la rejettent : que dans ses premiers mouvemens elle soit violente et impétueuse ; mais
que le tems et la réflexion la calment et la ra-
lentissent. Observons enfin cette règle d'équité
judiciaire, qui nous a été transmise par nos
ancêtres : punissons le crime sans passion, et
qu'il n'y ait point de passion où il n'y a pas de
crime.

Ainsi, Romains, avant que de commencer,
je vous demanderai d'abord, comme une chose
de toute justice, de n'apporter aucun préjugé
au tribunal : car nous perdrions et l'autorité et
le nom même de juges, si, au lieu de ne prononcer ici qu'après l'instruction des procès,
nous apportions de chez nous des arrêts tout
formés. Voici ce que je vous demanderai en
second lieu ; si les mauvaises impressions que
vous avez pu prendre, viennent à être dissipées
par les lumières de la raison, détruites par la
solidité des preuves, arrachées par la force de
la vérité, ne résistez pas, abandonnez-les avec
empressement, ou du moins sans répugnance.

Je vous demanderai enfin , quand je répondrai
en détail à tous les articles , que vous ne nous
opposiez pas en vous mêmes les raisons qui
peuvent nous être contraires , mais qu'attendant avec patience jusqu'à la fin , vous me
laissiez suivre l'ordre de mes raisonnemens ,
et qu'après que j'aurai conclu , vous m'avertissiez alors si j'ai omis quelque point essentiel.

Je ne l'ignore pas , Romains , la cause dont
j'entreprends aujourd'hui la défense , est agitée
depuis huit ans entiers dans les tribunaux par
nos adversaires , et même dans l'opinion de
bien des personnes , c'est une cause , je le dirai
presque , déja jugée , déja perdue. Mais si quelque dieu propice me concilie votre attention
et votre bienveillance , je me flatte de vous
amener à bien sentir cette vérité , que rien n'est
plus à craindre pour tout homme que la prévention ; et que pour un innocent qui se voit
en butte à ses traits , rien n'est plus à désirer
qu'un jugement équitable , qui seul peut mettre
fin à des bruits faux et injurieux. J'ai donc la
plus grande confiance que , si je puis parvenir
à bien développer ma cause , et à vous démontrer tous les avantages ; ce tribunal , que les
ennemis de Cluentius se sont imaginé être si

redoutable

redoutable pour lui et si terrible, sera enfin dans ses disgraces, après mille agitations, un port et un asyle assuré.

J'aurois encore, Romains, avant que d'entrer en matière, bien des choses à vous dire sur les dangers auxquels la prévention publique nous expose tous : mais pour ne pas tenir plus long-tems vos esprits suspendus, je vais commencer aussitôt, en vous faisant d'abord une prière que j'aurai souvent lieu de vous renouveller par la suite, c'est de m'écouter, comme (1) dans une cause défendue aujourd'hui pour la première fois, ainsi qu'elle l'est réellement ; et non comme dans une cause déja souvent défendue et toujours reprouvée. Oui, ce n'est que d'aujourd'hui que nous avons la liberté de détruire d'anciennes imputations :

_____

(1) *Dicere causam*, en latin, défendre une cause; se dit sur-tout de l'accusé. *Probare causam* sous-entendu *judicibus*, faire approuver une cause aux juges, les amener à absoudre l'accusé. Ainsi, suivant Cicéron, quoique plusieurs des juges qui avoient condamné Oppianicus aient été condamnés, on ne doit pas regarder la cause de Cluentius comme une cause qui auroit été defendue et réprouvée, puisque réellement elle n'a jamais été défendue.

Tome V.   K.

jusqu'ici cette affaire n'a été examinée que par les yeux de la prévention et de l'erreur. Je vous en conjure donc, Romains, pendant que je vais répondre avec le plus de précision et de clarté qu'il me sera possible, à une accusation qui s'est fortifiée durant tant d'années, daignez me continuer l'attention favorable dont vous avez honoré ce début.

Cluentius est accusé d'avoir corrompu ses juges pour faire condamner un innocent, son ennnemi, Stalius Albius Oppianicus : c'est là le principe de tous les soupçons atroces, de toutes les préventions affreuses conçues contre nous. Je vous montrerai donc d'abord (1), Romains, que tel est cet innocent prétendu,

(1) Quintilien paroît blâmer la division de Cicéron, parce que, dit-il, il suffisoit de prouver la troisième partie. Pour moi il me semble que, si la division de Cicéron n'est pas juste, logiquement prise, elle est très-bonne, considérée comme oratoire, parce que les deux premières parties sont les plus propres à dissiper les préventions des juges, à les disposer favorablement pour Cluentius, et à les animer contre Oppianicus. Et c'est-là ce qui fait dire à l'orateur dans son exorde : *vous faites moins attention alors à ce que nous disons qu'à ce que nous devons dire.*

victime de la corruption, que jamais accusé ne
fut appelé en justice, chargé de crimes plus
horribles par des témoins plus irréprochables :
je vous montrerai ensuite que les juges qui
l'ont condamné avoient déja rendu à son sujet
des jugemens, qui les mettoient eux-mêmes,
qui auroient mis d'autres juges, dans l'impossibilité de l'absoudre. Après que j'aurai établi
ces deux points, je ferai voir, ce qui est essentiel, que ce n'est pas Cluentius, mais l'adversaire même de Cluentius, qui a voulu corrompre les juges ; et je vous ferai connoître, dans
toute cette affaire, ce que renferme la vérité
des faits, ce que l'erreur y a ajouté, ce que la
prévention a forgé. J'ai donc à vous montrer
d'abord que Cluentius devoit avoir la plus
grande confiance en sa cause, puisque c'est avec
les griefs les plus certains, avec les témoins les
plus sûrs, qu'il a intenté son accusation : et
pour cela je dois vous exposer en peu de mots
les crimes qui ont fait condamner son adversaire. Rendez-moi, je vous prie, Oppianicus (1),
la justice de penser que c'est malgré moi que

_____

(1) Caïus Oppianicus, fils de celui qui avoit été
condamné

je parle ici contre votre père, que le devoir de
mon ministère et l'intérêt de ma cause sont les
seuls motifs qui m'y engagent. Car si je ne
puis pour le moment me prêter à vos désirs,
je pourrai par la suite en avoir assez d'autres
moyens ; au lieu que, si je ne plaide pas maintenant avec zèle pour Cluentius, je n'aurai
plus à l'avenir occasion de le défendre. D'ailleurs, qui peut hésiter à prendre contre un
homme mort et déja condamné la défense d'un
citoyen qui jouit encore de la vie naturelle et
civile, lorsqu'on voit celui contre qui l'on
parle à l'abri de toute crainte d'ignominie par
sa condamnation, et des atteintes de la douleur par le trépas ; au lieu que celui pour qui
l'on parle ne peut essuyer la disgrace d'un
jugement contraire, sans être pénétré de la
plus vive douleur, sans être flétri d'un éternel
opprobre ?

Mais pour vous convaincre, Romains, que
Cluentius ne s'est porté à accuser Oppianicus,
ni par animosité, ni par ostentation, ni par
un vain désir de gloire, mais forcé par les
plus criantes injustices, par les piéges qu'on lui
tendoit tout les jours, enfin par le péril évident
auquel sa vie étoit exposée, je vais remonter

jusqu'à la première source de nos démonstra-
tions. Ne le trouvez pas mauvais, je vous en
conjure ; d'autant plus qu'étant bien instruits
des commencemens, vous saisirez plus facilement les suites.

Aulus Cluentius Avitus, citoyen de Larinum (1), et père de celui que je défends,
tenoit le premier rang dans sa ville municipale ;
et même sa noblesse, son mérite, une haute
considération, lui donnoient une grande supériorité dans toute la contrée d'alentour. Il
mourut sous le consulat de Pompéius et de
Sylla (2), laissant un fils âgé de quinze ans
(c'est celui pour qui je parle), et une fille déja
nubile. Elle fut mariée, peu de tems après la
mort de son père, à son cousin Aulus Aurius
Mélinus, jeune homme aussi distingué dans sa
ville par sa naissance, que par ses qualités per-
sonnelles.

Ce mariage, dont l'honneur et la vertu
avoient resserré les liens, fut tout-à-coup troublé par la passion, aussi indécente que criminelle d'une femme barbare et inhumaine. Sas-

(1) Ville de l'Apouille.
(2) Quintus Pompéius Rufus fut consul avec le fameux Sylla l'an de Rome 664.

K 3

sia, mère de Cluentius ; (je lui donnerai le
titre de mère, malgré sa cruauté et son acharnement
contre un fils : oui, je lui donnerai ce titre, et en lui reprochant ses crimes
et sa férocité, je lui laisserai le nom qu'elle
tient de la nature ; car plus il suppose de tendresse et d'amour, plus vous devez avoir d'horreur pour les excès inouis d'une mère, qui,
depuis plusieurs années, et aujourd'hui plus
que jamais (1), ne soupire qu'après le meurtre
de son fils.) Sassia donc, mère de Cluentius,
ayant conçu pour le jeune Mélinus, son gendre, un coupable amour, se fit d'abord à elle-même une violence qui ne fut pas de longue
durée ; elle contint autant qu'il lui fut possible, la flamme honteuse qui la consumoit :
ensuite elle se livra avec un emportement si
furieux à sa détestable passion, que ni l'honneur, ni la pudeur, ni la tendresse maternelle,
ni la tache qu'elle imprimoit à sa famille, ni
les discours du public, ni la douleur de son
fils, ni le désespoir de sa fille, ne purent la
ramener de son égarement. Elle employa, pour

_____

(1) *Cum maximè*, locution latine dont il y a
d'autres exemples, qui répond à *quàm maximè*.

corrompre le jeune Mélinus, tous les artifices capables de séduire un âge foible et sans expérience. Sa fille, sensible, autant qu'une femme peut l'être, à l'infidélité de son époux, et plus outrée encore du commerce incestueux d'une mère, ne croyoit cependant pas pouvoir se plaindre : attentive à dérober son malheur au public, elle épanchoit son affliction et ses larmes dans le sein d'un frère dont elle étoit chérie.

Mais bientôt le divorce se déclare entre les deux époux ; et c'étoit, ce semble, le seul remède à de pareils maux. Cluentia se sépare de Mélinus, sans une peine extrême, après de si cruels outrages, mais non sans quelque regret, se voyant obligée de quitter un mari. Alors cette digne et incomparable mère se livre publiquement à tous les transports d'une joie immodérée, fière d'avoir triomphé de sa fille et non de sa passion. Elle ne peut souffrir plus long-tems que sa réputation ne soit attaquée que par des soupçons et des doutes, elle lève le masque : ce lit nuptial préparé par elle-même deux ans auparavant pour sa fille, à qui elle donnoit un époux, elle le fait dresser pour elle dans la même maison, après en avoir

K 4

chassé sa fille avec ignominie. Elle épouse son
gendre, sans prendre d'auspices (1), sans appeller de témoins, sous les plus funestes
présages.

O forfait incroyable dans une femme et jusqu'alors inoui ! ô passion féroce et indompta-
ble ! ô effronterie sans exemple ! n'avoir pas
craint, je ne dis pas le courroux des dieux et
les jugemens des hommes, je dis seulement
cette nuit, auparavant éclairée pour une autre,
des flambeaux (2) de l'hymenée ; je dis seulement le seuil de la chambre, le lit de sa fille,
les murs eux-mêmes, témoins d'un premier
mariage ! troublée par la passion et par la fureur, elle franchit toutes les bornes, brise toutes les barrières. La dissolution triomphe de la

(1) Avant de contracter un mariage, on prenoit les
auspices pour consulter la volonté des dieux. *Sans
appeller de témoins, nullis autoribus.* On appelloit
autores, les pères et mères, les parens, alliés ou
amis, qui étoient présens au mariage ; qui l'approu-
voient par leur présence, et qui signoient le contrat.

(2) Personne n'ignore qu'on portoit des torches ou
flembeaux devant la nouvelle mariée. Lorsqu'elle étoit
arrivée devant la chambre nuptiale, on la transpor-
toit au-delà du seuil, parce que le seuil étoit consacré à Vesta, et qu'il lui étoit défendu d'y toucher.

pudeur, l'audace de la crainte , l'égarement de la raison.

Pénétré du déshonneur qu'un pareil crime imprimoit à son nom et à toute sa famille , Cluentius sentoit encore augmenter sa peine par les plaintes journalières , et par les larmes intarissables de sa sœur. Cependant, après de tels forfaits , de tels outrages d'une mère envers sa fille , tout ce qu'il se crut permis , ce fut de cesser de voir une pareille mère. Car , outre que sa présence eut renouvellé toute sa douleur , il craignoit , en la voyant , de paroître , non simplement lui rendre des visites de bienséance , mais approuver lui-même une si révoltante conduite.

Voilà , Romains , la première origine de la haine implacable de Sassia pour Cluentius : vous verrez par la suite combien ce récit étoit essentiel à la cause. Non , je n'ignore pas que , dans le procès d'un fils , on ne doit se porter qu'avec peine à dévoiler le déshonneur d'une mère , quelle qu'elle soit. Eh ! serois-je propre à plaider une cause , si lorsqu'un ami m'engage à le défendre , je ne voyois pas ce que les simples lumières de la raison nous apprennent , ce que la nature elle-même a gravé dans le

cœur de tous les hommes ? Je le sais , on doit
taire les injures des auteurs de ses jours , et
même les supporter avec patience. Mais enfin
il me semble qu'on ne doit supporter et taire
que ce qui peut être tû et supporté. Cluentius
n'a éprouvé aucun malheur dans sa vie , il n'a
couru aucun péril imminent , il n'a redouté
aucune disgrace , qui ne soit venu de sa mère ,
qui n'ait été le fruit de ses intrigues. Il tairoit
aujourd'hui tous ses excès , et s'il ne pouvoit
les effacer de son souvenir , il les tiendroit du
moins cachés au fond de son cœur : mais ils
sont portés à un tel point , qu'il ne lui est plus
possible de s'en taire. L'accusation (1) actuelle,
cette accusation si grave , où il s'agit de toute
son existence , c'est sa mère qui l'a suscitée.
Toute cette foule de témoins qui doivent paroître , c'est elle dans le principe qui les a su-
bornés , c'est elle qui les dirige , c'est elle qui
fournit à tous les frais de la procédure et des
informations. Dernièrement enfin elle est ac-

(1) On peut expliquer absolument *illa accusatio* ,
mais j'aimerois mieux avec Lambin *haec accusatio*.
—— Un peu plus bas, *de témoins qui doivent pa-*
roître. C'étoit après que la cause étoit plaidée qu'on
produisoit les témoins.

courue ici de Larinum pour travailler à perdre son fils. Par-tout se rencontre cette femme audacieuse, riche, cruelle ; elle prépare des accusateurs, dispose des témoins. L'humiliation et le deuil (1) de son fils font sa joie : elle ne respire que sa ruine : elle donneroit volontiers tout son sang pour voir couler celui de son fils. Si par le détail des faits, vous n'êtes pas convaincus de tout ce que je dis contre elle, croyez que c'est mal-à-propos que je l'attaque aussi durement : mais si je vous rends sensibles, et l'énormité et l'évidence de ses crimes, vous devez pardonner à Cluentius, de souffrir que je les mette au jour, et vous ne devriez point me pardonner de les passer sous silence.

Maintenant, Romains, je vais vous faire un court exposé des crimes qui ont fait condamner Oppianicus, afin que vous puissiez connoître combien Cluentius étoit suivi dans sa conduite et fondé dans son accusation.

Et d'abord je vous montrerai par quels motifs il a accusé son beau-père ; vous saurez, d'après cela, que c'est la nécessité seule qui l'a

(1) Les accusés à Rome prenoient un vêtement sale et usé, ils laissoient croître leur barbe ; enfin tout leur extérieur étoit misérable.

contraint à cette démarche. Il avoit surpris le poison qu'Oppianicus avoit préparé pour le faire périr ; celui-ci étoit convaincu de son projet criminel , non par de simples conjectures , mais par des preuves évidentes et palpables ; la cause ne paroît offrir aucun doute : que fit-il ? il le cita en justice et fut lui-même son accusateur. Je vous apprendrai bientôt quelle suite et quelle exactitude il mit dans cette accusation : je me contente de vous faire remarquer ici , que l'unique motif qui porta Cluentius à accuser son beau-père , c'est qu'il n'avoit pas d'autre moyen d'éviter les périls qui menaçoient à chaque instant ses jours. Mais pour vous convaincre que les crimes dont Oppianicus étoit accusé ne devoient , ni donner à l'accusateur aucun sujet de crainte , ni laisser au coupable aucun motif d'espérance , je vais vous rapporter quelques-uns des principaux chefs de l'accusation : quand une fois vous les aurez connus , vous ne serez plus surpris que l'accusé , par une juste défiance de sa cause, ait eu recours à Stalénus (1) et à l'argent.

(1) Stalénus , dont il sera beaucoup parlé dans la suite , un des juges d'Oppianicus , dont celui-ci se servit pour corrompre d'autres juges.

Il y avoit à Larinum une certaine Dinéa, belle-mère d'Oppianicus, qui eut trois fils, Marcus et Numérius Aurius, Cnœus Magius, et une fille nommée Magia, mariée à Oppianicus. Marcus Aurius, très-jeune encore, fut fait prisonnier dans la guerre d'Italie (1) auprès d'Asculum, et tomba entre les mains du sénateur Sergius, qui le tint chez lui en esclavage : c'étoit le même Sergius qui fut condamné pour crime d'assassinat (2). Numérius Aurius, frère de Marcus mourut, et constitua héritier Magius son frère. Magia, femme d'Oppianicus, mourut eusuite, et enfin Magius lui-même, le seul fils qui restoit à Dinéa. Celui-ci en laissant tous ses biens au jeune Oppianicus, son neveu, lui imposa l'obligation de partager la succession avec Dinéa son aïeule. Cependant un

(1) Guerre d'Italie, autrement guerre des Marses, ou guerre sociale.

(1) *Damnari inter sicarios*, locution judiciaire, pour dire *damnari tanquam sicarius*. Dans le plaidoyer pour Roscius d'Amérie, on lit *qui inter sicarios et de veneficiis accusabant. Inter sicarios*, c'est-à-dire, *de sicariis*. On ne disoit pas *crimen sicariatus*, comme *crimen majestatis, veneficii*, mais *crimen inter sicarios*, ou *de sicariis*.

homme bien instruit vient annoncer à Dinéa, comme nouvelle certaine, que Marcus Aurius son fils aîné vivoit encore, et qu'il étoit en servitude dans la Gaule. Cette mère qui avoit perdu tous ses enfans, à qui on faisoit concevoir l'espérance de recouvrer le seul qui lui restoit, assemble tous ses proches, tous les amis de son fils, et les conjure avec larmes, de se donner tous les mouvemens nécessaires pour le découvrir, pour lui rendre son fils, le seul de tant d'enfans que la fortune lui eût conservé. A peine a-t-elle pris ces premières mesures, qu'elle tombe dangereusement malade. Elle fait un testament, lègue un million de sesterces (1) à son fils Aurius, et institue héritier le même Oppianicus, son petit-fils. Peu de jours après elle meurt. Aussitôt les parens, selon la résolution qu'ils en avoient prise avec elle de son vivant, partirent avec l'homme qui avoit apporté la nouvelle pour aller chercher Aurius dans la Gaule.

Cependant Oppianicus, homme d'une audace singulière dans le crime, comme vous le verrez par plus d'un trait, se servit d'un

_____

(1) 125,000 livres.

certain Gaulois, son ami intime, pour corrompre par argent le porteur de la nouvelle. Après cela, il trouva le moyen, pour une somme assez modique, de faire périr cet Aurius même qu'on vouloit découvrir. Ceux qui étoient partis pour chercher leur parent, écrivent aux autres parens de cet infortuné et à leurs amis, qu'il ne leur étoit pas facile de trouver celui qu'ils cherchoient, parce que sans doute Oppianicus avoit corrompu le porteur de la nouvelle. Aulus Aurius, homme ferme et actif, distingué dans sa ville, et l'un des parens de Marcus Aurius, fait lecture de cette lettre dans la place publique, devant une foule de témoins, en présence d'Oppianicus lui-même, déclarant hautement que, s'il apprenoit qu'on eût assassiné Marcus Aurius, il appelleroit Oppianicus en justice. Bientôt après, ceux qui étoient partis pour la Gaule reviennent à Larinum, où ils annoncent que Marcus Aurius a été assassiné. Cette nouvelle pénètre, non-seulement les parens du mort, mais même tous les habitans, et d'indignation contre Oppianicus, et de compassion pour le malheureux jeune homme. Aussi, comme Aulus Aurius, qui avoit déja menacé Oppianicus de l'appel-

ler en justice, continuoit à le poursuivre par
ses cris et par ses menaces, il s'enfuit de Larinum, et alla se jetter dans le camp de l'illustre
Métellus (1). Après cette fuite, qui déposoit et
du crime et des remords du coupable, il n'osa
jamais, ni s'exposer à la rigueur des loix et
des jugemens, ni paroître sans armes devant
ses ennemis : mais profitant de la victoire et
de la puissance de Sylla, il accourt à Larinum
avec des gens armés, il jette par-tout l'épou-
vante. Il renvoie les quatre principaux magistrats élus par les habitans, déclare que le dictateur l'a nommé avec trois autres pour les remplacer, et lui a donné ordre de faire mourir
cet Aurius qui l'avoit menacé de lui intenter
un procès-criminel, un autre Aurius avec son
fils, et Virbius (2), entre les mains duquel il
avoit déposé, dit-on, l'argent pour corrompre
celui qui étoit venu annoncer que Marcus
Aurius vivoit. Ces premières victimes, cruellement immolées, il contint facilement les autres

(1) Quintus Métellus Pius, qui avoit suivi le
parti de la noblesse et dont le camp étoit en Afrique.
(2) Oppianicus fait tuer ce Virbius, ou parce qu'il
l'avoit déja trahi, ou parce qu'il craignoit de sa part
une trahison.

par

par la crainte d'un sort pareil. Or, tous ces crimes ayant été dévoilés aux yeux de la justice, croira-t-on qu'Oppianicus ait pu être absous?

Mais ce ne sont là que des coups d'essai : j'ai à vous faire connoître de bien plus grands forfaits encore, d'après lesquels vous serez surpris, non qu'Oppianicus ait été condamné, mais qu'il ne l'ait pas été plutôt. Et d'abord, voyez la hardiesse de cet homme. Il brûloit d'épouser Sassia, mère de Cluentius, et veuve de cet Aulus Aurius qu'il avoit fait périr. S'il y avoit plus d'impudence à Oppianicus de proposer un tel mariage, que de cruauté à Sassia d'y consentir, c'est ce qu'il n'est pas facile de décider. Mais enfin voyez l'amour tendre et constant de l'un et de l'autre. Oppianicus propose à Sassia de l'épouser et la presse de conclure : Sassia ne s'étonne point d'une pareille audace ; l'impudence d'une telle proposition ne la révolte pas ; elle n'a pas horreur de cette main (1) d'Oppianicus, encore dégoutante

_____

(1) La plupart des éditions portent *domum* ; mais j'ai préféré de suivre celles où on lit *dexteram* ou *manum*.

du sang de son époux : le seul obstacle qu'elle trouve au mariage qu'il lui propose, c'est qu'il a trois enfans. Oppianicus qui convoitoit l'argent de Sassia, cherche dans sa propre maison un moyen pour lever le seul obstacle qui l'arrête. Il avoit, de sa femme Novia, un fils encore au berceau, et de Pappia (1) un autre, qui étoit élevé auprès de sa mère à Théano, ville de l'Apouille, distante de Larinum de dix-huit mille pas. Tout-à-coup, sans aucun motif, il mande ce dernier auprès de lui, ce qu'il n'avoit coutume de faire qu'aux jours de fête et dans les jeux publics. La mère infortunée le lui envoie sans aucune défiance. Cependant Oppianicus prétexte un voyage pour Tarente ; et ce jour-là même, l'enfant qu'on avoit vu le soir (2) dans la ville, plein de vie et de santé, mort avant la nuit, fut inhumé le lendemain avant le jour. Pappia apprend cette affligeante nouvelle par les bruits publics, et

(2) Puisque Papia vivoit encore, Oppianicus apparemment en étoit séparé par le divorce.

(1) En latin à la onzième heure. Les Romains, ainsi que d'autres peuples, divisoient le jour, distingué de la nuit, en douze heures égales. Ainsi la onzième heure, étoit une heure avant la nuit.

non par aucun exprès de la maison d'Oppianicus. Aussitôt cette malheureuse mère, qui se
voyoit enlever son fils, et même la consolation de lui rendre les derniers devoirs, accourt
à Larinum, le désespoir dans le cœur, et fait
rendre de nouveau à son fils, tout inhumé
qu'il étoit, les honneurs de la sépulture. Dix
jours étoient à peine écoulés, cet autre fils
encore au berceau n'étoit déjà (1) plus. Alors
Sassia vole sur-le-champ dans les bras d'Oppianicus, elle l'épouse avec une ame satisfaite, le
cœur rempli des plus belles espérances ; et rien
de moins surprenant, puisque son nouvel
époux avoit gagné son cœur, non pas seulement
par des présens de nôce, mais par la mort de
de ses fils. Les autres pères désirent d'amas-
ser des richesses pour l'avantage de leurs
enfans ; Oppianicus a trouvé plus doux de
sacrifier ses propres enfans, au plaisir de posséder des richesses.

Je m'en apperçois, Romains ; le simple récit
des forfaits d'Oppianicus a vivement ému votre
sensibilité. Quelle impression n'ont-ils donc

---

(1) Il ne restoit donc à Oppianicus d'autre fils que
Caïus Oppianicus, présent à la cause.

pas dû faire sur des hommes qui avoient non-
seulement à les entendre , mais encore à les
juger. Vous , vous n'êtes pas ses juges , vous
ne le voyez pas , vous ne pouvez plus le haïr ;
il a payé ce qu'il devoit et aux loix et à la
nature , aux loix par l'exil , à la nature par la
mort ; aucun ennemi ne l'accuse , aucun
témoin ne le charge ; et des actions atroces
qu'on pourroit développer avec étendue , je
ne fais que les parcourir avec rapidité. Les
juges d'Oppianicus , au contraire , avoient
devant eux un homme dont le sort étoit remis
à leurs décisions , ils entendoient le détail de
ses crimes , ils voyoient la scélératesse em-
preinte dans tous ses traits; ils voyoient un coupable dont l'audace leur rendoit la personne
encore plus odieuse , un coupable qu'ils
croyoient digne de tous les supplices ; il étoit
poursuivi , ce coupable , par des accusateurs ,
une foule de témoins déposoient contre lui ;
tous ces attentats étoient développés avec force
par un des orateurs les plus éloquens , par
Canutius (1). Et après cela , qui pourroit soup

(1) Publius Canutius , le principal accusateu
d'Oppianicus.

çonner encore qu'Oppianicus innocent , ait succombé sous la violence d'un jugement inique?

Je vais maintenant , Romains , tracer un tableau en raccourci des autres forfaits d'Oppianicus ; je me hâte d'arriver à ce qui tient plus immédiatement à ma cause. N'oubliez pas , je vous en conjure , que mon but n'est pas d'accuser un mort ; mais voulant vous persuader que ce n'est point Cluentius qui a corrompu les juges , je pose pour premier fondement de sa défense , qu'Oppianicus étoit noirci de crimes et de forfaits quand il a été condamné. Il avoit présenté un breuvage à Cluentia son épouse , tante de Cluentius : dès que celle-ci en eût pris la moitié , elle s'écria qu'elle mouroit dans les plus horribles douleurs : et elle ne vécut que pour prononcer ces mots , car elle mourut en les prononçant. Aux soupçons que faisoient naître naturellement ses dernières paroles , et une mort si soudaine. ajoutez qu'on trouva sur son corps tous les indices et toutes les marques du poison. Il se servit de la même voie pour faire périr Caïus Oppianicus, son frère.

Ce n'est pas tout , Romains : un fratricide semble renfermer tous les crimes , je dois néanmoins vous en rapporter d'autres qui ont frayé

à Oppianicus la route au plus affreux des forfaits. Auria, sa belle-sœur, étant enceinte, et
le terme de sa grossesse déja fort avancé, il
lui fit prendre du poison pour faire périr, par
un seul coup, et la mère et le fruit qu'elle
portoit dans son sein. Il vint ensuite à son frère
lui-même; et comme cet infortuné, après avoir
avalé le breuvage de mort, s'écrioit, mais trop
tard, qu'il mouroit empoisonné ainsi que sa
femme, comme il demandoit à changer son
testament, il expira dans le moment même où
il manifestoit cette intention. Ainsi, Oppianicus fit périr sa belle-sœur, de peur que l'enfant qui naîtroit d'elle ne le déshéritât, et il
ôta la vie à l'enfant de son frère (1) avant qu'il
eût pu recevoir de la nature la lumière du jour.
Il vouloit que tout le monde sût qu'il n'y avoit
rien pour lui de sacré, rien d'inaccessible,
puisque le sein maternel même n'étoit pas
un asyle qui pût mettre l'enfant de son
frère à l'abri de ses attentats. Je me rappelle que, lorsque j'étois en Asie (2),

(1) Latin *fratris liberos*. *Liberi* se disoit d'un seul
enfant, fils ou fille.

(2) Cicéron, après avoir plaidé pour Roscius
d'Amérie, se retira en Asie, soit par crainte de
Sylla, soit plutôt pour fortifier sa santé et se perfec-

une femme de Milet , ayant reçu une somme des héritiers substitués , et s'étant procuré un avortement , fut condamnée à une peine capitale : et elle le méritoit , puisqu'elle ôtoit à un père sa plus douce espérance et l'héritier de son nom , à une famille son soutien et son appui , et à la République un citoyen désigné. Combien donc Oppianicus , dans un cas tout semblable , n'étoit-il pas digne d'une plus grande punition encore ? La Milésienne , en agissant sur elle-même , s'est punie de son crime , et s'est rendue son propre bourreau : Oppianicus a été bourreau d'une autre qu'il a fait expirer dans des douleurs cruelles. Il paroît impossible dans un seul meurtre d'en commettre plusieurs ; il s'est rencontré un Oppianicus pour faire périr plusieurs personnes dans une seule.

Instruit de son audace et de ses pratiques ordinaires , Magius , oncle du jeune Oppianicus , étant tombé dangereusement malade , et voulant instituer son neveu héritier de ses biens , appelle ses amis , et en présence de

tionner dans l'éloquence. *Fut condamnée à une peine capitale*, à l'exil ou à la mort : c'étoit l'exil, si l'on en croit le jurisconsulte Ulpien.

Dinéa sa mère , il demande à son épouse si
elle étoit enceinte. Sur sa réponse qu'elle l'étoit,
il exige d'elle qu'elle se retirera chez Dinéa sa
belle-mère, qu'elle y demeurera jusqu'au terme
de sa grossesse , et qu'elle veillera avec soin à
la conservation de son fruit. En conséquence ,
il lui lègue par son testament une somme considérable au cas qu'elle eût un fils ; mais il ne
lui donne rien sur la substitution établie en
faveur de son neveu. Vous voyez quels soupçons Magius avoit contre Oppianicus : le jugement qu'il portoit de cet homme n'est pas
équivoque. Il ne l'a pas nommé tuteur de l'enfant qui devoit naître , lorsqu'il instituoit héritier de ses biens le jeune Oppianicus son fils.
Maintenant voyons quelle a été la conduite
d'Oppianicus : elle prouve que Magius en mourant avoit porté ses vues dans l'avenir. La
somme léguée à la femme au cas qu'elle eût
un fils , Oppianicus la lui compta (1) bien
avant qu'elle lui fût due ; il acquitta le legs , si
c'étoit là acquitter un legs plutôt qu'acheter un
avortement. Lorsqu'elle eut reçu ce prix de

____

(1) Je ne vois pas à quel titre Oppianicus délivre
le legs à la veuve Magius , à moins que ce ne fût un
nouveau trait de son audace.

son crime ; et beaucoup d'autres présens encore , comme les accusateurs d'Oppianicus
l'ont prouvé par la lecture de ses registres ;
succombant à un vil intérêt , elle vendit à la
perversité de son beau-frère , les espérances
qui reposoient dans son sein , et que lui avoit
recommandées son époux expirant. On ne peut
rien ajouter , ce semble , à tant de noirceur ,
écoutez la suite. Une femme qui , suivant les dernières volontés de son mari , ne
devoit point connoître pendant dix mois (1)
d'autre maison que celle de sa belle-mère ,
cinq mois après la mort de son mari épouse
Oppianicus lui-même. Cette union ne fut pas
de longue durée , car ce n'étoit point la dignité du mariage , mais la société du crime ,
qui en avoit formé les nœuds.

(1) Les loix romaines accordoient alors dix mois
pour la naissance d'un posthume : une femme étoit
obligée de porter le deuil de son mari pendant tout
ce tems, et si elle se marioit plutôt , elle encouroit
une sorte d'infamie. —— *Epouse Oppianicus* , sans
doute avant que celui-ci se fût marié à Sassia. Tout
porte à le croire. Il faut donc dire que Cicéron dé-
taille les crimes d'Oppianicus sans suivre l'ordre de
tems.

Et ce meurtre d'Asinius, citoyen de Larinum, jeune homme fort riche, combien il fit de bruit dans son tems ! comme il fut le sujet de toutes les conversations ! Il y avoit à Larinum un certain Avilius, homme d'une corruption profonde, et d'une misère extrême, doué d'un talent particulier pour enflammer les passions des jeunes gens. Lorsqu'à force de complaisances et de flatteries, Avilius se fut absolument emparé de la personne d'Asinius, Oppianicus aussitôt crut pouvoir espérer que cet homme seroit pour lui comme une machine de guerre, avec laquelle il pourroit assiéger la jeunesse d'Asinius, et emporter de force toute sa fortune. Ce fut à Larinum qu'on disposa cette trame, et l'exécution fut transportée à Rome. La solitude d'une petite ville parut plus propre pour l'un, et le tumulte d'une ville immense plus commode pour l'autre. Asinius se rend donc à Rome avec Avilius; et Oppianicus les suit de près. Il seroit trop long, Romains, de vous détailler la vie qu'ils y menèrent, les festins, les débauches, les dépenses énormes auxquelles ils se livrèrent en la compagnie, et même par les conseils d'Oppianicus : je me hâte d'en venir à d'autres ob-

jets ; je me contenterai de vous apprendre
quelle fut l'issue de cette feinte amitié. Un
jour que le jeune homme étoit dans la maison
d'une certaine femme , où il devoit passer la
nuit et la journée suivante , Avilius , comme
il en étoit convenu avec Oppianicus , feignit
d'être malade et de vouloir faire son testament.
Oppianicus lui amène pour le signer, des témoins qui ne connoissoient ni Asinius , ni
Avilius , il fait passer celui-ci pour Asinius ,
signe sous son nom un testament et se retire.
Avilius aussitôt est rétabli. Peu de jours après,
sous prétexte de le mener dans des jardins ,
on attira Asinius hors la porte Esquiline , dans
des sablonières où il fut assassiné. Un et deux
jours se passent : comme ses gens étoient surpris de ne plus le voir , qu'ils ne le trouvoient
pas dans les lieux où il avoit coutume d'aller ,
et qu'enfin Oppianicus disoit publiquement à
Larinum qu'il avoit depuis peu signé avec ses
amis le testament d'Asinius ; les affranchis de
celui-ci, et quelques-uns de ses amis , bien certains qu'Avilius avoit été vu avec Asinius le
jour même où il avoit disparu , se saisissent de
sa personne et le traînent au tribunal de Mani-

lius , pour lors triumvir (1). Aussitôt ce malheureux , sans être chargé par aucun témoin ,
sans être dénoncé par personne , pressé par les
remords de son crime , expose le fait tel que
je viens de le rapporter , et avoue que c'est lui
qui , par l'instigation d'Oppianicus , a assassiné
Asinius. Oppianicus , par ordre de Manilius ,
est arraché de la maison où il se cachoit ; et
on le confronte avec Avilius , qui venoit de le
dénoncer. Ici , Romains , qu'est-il besoin de
vous dire ce qui a suivi ? Vous avez tous connu
Manilius ; vous savez que , dès sa plus tendre
jeunesse , ni l'honneur , ni la vertu , ni l'estime des hommes , ne furent jamais son ambition ; mais qu'à la faveur des discordes civiles (2) , de la profession odieuse de bouffon
insolent , il étoit parvenu par les suffrages du

(1) Les triumvirs capitaux avoient le département des
prisons : ils jugeoient des délits de la dernière classe
des citoyens , et de ceux qui n'étant pas citoyens ha-
bitoient la ville.

(2) Des discordes entre Sylla et Marius. *Il étoit
parvenu....* mot à mot, *Il étoit parvenu à cette colonne* , à la colonne Ménia où jugeoient les triumvirs, où étoient accusés les débiteurs , les voleurs et
les esclaves fugitifs.

peuple, à présider ce même tribunal, où il s'étoit vu traîner mille fois au milieu des clameurs publiques. Il traite donc avec Oppianicus, et pour une somme d'argent qu'il en reçoit il anéantit une procédure déja commencée, dans un délit notoire. Or, quand Oppianicus fut appellé en justice, le meurtre d'Asinius étoit un des chefs de l'accusation : le crime étoit prouvé par la déposition d'un grand nombre de témoins, et par la dénonciation authentique d'Avilius. Parmi les complices (1), que nommoit celui-ci, se trouvoit en tête le nom d'Oppianicus, de cet Oppianicus que l'on nous donne comme un innocent, comme une victime infortunée de l'injustice.

Je vous le demande, Oppianicus, Dinéa votre aïeule dont vous avez hérité, n'est-ce pas encore votre père qui l'a fait périr au su de tout le monde ? Il lui avoit amené son médecin, déja fameux par plus d'un exploit, et dont il avoit éprouvé le talent sur plus d'une personne ; elle s'écria qu'elle ne vouloit pas

(1) C'est ainsi que j'ai entendu *inter allegatos.* Quelques-uns voudroient lire *inter alligatos*, c'est-à-dire, *inter crimini obnoxios, criminis affines.*

être traitée par un homme , entre les mains de qui elle avoit vu périr toute sa famille. Oppianicus s'adressa donc à un certain Clodius , empirique ambulant , de la ville d'Ancone , qui pour lors se trouvoit par hasard à Larinum. Il fait marché avec lui pour quatre cents sesterces (1) comme ses registres en font foi. Clodius qui étoit pressé , à qui il restoit encore beaucoup de villes à parcourir , termina l'affaire dès la première visite, expédia la malade par une seule potion , et après ce coup ne resta pas un instant à Larinum. La même Dinéa avoit laissé un testament ; Oppianicus , autrefois son gendre , se saisit des tablettes , et raya plusieurs legs de sa main : mais la multiplicité des ratures lui faisant craindre qu'après la mort de la testatrice elles ne fissent reconnoître l'altération , il fit transcrire le testament sur de nouvelles tablettes , contrefit toutes les signatures.

Je supprime à dessein bien des faits; je crains même d'en avoir déja trop cité. Qu'il me suffise , Romains , de vous dire qu'il ne s'est démenti dans aucune circonstance de sa vie. Il

_____

(1) 50 livres.

avoit altéré, à Larinum, les registres publics des censeurs, comme il en a été convaincu par le jugement unanime du sénat de cette ville (1). Personne ne faisoit plus d'affaires, ne traitoit plus avec lui : parmi toute cette multitude de proches et d'alliés, aucun ne le donnoit pour tuteur à ses enfans : nul ne vouloit le voir, l'aborder, l'entretenir, l'admettre à sa table : objet de mépris et d'horreur, tous le fuyoient comme un monstre exécrable, comme une peste publique.

Cependant quelque audacieux, quelque pervers, quelque criminel que fût un tel homme, jamais Cluentius ne l'eût accusé s'il eût pu s'en abstenir sans courir des risques pour ses jours. Oppianicus étoit son ennemi, oui, certes ; mais enfin c'étoit son beau-père. Sassia étoit une femme barbare, acharnée à sa perte ; mais enfin c'étoit sa mère. D'ailleurs, rien de plus éloigné du caractère de Cluentius, de ses intentions, de son genre de vie, qu'une démarche de cette nature. Mais se trouvant

_____

(1) Latin, *par le jugement de tous les décurions.* On appelloit décurions dans les villes municipales ceux qu'on appelloit à Rome sénateurs.

dans la dure alternative , ou d'inténter une accusation juste et légitime , ou de subir une
mort indigne et cruelle , il aima encore mieux
accuser son ennemi même contre son gré , que
de périr de sa main, Pour vous convaincre de
ce que je vous dis , je vais vous exposer un
nouvel attentat d'Oppianicus , attentat évident
et manifeste , qui vous apprendra que Cluentius a été contraint de l'accuser , et les juges
dans l'impossibilité de l'absoudre.

De tems immémorial il existoit à Larinum
des ministres de Mars , consacrés au culte de
ce dieu. Leur nombre étoit assez considérable ;
et à l'exemple des esclaves attachés au service
de Vénus (1) dans la Sicile , on les regardoit
dans Larinum , comme esclaves attachés au
service de Mars. Oppianicus se mit tout-à-coup
à soutenir qu'ils étoient tous libres et citoyens
romains. Les sénateurs de la ville, et en général tous les habitans indignés de cette nouvelle entreprise, s'adressèrent à Cluentius pour
le prier de défendre leur cause. Celui - ci
avoit toujours évité de se charger d'affaires ;

_____

(1) Il est beaucoup parlé de ces esclaves de Vénus
dans les Verrines.

mais

mais le rang qu'il occupoit à Larinum, l'ancienneté de sa famille, la persuasion où il étoit
qu'il devoit sacrifier sa propre tranquillité aux
intérêts de ses parens, de ses amis, de ses concitoyens, ne lui permirent pas de se refuser
aux vœux de toute sa ville. Il se charge donc
de la cause et la porte à Rome. Chaque jour
de vives disputes s'élèvent entre lui et Oppianicus, par la chaleur qu'ils mettent l'un et
l'autre à soutenir leur parti. Oppianicus, naturellement dur et féroce, étoit encore animé
dans ses fureurs par Sassia, l'ennemie implacable de son fils Cluentius. Les adversaires de
celui-ci en général avoient le plus grand intérêt
à lui faire abandonner la cause dont il s'étoit
chargé : un motif secret et plus puissant agissoit encore avec force sur l'ame d'Oppianicus,
le plus avare et le plus audacieux des hommes. Cluentius jusqu'à ce jour n'avoit point
fait de testament ; d'un côté il ne pouvoit
prendre sur lui de rien léguer à une femme
telle que Sassia, et de l'autre il ne pouvoit se
résoudre à oublier dans son testament, sa propre mère. Oppianicus, qui ne pouvoit l'igno-
rer, voyoit qu'après la mort de Cluentius tous

Tome V.   M

ses biens retourneroient à Sassia (1) ; qu'alors,
celle-ci étant privée de son fils et devenue plus
riche , il pourroit s'en défaire avec un moindre
risque et un plus grand avantage. Cette espérance irritant ses désirs , il résolut de faire périr
Cluentius par le poison ; et voici comment il
s'y prit.

Caïus et Lucius Fabricius , frères jumeaux ,
natifs d'Alétrinum , se rapprochoïent l'un de
l'autre pour la figure et pour les mœurs, autant qu'ils s'éloignoient tous deux de leurs
compatriotes. Nul de vous , Romains, à ce que
je pense , n'ignore de quelle considération
jouissent presque tous les Alétrinates , combien ils se ressemblent presque tous par leur
vie sage et régulière. Oppianicus avoit toujours
été intimement lié avec ces Fabricius : car rien ,
vous le savez , n'a plus de force pour unir étroitement les personnes que la conformité des
goûts et des caractères. Comme la vie des deux
frères les portoit à ne rougir d'aucun gain honteux , que chaque jour ils signaloient leurs
fourberies , leur adresse à séduire les jeunes

(1) Il paroît que , du tems de Cicéron, une mère
héritoit d'un fils mort sans avoir fait de testament.

gens et à les attirer dans leurs piéges, qu'enfin
leurs vices et leur perversité les avoient fait
connoître de tout le monde, Oppianicus, par
goût, ainsi que je l'ai déja dit, avoit formé
avec eux la liaison la plus intime. Il songea
donc à se servir de Caïus Fabricius, (car son
frère étoit mort) pour attenter aux jours de
Cluentius. La santé de celui-ci étoit alors fort
mauvaise. Il avoit pour médecin un nommé
Cléophante, homme peu connu, mais d'une
probité intègre. Fabricius s'adresse à Diogène,
esclave du médecin, et lui promet de l'argent
s'il veut donner du poison à Cluentius. L'esclave, qui n'étoit pas mal-adroit, mais fidèle
et incorruptible, comme l'évènement l'a prouvé,
parut se prêter aux propositions de Fabricius.
Il en instruit son maître, qui en fait part à
Cluentius. Celui-ci en confère avec le sénateur
Bébrius, son intime ami. Vous vous le rappellez, je crois, Romains, Bébrius étoit plein
d'honneur, et aussi prudent que vertueux. Il
conseille à Cluentius d'acheter l'esclave de
Cléophante, pour s'assurer par son moyen de
la vérité du fait, ou en reconnoître la fausseté.
J'abrège mon récit : on achete l'esclave ; et à
peu de jours delà, en présence de plusieurs

témoins, dignes de foi, qui s'étoient rendus se-
crettement chez Cluentius, on surprend entre
les mains de Scamandre, esclave de Fabricius,
le poison, et dans une boîte cachetée, l'argent
consigné pour prix de cet attentat.

Quoi donc? de tels faits sont mis en évidence, et l'on prétendra qu'Oppianicus a été
injustement condamné! mais quel homme plus
audacieux, plus coupable, et plus évidemment coupable, fut jamais dénoncé aux tribunaux? Quel orateur, quelque génie, quelque
talent qu'on lui suppose, eût pu imaginer un
moyen de détruire ce seul chef d'accusation?
D'ailleurs, peut-on douter qu'après la découverte d'un projet si évident et si manifeste,
Cluentius ne fût dans la nécessité de subir la
mort ou d'intenter une accusation?

Je crois, Romains, vous avoir prouvé suffisamment qu'après les crimes dont fut inculpé
Oppianicus, ses juges ne pouvoient légitimement l'absoudre : il me reste à vous faire voir
que, lorsqu'il fut accusé, il s'étoit déja vu condamner deux fois dans la personne de Scamandre et de Fabricius.

Cluentius déféra d'abord à la justice ce
Scamandre, affranchi de Fabricius, entre les

mains duquel il avoit surpris le poison. Le
tribunal étoit à l'abri de tout reproche, les
juges ne pouvoient même être soupçonnés de
s'être laissés corrompre. La cause étoit simple,
le fait certain, le crime avéré. Alors Fabricius,
qui sentit bien que la condamnation de son
affranchi entraîneroit la sienne, et qui savoit
que mon voisinage d'Aletrinum (1) me donnoit
avec les habitans de cette ville les plus grandes relations, en amena chez moi un assez
grand nombre. Ils connoissoient parfaitement
le personnage; cependant, comme il étoit leur
compatriote, ils crurent qu'il étoit de leur
honneur de l'aider de tout leur pouvoir. Ils me
pressèrent donc de prendre la défense de Scamandre, et de me charger d'une cause où
Fabricius couroit tous les risques. Je ne pouvois
rien refuser à des hommes aussi honnêtes, qui
m'étoient si affectionnés; d'ailleurs, ni moi ni
ceux même qui me recommandoient cette
cause, ne pouvions croire que l'accusation fût
aussi grave et aussi manifeste; je leur promis
donc de me prêter en tout à leurs désirs.

(1) La ville d'Aletrinum étoit voisine d'Arpinum
patrie de Cicéron.

M 3

L'affaire s'engage; la cause de Scamandre est appellée. Canutius, homme de beaucoup d'esprit, et des plus exercés dans l'art de la parole, étoit accusateur; ses charges contre l'affranchi se réduisoient à ce peu de mots, on a surpris le poison entre ses mains. Les traits de toute l'accusation retomboient sur Oppianicus même. On découvroit ses motifs d'attenter aux jours de Cluentius. On faisoit remarquer ses liaisons intimes avec les Fabricius; on montroit quelle étoit sa vie et son audace; enfin, après un discours plein de force et de véhémence, l'accusateur conclut par la circonstance du poison surpris dans les mains de l'affranchi. Je me levai pour répondre; quel fut, grands dieux! mon embarras, mon trouble et mon inquiétude! En général, je ne parle guère en public sans être effrayé d'abord et déconcerté. Toutes les fois que je prends la parole, il me semble que je vais compromettre, non-seulement ma réputation et mon médiocre talent, mais encore ma probité et mon honneur. J'appréhende qu'on ne m'accuse, ou d'annoncer plus que je ne puis faire, ce qui est impudence; ou de ne pas faire ce que je puis, ce qui est perfidie ou négligence. Mais je n'éprouvai jamais un aussi grand trouble que dans cette occasion. Je craignois tout : si je ne dis rien , on me trouvera ridiculement timide ; si je m'étends trop dans une cause pareille , je révolterai par mon effronterie.

Je me remis enfin , et je résolus de défendre avec assurance la cause dont je m'étois chargé : je savois qu'on faisoit un mérite à quelqu'un de l'âge où j'étois alors (1) , de ne pas abandonner dans leurs périls , même des hommes dont l'affaire seroit un peu équivoque. Je fis donc les plus grands efforts , j'employai tout ce que j'avois de force et d'adresse pour combattre les raisons qu'on m'opposoit , j'eus recours à tous les moyens , à toutes les ressources de la plaidoirie ; enfin j'ose le dire , je fis ensorte qu'on ne pût pas reprocher à la cause d'avoir manqué d'un défenseur. Mais à mesure que j'avois saisi une raison , l'accusateur aussitôt me l'arrachoit des mains. Lui demandois-je si Scamandre étoit l'ennemi de Cluentius , il me répondoit que non , mais il ajoutoit qu'Oppianicus , dont Scamandre étoit l'émissaire , avoit été et étoit encore l'ennemi mortel de Cluentius. Si je sou-

_____

(1) Cicéron devoit avoir alors 33 ans.

tenois que Scamandre n'avoit aucun intérêt à
la mort de Cluentius ; il en convenoit, mais
il observoit que tous les biens de Cluentius
dévoient, après sa mort, retourner à l'épouse
d'Oppianicus, l'homme du monde qui savoit
le mieux se défaire de ses épouses. Lorsque
j'employois cette défense, la plus honnête,
sans doute, dans la cause d'un affranchi (1),
que Scamandre avoit l'estime de son patron ;
il l'avouoit, mais il demandoit de qui le patron lui-même étoit estimé. Lorsque je m'arrê-
tois à montrer que Diogène avoit trompé Scamandre, que, d'après la convention faite entre eux, il devoit apporter un remède et non
du poison ; que personne n'étoit à l'abri d'une
pareille surprise : il me demandoit pourquoi
Scamandre s'étoit rendu dans un lieu si secret,
pourquoi seul, pourquoi avec de l'argent
dans une boîte cachetée. Enfin les hommes les
plus dignes de foi venoient encore par leurs
témoignages, surcharger l'accusation. Bébrius
déposoit que c'étoit lui qui avoit conseillé à

(1) Du tems de Cicéron, *Libertinus* n'étoit pas
fils d'un affranchi, mais affranchi. Personne n'ignore
que le maître d'un esclave affranchi étoit nommé son
patron.

Cluentius d'acheter Diogène , et que Scamandre avoit été surpris en sa présence avec le poison et l'argent. Quintius Varus , homme d'un
très-grand poids et de l'intégrité la plus scrupuleuse , assuroit que Cléophante lui avoit
parlé dans le tems , des desseins qu'on tramoit
contre les jours de Cluentius , et des propositions qu'on avoit faites à Diogène. Or , dans
toute cette affaire , lorsque nous nous effor-
cions de justifier Scamandre , celui-ci n'étoit
l'accusé que de nom , c'étoit en effet Oppianicus ; c'étoit sur lui que retomboit tout le poids
et tout le péril de l'accusation. Il le faisoit assez
connoître lui-même par toute sa conduite ; il
ne cachoit point sa marche ; il se trouvoit au
tribunal , il y appelloit ses amis , il employoit
tout ce qu'il avoit de crédit et d'intrigue : enfin,
et c'est ce qui fit le plus grand tort à cette cause,
il étoit assis sur ce banc , comme s'il eût été
lui-même l'accusé. Tous les juges avoient les
yeux attachés , non sur Scamandre , mais sur
Oppianicus. Sa crainte , son trouble , son air
égaré et inquiet , son visage qui changeoit à
chaque instant de couleur , tout en lui donnoit un caractère d'évidence à ce qui n'étoit
d'abord qu'une simple présomption.

Lorsqu'il fallut aller aux opinions, Junius, président du tribunal, aux termes de la loi Cornélia (1) pour lors en vigueur, demanda à l'accusé s'il vouloit que les juges donnassent leur avis à haute voix ou par scrutin, Scamandre, d'après le conseil d'Oppianicus, voulut qu'ils opinassent par scrutin, parce que Junius, disoit-il, étoit l'intime ami de Cluentius. On va donc aux opinions, et Scamandre dans cette première audience (2), fut condamné presque tout d'une voix : il n'eut pour lui que le seul Stalenus, qui ne fit pas un secret de son suffrage. Qui est-ce qui alors ne crut point qu'en condamnant Scamandre on avoit prononcé contre Oppianicus ? En effet, l'arrêt qui condamne l'affranchi ne déclare-t-il pas qu'on avoit demandé du poison pour faire périr Cluentius ? Or y avoit-il, pouvoit-

_____

(1) Dans le tems où Cicéron parloit, cette loi de Sylla étoit abolie, et les juges n'opinoient plus que par scrutin.

(1) Lorsqu'une cause étoit d'une certaine importance et d'une certaine étendue, on la plaidoit dans plusieurs audiences. Cicéron regardoit les causes de Scamandre, de Fabricius et d'Oppianicus comme une seule et même cause.

il y avoir contre Scamandre le plus léger soupçon qu'il eût voulu empoisonner Cluentius de
son propre mouvement ?

Après ce premier jugement , Oppianicus se
trouvoit déja condamné en effet et dans l'opinion publique , s'il ne l'étoit pas encore par
une sentence juridique et formelle ; Cluentius
néanmoins ne le défèra pas aussitôt à la justice.
Il voulut s'assurer auparavant si les juges ne
faisoient sentir la rigueur des lois qu'à ceux
entre les mains de qui on surprenoit le poison;
ou s'ils en étendoient la sévérité jusqu'aux
complices et aux instigateurs de pareils crimes.
Ainsi , persuadé que Fabricius , par sa grande
intimité avec Oppianicus , avoit eu part au
complot , il l'accusa sur le champ , et obtint
des juges que cette affaire , naturellement liée
avec celle de Scamandre , seroit portée à l'audience la plus prochaine, Alors Fabricius , loin
de m'amener les Alétrinates mes voisins et mes
amis , ne put les avoir dans sa propre cause
pour la défendre , ni même pour témoigner
qu'ils s'y intéressoient. Car nous pensions que ,
si c'étoit un acte d'humanité de défendre un
homme avec lequel nous avions quelque rapport , lorsque sa cause , quoique un peu sus-

pecte, n'étoit pas encore jugée ; c'eût été en
nous un trait d'impudence de vouloir porter
atteinte à un jugement rendu. Dans l'abandon
où il se vit réduit , Fabricius fut donc contraint
de recourir aux deux frères Cépasius ; hommes
toujours prêts à plaider , toujours disposés à
regarder comme un bienfait et un honneur
qu'on vînt leur en offrir l'occasion quelle
qu'elle fût,

C'est une inconséquence assez commune que ,
dans les maladies du corps , plus elles sont
dangereuses , plus on veut un médecin habile
et célèbre ; et que , dans les affaires capitales ,
plus elles sont mauvaises , plus on cherche un
orateur obscur et ignorant. L'accusé est donc
cité ; on plaide : Canutius conclut en peu de
tems comme dans une affaire déja jugée. Un
exorde verbeux et tiré de loin commence la
réponse de l'aîné des Cépasius. D'abord on l'é-
coute assez attentivement. Oppianicus , abattu
déja et consterné , se relevoit et reprenoit
courage ; Fabricius , lui-même , triomphoit.
Il ne voyoit pas que c'étoit l'impudence de
l'orateur et non son éloquence qui excitoit
l'attention des juges. Lorsqu'il commença à
parler de l'affaire , il ne faisoit qu'ajouter de

nouvelles plaies à une cause déja si malade
par elle-même ; et quoiqu'il plaidât de la meilleure foi du monde , il paroissoit quelquefois
trahir (1) sa partie plutôt que la défendre. Il
croyoit parler avec tout l'art imaginable ; du
fond de sa rhétorique il avoit tiré cette pathé-
tique figure : Regardez , Romains , à quoi sont
exposés les hommes ; regardez l'inconstance
de la fortune et l'incertitude des événemens ;
regardez la vieillesse de Fabricius : lorsque ,
pour donner plus de grace à son discours , il
eut répété bien des fois , *regardez* , il regarda
lui-même : mais Fabricius n'y étoit plus , il
s'étoit retiré de l'audience la tête baissée. Les
juges ne peuvent s'empêcher de rire : l'orateur
se fâche , il est outré qu'on lui enlève le plus
beau moyen de sa cause , et qu'il ne lui soit
pas permis d'achever une figure si bien commencée. Peu s'en fallut qu'il ne courut après son
client , et que le saisissant à la gorge il ne le
ramenât de force pour que du moins il pût

(1) *Praevaricari accusationis* ou *accusatori* ,
comme lisent d'autres , s'entendre avec les accusateurs, ou avec l'accusateur , pour faire absoudre
celui qu'on accuse. La locution est un peu extraordinaire.

débiter toute son éloquente péroraison. Ainsi Fabricius fut condamné d'abord par son propre jugement, ce qui dit beaucoup, et ensuite par la rigueur de la loi et par la sentence d'un tribunal. Après cela, est-il besoin de nous étendre sur ce qui regarde Oppianicus ? Déja condamné par deux précédens arrêts, il fut cité devant les mêmes juges : les mêmes juges qui en condamnant les Fabricius avoient prononcé contre Oppianicus, lui assignèrent la plus prochaine audience. Il fut accusé de ces crimes atroces que j'ai parcourus rapidement, et de plusieurs autres que je passe sous silence : il fut accusé devant ceux qui avoient condamné et Scamandre émissaire d'Oppianicus, et Fabricius complice de Scamandre. Je le demande donc, est-il étonnant qu'Oppianicus ait été condamné ? Ne l'est-il pas au contraire qu'il ait osé même se présenter en justice ? Eh ! que pouvoient faire les juges ? Quand ils auroient condamné dans les Fabricius des hommes innocens, pouvoient-ils, en jugeant Oppianicus, se contredire eux-mêmes et démentir leurs premiers jugemens ? pouvoient-ils prononcer contre leurs propres arrêts, lorsque tous les juges se font ordinairement un devoir de ne

pas s'écarter des arrêts d'autrui ? Des juges qui
avoient condamné , et l'affranchi de Fabricius
parce qu'il étoit l'instrument du crime , et Fabricius lui-même parce qu'il en étoit le complice , pouvoient-ils déclarer innocent celui
qui en étoit le chef et le principal auteur ?
Après avoir condamné les deux autres coupables sur le seul exposé de la cause , sans qu'il
y eût encore de jugement rendu , pouvoient-
ils absoudre celui que deux précédens arrêts
avoient déja comme condamné ? C'est bien
alors que les jugemens des sénateurs (1) , justement notés , justement décriés dans l'esprit
de tout le peuple , n'auroient pu être lavés par
aucun moyen d'une trop véritable infamie. En
effet , qu'auroient pu répondre les juges si on
leur eût dit : Vous avez condamné Scamandre ? pour quel crime? Sans doute pour avoir
voulu empoisonner Cluentius , par l'entre-
mise de l'esclave d'un médecin. Quel intérêt
Scamandre avoit-il à la mort de Cluentius ?
aucun : il n'étoit que l'instrument d'Oppianicus. Vous avez condamné Fabricius ; pourquoi ?

(1) En vertu d'une loi de Sylla , les sénateurs
avoient seuls le droit de juger dans les tribunaux.

c'est qu'étant l'intime ami d'Oppianicus, et que son affranchi ayant été trouvé saisi du poison, il n'étoit pas vraisemblable qu'il n'eût aucune part au crime. Si donc Oppianicus, déja condamné par deux arrêts, eût été absous par un troisième, qui auroit pu souffrir une telle infamie dans les tribunaux, une telle variation dans les jugemens, une telle prévarication dans les juges ?

Si tout ce que j'ai dit jusqu'à présent, Romains, a du vous convaincre qu'il étoit indispensable pour les juges d'Oppianicus de condamner un accusé sur-tout dont ils avoient déja deux fois préjugé la cause ; par une conséquence nécessaire vous devez aussi être convaincus que l'accusateur n'avoit aucun motif de corrompre ses juges. Car laissant là tout autre raisonnement, je vous le demande, Attius (1) : Croyez vous qu'on ait aussi condamné injustement les Fabricius ? direz-vous que leurs juges se soient laissés corrompre,

(1) Titus Attius, de Pisaure, chevalier romain, dont Cicéron parle dans un livre de rhétorique, accusoit Cluentius au nom de Caïus Oppianicus et de Sassia.

lorsque

lorsque l'un n'a eu pour lui que la voix de
Stalenus , et que l'autre s'est condamné lui-
même ? Mais s'il étoient coupables , de quel
crime l'étoient-ils ? leur en a-t-on reproché
d'autre que d'avoir voulu faire périr Cluentius
par le poison ? a-t-il été question d'autre chose
dans leur procès que de l'attentat qu'a formé
Oppianicus contre les jours de Cluentius par
le ministère des Fabricius ? Non , Romains ,
non , vous ne trouveriez rien autre chose. Les
pièces du procès existent , nous avons les registres publics ; démentez moi , Attius , si je
déguise la vérité : faites lire les dépositions
des témoins , faites voir que , dans le procès
des Fabricius , on ait parlé , je ne dis point
parmi les griefs de l'accusation , je dis simplement à titre de reproche , d'autre chose que
du poison qui a fait condamner Oppianicus.

Je pourrois justifier encore par beaucoup
d'autres preuves la nécessité du jugement rendu
contre Oppianicus ; mais je veux , Romains ,
prévenir votre impatience. Car , encore que
vous m'écoutiez avec plus de bienveillance et
d'attention que vous n'avez jamais écouté personne , je lis néanmoins dans vos esprits que
vous m'appellez ailleurs depuis long-tems ; et

il me semble que vous m'interrompiez pour
me dire : Quoi donc ? niez-vous que les juges
se soient laissés corrompre ? Non , je ne le
nie pas , mais je soutiens que ce n'est pas
Cluentius qui les a corrompus. Quel a été le
corrupteur ? Pour moi je le pense , supposé
même le sort du procès incertain , supposé
qu'on eût pu douter de l'arrêt que les juges
devoient rendre , il seroit probable que les
juges ont été corrompus , d'abord par celui
qui appréhendoit d'être condamné lui-même
plutôt que par celui qui craignoit seulement
que son adversaire ne fût absous ; ensuite par
celui qui avoit plus d'une raison de se défier
de sa cause plutôt que par celui qui avoit les
plus forts motifs pour bien espérer de la sienne ;
enfin par celui qui avoit déja reçu deux échecs
dans le même tribunal, plutôt que par celui
qui venoit d'y remporter une double victoire.
Au reste, il n'est point d'homme, quelque contraire qu'il soit à Cluentius, qui ne m'accorde
que, si les juges ont été vraiment corrompus,
ils l'ont été ou par Cluentius ou par Oppianicus. Si je prouve que ce n'est point par Cluentius, j'aurai prouvé que c'est par Oppianicus :
si je fais voir que c'est par Oppianicus , Cluen-

tius sera justifié. Ainsi je crois avoir assez démontré que Cluentius n'avoit aucun motif de
corrompre ses juges, d'où il résulte que c'est
Oppianicus qui les a corrompus ; voici cependant sur cet objet mes moyens particuliers.

Je ne m'arrêterai pas à dire, quelque puissantes que fussent ces raisons, que celui-là a
corrompu les juges, qui étoit en danger, qui
éprouvoit de vives alarmes, qui n'avoit point
d'autre ressource, qui fut toujours d'une audace sans exemple : mais qu'est-il besoin,
lorsque la chose n'est pas douteuse, lorsqu'elle
est claire et manifeste, qu'est-il besoin de s'é-
puiser en raisons et en preuves ? Je dis qu'Oppianicus a remis une grande somme d'argent à
Stalénus, l'un des juges, pour acheter les
suffrages de ses collègues. Quelqu'un le nie-
t-il ? J'en appelle à vous-même, Oppianicus,
et à vous, Attius, qui tous deux cherchez à
émouvoir les juges sur la condamnation d'Oppianicus, l'un par des plaintes éloquentes,
l'autre par des témoignages tacites de tendresse filiale. Osez nier qu'il ait remis de
l'argent à Stalenus. Niez-le, oui, niez-le
devant ce tribunal. Vous gardez le silence,... Eh ! pouvez-vous nier ce que vous re-

connoissez avoir été donné, ce que vous avez
redemandé, ce que vous avez retiré ? De quel
front osez-vous parler de corruption de juges,
lorsque vous avouez qu'Oppianicus a remis de
l'argent à un des juges avant le jugement,
et que vous l'avez retiré après le jugement?

Comment donc les choses se sont-elles passées ? Je vais, Romains, les reprendre d'un
peu haut ; et tout ce mystère d'iniquité, long-
tems caché dans les ténèbres, je vous le dévoi-
lerai si clairement que vous croirez le voir de
vos propres yeux. Ecoutez, je vous prie, avec
la même attention ce qui me reste à dire ; je ne
dirai rien qui ne réponde à la dignité de cette
séance, à l'empressement avec lequel on m'é-
coute, et au silence dont on veut bien m'honorer.

Oppianicus n'eut pas plutôt vu Scamandre
accusé, que sentant bientôt tout ce qu'il avoit
à craindre pour lui-même, il se lia étroitement
avec Stalenus, homme aussi pauvre qu'audacieux, des plus exercés à corrompre les juges, qui, pour lors étoit juge lui-même. Et
d'abord par ses présens et ses dons, il le détermine à s'intéresser (1) pour Scamandre avec

_____

(1) Latin *autore*, c'est-à-dire, *adjutore*. Il y a
des éditions qui portent *fautore*.

plus de chaleur que ne lui permettoit sa qualité de juge. Mais ensuite, lorsqu'il vit que
Scamandre n'avoit eu pour lui que la voix de
Stalenus, et que Fabricius s'étoit condamné
lui-même par son propre jugement, il crut,
pour échapper à la condamnation, devoir recourir à des remèdes plus efficaces. Il s'adresse
donc au même Stalenus comme à un homme
d'un génie très-inventif, d'une audace à tout
entreprendre, d'une activité rare pour l'exécution ; qualités qu'il possédoit en effet jusqu'à
un certain degré, mais non pas au point qu'il
vouloit le faire croire : il s'adresse, dis-je, à
Stalenus, il implore son secours pour le tirer
d'une affaire où il couroit des risques pour son
existence.

Vous le savez, Romains, même les ani-
maux, lorsque la faim les presse, retournent
volontiers aux lieux où ils ont déja trouvé de
la pâture. Deux ans auparavant, Stalenus,
dans l'affaire où il s'agissoit des biens de Safinius Atella qu'il s'étoit chargé de finir, avoit
promis de corrompre les juges, moyennant six
cents mille sesterces (1). Lorsqu'il eut reçu cette

_____

(1) 75,000 livres. On ne sait pas d'ailleurs et Ci-

N 3

somme des mains du pupille, il se l'appropria
et ne la rendit, après le jugement, ni à Safinius, ni aux acquéreurs des biens. Cet argent consumé, voyant qu'il ne lui restoit plus
rien pour fournir à ses débauches, ni même
aux nécessités les plus urgentes, il crut devoir
chercher de nouvelles proies judiciaires, et se
les approprier par la même manœuvre. Voyant
donc dans Oppianicus un homme sans ressource, déja égorgé par deux arrêts précédens, il le relève par ses propres promesses,
et lui fait entendre que tout n'est pas déses-
péré. Oppianicus le conjure de lui découvrir
un moyen de corrompre ses juges. Stalenus,
comme on l'a su depuis d'Oppianicus lui-
même, avoue qu'il n'y avoit que lui dans Rome
en état de réussir : mais il fait d'abord des difficultés, parce que briguant l'édilité, disoit-il,
avec des hommes de la plus haute noblesse,
il craignoit de rien faire qui pût choquer le
peuple et l'indisposer contre lui. Enfin, s'étant
laissé fléchir, il commence par demander une
somme exorbitante; puis se réduisant à ce qui

céron n'explique pas assez clairement quelle étoit
cette affaire touchant les biens de Safinius.

étoit possible, il consent à ce qu'on porte chez lui six cents quarante mille sesterces (1).

Dès qu'il eut cette somme entre les mains, ce personnage infâme se mit à rouler en lui-même cette pensée : mon intérêt veut absolument la condamnation d'Oppianicus ; s'il est absous, il me faudra distribuer l'argent aux juges, ou le lui rendre ; s'il est condamné, personne ne me le demandera. Il s'avise donc d'un expédient unique, et que vous n'aurez pas de peine à croire, Romains, si vous voulez bien vous ressouvenir quelle a été dès la première jeunesse le caractère et la conduite de Stalenus. Car, vous le savez, la connoissance du naturel et des mœurs d'un homme donne plus à juger de ce qu'il a pu faire ou ne pas faire. Stalenus, fastueux quoique pauvre, audacieux, rusé, perfide, manquant de tout dans sa maison, n'ayant absolument rien, et se voyant saisi d'une somme aussi considérable, cherche dans sa tête de quels artifices et de quelles fraudes il pourra faire usage. Donnerai-je cet argent aux juges ? se disoit-il à lui-même. Je n'aurai donc gagné pour moi que le risque de me

_____

(1) Environ 80,000 livres.

trouver couvert d'infamie. N'imaginerai-je pas un moyen pour que la condamnation d'Oppianicus soit infaillible ? comment s'y prendre ? Il n'est rien dont on ne vienne à bout ,... Si par quelque heureux hasard il se tiroit d'affaire , ne faudroit - il pas rendre l'argent ? Poussons-le donc dans le précipice , et achevons de le perdre.

Il se détermine à promettre de l'argent à ceux des juges qu'il connoissoit les moins scrupuleux , avec intention de ne rien donner : il prévoyoit que les juges intègres jugeroient d'eux-mêmes Oppianicus selon la rigueur des loix , et que les autres , piqués qu'on leur eût manqué de parole , le condamneroient aussi. En conséquence il s'adresse d'abord à Bulbus , (1) et le voyant triste et rêveur , parce

***

(1) L'orateur, dans tout cet endroit, joue sur les noms. *Bulbus* en latin étoit une espèce d'oignon que l'on mangeoit au milieu ou à la fin du repas, et que l'on arrosoit d'une liqueur , *guttâ*, parce qu'il avoit un peu d'amertume. D'après ces connoissances, on peut sentir la plaisanterie de Cicéron qu'il étoit impossible de transporter en françois. —— *Praeposterus atque perversus*, qui fait les choses à contretems, qui commence par où il faudroit finir. —— *L'accoste*

qu'il n'avoit rien gagné depuis long-tems , il
l'accoste d'un air familier: eh bien ! Bulbus , dit-
il , nous laisseras-tu servir la république pour
rien ? comment , dit-il , pour rien ? parle, je te
suivrai où tu voudras , de quoi s'agit-il , et que
proposes-tu ? (1) Alors il lui promet 40,000 sest.
si Oppianicus est absous , il le prie de parler à
ceux avec qui il étoit en liaison , et condui-
sant lui-même toute l'intrigue , il joint à Bulbus un Gutta qui se prêta sans peine à tout ,
dès qu'on lui eût fait entrevoir quelque appât
de gain. Un jour , deux jours se passent : rien
n'étoit encore assuré ; on ne voyoit point paroître de dépositaire et de répondant de la
somme. Bulbus donc aborde Stalenus avec un
visage ouvert , et lui parlant du ton le plus
adouci ; mon cher Pétus , lui dit il , (c'étoit
le surnom que Stalenus (2) avoit pris dans la

d'un air familier. Latin *levitor impellit*, le pousse
doucement avec le coude.

(1) 5000 livres.

(2) Caïus ÆElius Stalenus étoit Ligurien d'origine :
Cicéron fait entendre qu'il s'étoit enté dans la famille des ÆElius. Une des branches de cette famille
prenoit le nom de *Pétus*, et une autre celui de *Ligur*.

famille des Elius n'ayant pas voulu y prendre
celui de Ligur, pour ne point paroître avoir
choisi le nom de sa nation plutôt qu'un surnom de famille) mon cher Pétus, à propos de
ce que tu m'as dit, on demande où est l'argent. Alors ce franc scélérat nourri de rapines
judiciaires, qui couvoit des yeux et dévoroit
déja en esprit la somme qu'il tenoit enfermée
dans ses coffres, ride son front, prend un air
sérieux (vous n'avez pas oublié, Romains, sa
figure, son air faux, son visage composé),
il se plaint d'avoir été joué par Oppianicus ;
et comme il étoit tout fraude et tout mensonge,
que ces vices qu'il tenoit de la nature il les
avoit assaisonnés encore de tout ce que pouvoient y joindre l'étude et l'art de la mali-
gnité, il proteste du ton le plus ferme qu'Oppianicus l'a trompé, et pour convaincre davantage, il ajoute que les juges donneroient
tout haut leurs voix, qu'il donneroit la sienne
contre Oppianicus.

Le bruit s'étoit répandu dans le tribunal
qu'il avoit été question d'argent parmi certains
juges. La chose n'avoit pas été aussi secrète
qu'elle le pouvoit, sans être non plus aussi
publique qu'elle le devoit pour le bien de

l'état. Dans cette obscurité et ce doute général , Canutius , habile homme , qui avoit eu
quelque vent des intrigues de Stalenus , et qui
ne croyoit pas l'affaire entièrement consommée , demande que les juges prononcent sur-
le - champ ; ce que ceux-ci accordèrent sans
peine. Oppianicus ne fut pas fort effrayé d'a-
bord ; il croyoit que Stalenus avoit achevé sa
manœuvre. Trente - deux juges devoient aller
aux opinions ; il falloit seize voix pour absoudre (1). Six cents quarante mille sesterces
distribués à la moitié des juges , devoient
former le nombre des voix ; Stalenus s'obligeoit de donner la sienne par-dessus pour faire
la dix-septième, dans l'espoir d'une plus ample
récompense. Mais comme l'arrêt se prononçoit
beaucoup plutôt qu'on ne croyoit , Stalenus
par hasard étoit pour lors absent ; il plaidoit
je ne sais quelle cause dans un tribunal.
Cluentius et Canutius se passoient très-bien de

(1) Losque les voix étoient partagées on suivoit
le parti de la clémence. 640,000 *sesterces*. Chacun
des seize juges devoit avoir 40,000 sesterces. *Stalenus s'obligeoit...* afin qu'il ne fût pas dit qu'on
n'avoit eu que le compte juste pour être renvoyé
absous.

lui : son absence inquiétoit davantage Oppia-
uicus et Quintius (1) son défenseur. Ce dernier , alors tribun du peuple , fit tant par ses
cris , qu'il obligea le président du tribunal ,
Junius , de ne pas aller aux opinions sans
Stalenus. Voyant donc que les huissiers qui
avoient ordre de l'aller chercher mettoient une
lenteur affectée dans leur commission , il quitte
le tribunal où il étoit , court à celui où étoit
Stalenus , fait lever l'audience par l'autorité
de sa place , et ramène lui-même Stalenus
au tribunal de Junius. On se lève pour aller
aux opinions. Oppianicus , par le droit qu'en
avoient alors les accusés (2) , demande qu'on
opine tout haut , afin que Stalenus pût savoir
qui il auroit à payer. Le tribunal se trouvoit
composé de différens juges. Quelques-uns
d'entre eux à qui l'on avoit promis de l'argent étoient furieux ; et de même que , dans
les élections des magistrats , au champ-de-
mars , les citoyens accoutumés à vendre leurs

(1) Lucius Quintius , alors tribun du peuple,
comme Cicéron le dit ensuite. —— Les *huissiers* :
viatores... C'est le nom qu'on donnoit aux huissiers
des tribuns.

(2) Voyez plus haut.

suffrages se déclarent sur-tout contre les can-
didats dont ils croient qu'on leur a soustrait les
largesses ; ainsi ces juges infâmes étoient venus
dans la résolution de perdre Oppianicus. Les
autres savoient combien il étoit coupable ;
mais ils n'étoient pas fâchés de voir comment opineroient ceux qu'ils croyoient avoir
été corrompus , afin de s'assurer de quelle
main étoit partie la corruption. Par un coup
du sort très-singulier , Bulbus , Stalenus , et
Gutta furent les premiers à prononcer. Tout
le monde attendoit avec impatience quel
seroit l'avis de ces juges peu scrupuleux , accoutumés à se vendre. Ils condamnèrent sans
hésiter Oppianicus. Un jugement si peu attendu jetta dans les esprits du doute et de l'incertitude sur ce qui s'étoit passé. Les juges les
plus sages , les plus fidèles à l'ancienne discipline des tribunaux , qui ne pouvoient absoudre un homme aussi coupable , qui ne
vouloient pas non plus condamner légèrement
un accusé contre lequel ils soupçonnoient
l'accusateur d'avoir employé la voie de corruption, ces juges prononcèrent un plus ample informé. D'autres , plus sévères, crurent
qu'on devoit juger les actions par des motifs ,

et que , si l'opiniou des juges qui s'étoient laissés corrompre se trouvoit conforme à la justice , ils n'en devoient pas moins eux-mêmes s'en tenir à leurs décisions précédentes. (1) Ils condamnèrent donc Oppianicus. Cinq seulement , soit fausse compassion , soit légereté , soit sur quelque soupçon , soit enfin par faveur, opinèrent à renvoyer absous ce prétendu innocent.

Dès qu'Oppianicus fut condamné, Quintius, homme absolument livré à la multitude, accoutumé à recueillir tous les bruits populaires et toutes les rumeurs des assemblées du forum, crut avoir trouvé l'occasion de s'élever aux dépens du sénat , dont il voyoit que les jugemens commençoient à déplaire au peuple. Ce tribun factieux débite une ou deux harangues dans lesquelles il s'emporte avec fureur : les juges, crioit-il sans cesse , se sont laissés corrompre, pour condamner un innocent ; une telle prévarication intéresse le salut de tous ; il n'y a plus de justice , on ne pourra plus échapper à

(1) Sans doute aux jugemens rendus contre Scamandre et Fabricius. —— *Par faveur*, Latin *ambitione*, c'est-à-dire , du moins à ce qu'il me semble , *hominum gratiae captandae causá.*

une condamnation diffamante, dès qu'on aura un ennemi en état de prodiguer l'or. Le peuple n'avoit aucune connoissance de toute cette affaire, il n'avoit jamais vu Oppianicus, il le regardoit, sur la parole du tribun, comme un homme plein d'honneur et de vertu, victime des intrigues de ses adversaires : animé par ce soupçon, il demandoit qu'on lui déférât cette cause, et qu'on la soumît de nouveau à son tribunal. En ce tems-là même, Stalenus fut appelé de nuit par Oppianicus (1) dans la maison de Titus Annius, ce citoyen si honnête, mon intime ami. Le reste est connu de tout le monde. On sait comment Oppianicus se plaignoit à Stalenus de l'argent qu'il s'étoit approprié, et que celui-ci promit de le lui rendre : on sait que des hommes pleins d'honneur, qui s'étoient cachés à dessein, entendirent la conversation toute entière ; que la chose ainsi découverte, fut rendue publique ; que Stalenus se vît arracher des mains la somme dont il avoit compté faire son profit.

(1) Ou par Oppianicus père, avant qu'il se fût retiré en exil, ou bien par son fils. — *De Titus Annius*. On croit que c'est le même Titus Annius Milo pour lequel Cicéron plaida par la suite.

Stalenus (1) étoit déja bien connu parmi le peuple et il n'y avoit pas d'infamie dont on ne le jugeâ capable. Les citoyens qui composoient l'assemblée ne savoient pas qu'il se fût approprié l'argent promis par lui au nom de l'accusé ; et on n'avoit garde de le leur dire. Ils comprenoient qu'il avoit été question d'argent parmi les juges ; un accusé, leur disoit-on, avoit été condamné injustement ; ils voyoient que Stalenus avoit donné sa voix pour le condamner ; et connoissant l'homme, ils ne pouvoient se persuader qu'il n'eût pas vendu son suffrage. Bulbus, Gutta, et quelques autres, ne donnoient que trop lieu à de pareils soupçons. Je l'avoue donc (car je puis l'avouer aujourd'hui sans crainte, sur-tout dans ce tribunal) avant ce tems, lorsque la vie d'Oppianicus et son nom même étoient absolument inconnus au peuple ; lorsqu'on étoit indigné de voir un innocent victime de la corruption des juges ; lorsque la perversité de Stalenus et la vénalité de quelques autres juges de même espèce, ne justifioient que trop les

(1) Latin *Staleni persona*, expression extraordinaire. —— Un peu plus bas *pronunciasset* au lieu de *promisisset* ne l'est guère moins.

soupçons ;

soupçons ; lorsqu'enfin l'affaire étoit plaidée par Quintius , revêtu de la puissance tribunitienne , l'homme le plus propre à enflammer les esprits de la multitude : je l'avoue , dis-je , ce concours de circonstances dévoua à toutes les fureurs de la prévention et à un décri universel le jugement rendu contre Oppianicus. Je me rappelle que Junius , qui avoit présidé à ce jugement, fut la première victime de la haine qu'avoit allumée le tribun; et ce citoyen qui avoit passé par l'édilité , que la voix publique appelloit à la préture , se vit chassé des tribunaux , et même de Rome , non par la force des raisons , mais par les clameurs du peuple. Que je dois donc m'applaudir d'avoir à défendre Cluentius à présent plutôt qu'alors ! La cause , qui ne peut nullement changer , est toujours la même : la défaveur de la circonstance et les préventions du peuple ont disparu , ensorte que Cluentius peut tirer tout avantage de la bonté de sa cause sans que le malheur des tems lui porte aucun préjudice. Aussi m'apperçois-je de l'attention que me prêtent, non-seulement les juges dont les sentences règlent le sort des hommes , mais encore le peuple dont l'opinion fixe leur réputation. Si j'avois eu à

Tome V.   O .

plaider alors, on ne m'auroit pas même écouté:
non que la cause fût différente , mais les tems
n'étoient pas les mêmes. En voici la preuve :
Qui alors eût osé dire qu'Oppianicus avoit été
condamné comme coupable? Qui aujourd'hui
ose le nier? Qui alors eût entrepris de prouver
qu'Oppianicus avoit voulu corrompre les
juges? qui aujourd'hui ose en disconvenir? A
qui alors eût-il été permis de montrer qu'Oppianicus n'avoit été cité personnellement en
justice qu'après avoir été condamné en quelque sorte par deux précédens arrêts? qui aujourd'hui essaieroit de soutenir le contraire?

Maintenant donc que la prévention publique
est écartée, cette prévention que le tems avoit
déja bien adoucie , que mes discours ont
achevé de détruire , que votre équité et votre
religion ont exclue dans la discussion de la
vérité , la cause reste seule , et qu'y voyons-
nous? Il est certain qu'il y a eu de l'argent
donné pour corrompre les juges : mais quel est
celui qui l'a donné de l'accusateur ou de l'accusé? Voilà ce qu'il s'agit de découvrir. L'accusateur dit pour sa défense : d'abord les délits que je dénonçois à la justice étoient si
atroces, que je n'avois pas besoin de recourir à

l'argent; ensuite je citois un homme déja condamné en quelque sorte , un homme que l'argent même ne pouvoit soustraire à la rigueur
des loix ; enfin , quand même il eût été absous , je ne courois aucun risque pour toute
mon existence. Et l'accusé que pouvoit-il dire ?
d'abord le nombre et l'atrocité des délits me
faisoient trembler ; ensuite , les Fabricius ayant
été condamnés comme complices de mon
crime , je me trouvois déja condamné moi-
même d'avance ; enfin , j'étois réduit à voir toute
mon existence dépendre de la décision de cette
seule affaire. Puis donc que l'accusé avoit les
plus fortes raisons de corrompre les juges , et
que l'accusateur n'en avoit aucune , examinons présentement de quelle main est parti le
salaire de la corruption.

Cluentius a tenu exactement des registres ,
d'où il résulte qu'il ne peut rien cacher , ni de
sa recette ni de sa dépense, Il y a huit ans
entiers que nos adversaires s'occupent de cette
cause , il y a huit ans qu'ils cherchent des
preuves du délit , qu'ils s'appliquent à examiner , à compulser nos registres et d'autres
encore , sans y trouver aucun vestige d'argent
donné par Cluentius. Mais faut-il chercher

O 2

long-tems pour découvrir les traces de celui qu'a donné Oppianicus ? Avons-nous besoin d'être conduits par personne pour arriver au lieu même qui le recéloit ? Six cents quarante mille sesterces sont trouvés dans une seule maison, chez l'homme le plus audacieux, chez un des juges ; que veut-on de plus ? Mais, dira-t-on peut-être, c'est Cluentius et non Oppianicus qui avoit chargé Stalenus de corrompre les juges. Pourquoi donc, lorsqu'on alloit aux voix, Cluentius et Canutius souffroient-ils si tranquillement son absence ? Pourquoi en demandant qu'on allât aux opinions, ne demandoient-ils pas Stalenus, ce juge auquel ils avoient remis leur argent ? Pourquoi au contraire Oppianicus se plaignoit-il de l'absence du même Stalenus? Pourquoi Quintius le demandoit-il à grands cris ? Pourquoi a-t-on fait intervenir l'autorité tribunitienne pour empêcher qu'on allât sans lui aux opinions ? Mais il a condamné Oppianicus. Mais il avoit annoncé à Bulbus et à d'autres cette condamnation comme une preuve de sa part qu'Oppianicus lui avoit manqué de parole. Si donc on voit, du côté d'Oppianicus, des raisons de corrompre les juges, si l'on voit un Stalenus

et de l'argent , si l'on voit l'intrigue et l'audace ; et si du côté de Cluentius , on apperçoit
l'honneur , une vie sage , nul soupçon d'argent
donné , nulle raison de corrompre les juges :
souffrez , Romains , que , l'erreur étant dis-
sipée et la vérité éclaircie , l'infamie de la corruption passe du côté où sont les autres crimes ,
et que la prévention s'éloigne enfin d'un
homme qui ne fut jamais atteint de la moindre
faute. Mais , dira-t-on encore , ce n'étoit pas
pour corrompre les juges qu'Oppianicus avoit
donné de l'argent à Stalenus , mais pour se
ménager une réconciliation avec Cluentius.
Osez-vous bien le dire , Attius , vous qui avez
des lumières , de l'usage et de l'expérience?
On dit communément (1) que le premier degré
de la sagesse est de trouver soi-même ce qu'il
est à propos de faire , et le second de savoir
profiter de ce qu'un autre a sagement trouvé.
C'est tout le contraire dans la sottise. Moins
sot est celui qui n'imagine rien que celui qui
approuve ce qu'un autre a sottement imaginé.
Stalenus forgea, dans le tems , cette prétendue

_____

(1) Cette maxime est fort connue dans l'antiquité ;
on la voit dans Hésiode , dans Aristote , dans
Tite-Live , et dans d'autres.

réconciliation quand il se vit serré de près ;
ou, comme on le disoit alors, ce fut Céthégus
qui lui suggéra cette fable. C'étoit le bruit
commun , vous pouvez vous lo rappeller ,
Romains ; Céthégus , disoit-on , qui haïssoit
cet homme pervers , qui vouloit en délivrer la
république , et qui voyoit que l'aveu qu'il
feroit d'avoir reçu en particulier de l'argent
d'un accusé dont il étoit juge , le perdroit in-
failliblement , Céthégus lui donna ce conseil
perfide. En cela , (1) s'il a manqué de bonne-
foi, c'est sans doute qu'il vouloit écarter un
ennemi. Que si Stalenus en étoit réduit à ne
pouvoir nier qu'il eût reçu de l'argent , de
sorte qu'il n'y eût rien de plus honteux pour
lui , et de plus dangereux que d'en dire le
vrai motif , le conseil de Céthégus n'étoit pas
si répréhensible. Mais , Attius, la position où
vous êtes aujourd'hui est bien différente de
celle où se trouvoit alors Stalenus. Pressé
comme il l'étoit , il n'y avoit rien qui ne lui
fût plus honnête de dire que d'avouer la vérité.
Mais vous , je m'étonne que vous reproduisiez

_____

(1) Ceci ne se lie pas très-bien avec ce qui précède ;
et Cicéron semble se réformer lui-même.

aujourd'hui une fable moquée alors et rejettée.
En effet , Cluentius pouvoit-il se réconcilier
avec Oppianicus , lui qui étoit brouillé avec
sa mère ? les registres publics portoient les
noms de l'accusateur et de l'accusé ; les Fabricius avoient été condamnés ; Oppianicus ne
pouvoit échapper quand même il eût été accusé par un autre ; enfin Cluentius ne pouvoit
abandonner l'accusation sans mériter le reproche de calomniateur. Lui auroit-on donné (1)
de l'argent pour l'engager à trahir sa cause ?
Mais c'est à-peu-près la même chose que de
corrompre le tribunal. D'ailleurs , qu'étoit - il
besoin de déposer l'argent entre les mains d'un
juge ? et pourquoi ne pas choisir un homme
de bien , ami des deux parties , plûtôt que de
s'adresser à Stalenus , homme absolument
étranger à l'un et à l'autre, personnage vil et
deshonoré ? Mais à quoi bon m'étendre sur
cet objet , comme s'il étoit question d'un fait
obscur , lorsque l'argent même remis à Stalenus annonce , par la grandeur de la somme,
et le nombre et la destination des espèces ? Il

(1) J'ai exprimé ce que Cicéron me paroît avoir
sous-entendu , *an ei data pecunia esset.*

falloit corrompre seize juges pour qu'Oppianicus fût absous , et l'on a remis à Stalenus
six cents quarante mille sesterces. Si , comme
vous le dites , c'étoit pour ménager une récon-
cilation , pourquoi ajouter les quarante mille
sesterces ? Mais si , comme je le prétends ,
c'étoit pour partager six cents quarante mille
sesterces entre seize juges , le compte est exact ,
Archimède n'auroit pas mieux calculé. Mais
depuis la condamnation d'Oppianicus , (1)
on a rendu nombre de jugemens qui prouvent que c'est Cluentius qui a corrompu les
juges. Mais plutôt jusqu'à ce jour cette affaire
n'a jamais été portée nommément en justice.
Elle a été fort agitée dans les assemblées du
peuple et dans les entretiens particuliers, mais
c'est d'aujourd'hui seulement que la cause est
défendue , c'est d'aujourd'hui seulement que,
rassurée par des juges équitables , la vérité
élève la voix contre les clameurs de la prévention. Examinons néanmoins ici quels sont tous
ces jugemens qu'on nous cite : car je me suis
muni , je me suis préparé contre toutes les

(1) *Depuis la condamnation d'Oppianicus.* J'ai
ajouté de moi ces mots pour expliquer l'orateur.

attaques de manière à être en état de montrer
que , parmi ces jugemens prétendus portés
contre Cluentius , les uns sont plus semblables à une ruine ou à une tempête qu'à un
jugement et à la discussion tranquille d'une
cause , les autres ne sont pas contraires à
Cluentius , quelques-uns lui sont même favorables , d'autres enfin ne furent jamais regardés
comme des jugemens réels , ne meritèrent jamais ce nom. Ici , Romains , je vous en pri
uniquement pour me conformer à l'usa
puisque de vous-mêmes vous m'écoutez si a
tentivement , daignez suivre avec attention
tous les détails dans lesquels je vais entrer.

Junius , qui présidoit dans la cause d'Oppianicus , a été condamné : je le sais , ajoutez
même , 'si vous voulez , qu'il a été condamné
lorsqu'il présidoit un tribunal. Le tribun du
peuple n'a point voulu accorder à l'accusé
le tems que demandoit sa cause et que lui
donnoit la loi (1). Junius ne pouvoit être tiré
de son tribunal pour aucune fonction pu-

(1) Suivant Plutarque , on accordoit à l'accusé au
moins dix jours pour préparer sa défense. D'ailleurs ,
comme dit Cicéron , étoit-il permis de tirer un juge
de son tribunal pour le faire juger lui-même ?

blique ; et il fut traîné lui-même devant un tribunal pour être jugé. Mais devant quel tribunal ? Je lis, Romains, sur vos visages qu'il m'est permis de dire librement ce que je croyois devoir taire. Y a-t-il eu alors un tribunal, une discussion, un jugement en règle ? je veux qu'il y en ait eu. Que l'on interroge qui l'on voudra de cette multitude ameutée dont on flattoit alors l'emportement. Oui, Attius, interrogez le premier venu, il répondra sans doute que Junius a été accusé pour s'être laissé corrompre, pour avoir opprimé l'innocence. Tel est encore le préjugé public. Mais si Junius étoit vraiment coupable, il devoit être accusé d'après la même loi que l'est aujourd'hui Cluentius. (1) Mais Junius présidoit un tribunal d'après cette même loi. — Quintius n'avoit que quelques jours à attendre. — Mais il ne vouloit pas intenter son accusation lorsqu'il seroit devenu simple particulier, ni lorsque la chaleur des esprits seroit ralentie. Vous le voyez, Romains ; ce n'étoit pas sur

(1) La loi portée contre les crimes d'empoisonnement, regardoit aussi les crimes de vénalité dans les juges. Ce qui suit est une espèce de court dialogue vif et pressé.

la bonté de sa cause , mais sur la faveur des conjonctures et sur l'abus de son pouvoir , que l'accusateur fondoit toute son espérance. Il a conclu contre Junius à une amende. Pourquoi? parce qu'il n'avoit point prêté serment; omission dont on ne fit jamais un crime au président d'un tribunal : et parce que Verrès , préteur de la ville , homme exact et intégre , (1) n'avoit point porté sur ses registres , qu'on produisit , avec des ratures , les noms des juges tirés au sort par Junius après la récusation. Junius a donc été condamné d'après des raisons qu'on ne devoit pas même produire en justice. Ce n'est pas la cause , ce sont les circonstances qui l'ont fait succomber.

(1) On sent bien que ces mots sont ironiques. C'est le même Verrès qui , ne pouvant se purger des crimes que lui imputoit Cicéron son accusateur , s'étoit retiré en exil. Au reste , il étoit permis à l'accusateur et à l'accusé de récuser un certain nombre de juges. Le président du tribunal en tiroit d'autres au sort pour les remplacer, et leurs noms étoient portés sur les registres du préteur. Verrès n'avoit pas porté sur les siens les juges nommés par le sort, après la récusation , dans l'affaire d'Oppianicus ; et on prétendoit que Junius avoit usé de fraude en remplaçant les juges récusés.

Et vous croiriez qu'un tel jugement pût nuire à Cluentius ? Mais pourquoi lui nuiroit-il ? quoi donc ! parce que Junius aura enfreint la loi dans la manière de remplacer les juges recusés , parce qu'il aura manqué de prêter serment , sa condamnation seroit un arrêt prononcé contre Cluentius ? non , dit-on, mais il a été condamné aux termes de ces deux loix , parce qu'il avoit enfreint une autre loi. Si on fait cet aveu , on peut aussi soutenir que le jugement qui a condamné Junius , étoit un jugement véritable. Ainsi , selon vous , le préteur (1) étoit animé contre Junius , parce qu'on le croyoit l'entremetteur de la corruption des juges. L'affaire présentement a-t-elle donc changé de nature ? N'est-elle pas aujourd'hui ce qu'elle étoit alors ? Rien de ce qui a été fait depuis n'a pu , je m'imagine , transformer la nature des choses. D'où vient donc qu'on m'écoute aujourd'hui dans un si grand silence, et qu'alors Junius ne pouvoit même ouvrir la bouche pour sa justificction ? c'est qu'alors il n'y avoit dans toute cette affaire , que passion , qu'erreur , que préjugé , qu'assemblées tu-

(1) Verrès.

multueuses convoquées tous les jours par un
tribun factieux. Le même tribun accusoit
Junius et devant le peuple et devant les tribunaux : il venoit au tribunal , non - seulement
de l'assemblée , mais avec toute l'assemblée.
Les degrés auréliens, (1) pour lors nouvellement construits , paroissent ne l'avoir été que
pour servir d'amphithéâtre à ce jugement. Dès-
que l'accusateur les avoit remplis d'une multitude à ses ordres , on ne pouvoit plus parler
pour l'accusé , ni même se lever pour le défendre. Dernièrement , au tribunal d'Orchinius (2) mon collègue dans la préture , les
juges ne voulurent point instruire le procès de
Faustus accusé de péculat. Non qn'ils pensas-
sent que Faustus fût au - dessus des loix , ou
qu'une affaire qui intéressoit les deniers pu-

(1) Construits dans le forum par Marcus Aurélius
Cotta.

(2) Orchinius étoit préteur avec Cicéron, et jugeoit des crimes de péculat, tandis que celui-ci jugeoit des crimes de concussion. Faustus Sylla, fils du
fameux Sylla , avoit été employé dans de grandes
affaires ; il étoit accusé de retenir des deniers publics , *de pecuniis residuis.* —— *Par un tribun du
peuple* : on ignore quel étoit ce tribun.

blics fût de peu de conséquence ; mais ils
étoient persuadés que l'accusation étant formée
par un tribun du peuple , la partie ne seroit
pas égale entre l'accusateur et l'accusé. Com-
parerai-je Faustus avec Junius , le tribun actuel avec Quintius , les conjonctures présentes
avec les circonstances passées ? Faustus avoit
un crédit immense , des parens nombreux ,
des alliances distinguées , beaucoup d'amis et
de cliens : Junius possédoit fort peu de ces
avantages , et ce peu il ne le devoit qu'à son
travail. Le tribun actuel est doux , retenu , ennemi des séditieux , loin d'aimer la sédition :
Quintius étoit un esprit violent , déclamateur
emporté , flatteur outré du peuple , se plaisant
dans le trouble et dans la discorde. Tout aujourd'hui est calme et paisible ; tout alors
étoit agité par les plus horribles tempêtes de
la prévention. Malgré ces différences , les
juges décidèrent par rapport à Faustus , que
l'accusé plaideroit avec trop de désavantage ,
si à la qualité d'accusateur son adversaire joi-
gnoit l'ascendant d'une magistrature redoutable. Humains et sages comme vous l'êtes ,
Romains, vous peserez sur ces considérations,
et vous sentirez ce que chacun de nous peut

avoir à craindre de la puissance tribunitienne ; sur-tout lorsqu'elle est parvenue à inspirer au peuple des préventions injustes , et à souffler un esprit de sédition parmi la multitude. Dans des tems plus heureux, lorsqu'on se soutenoit, non par la faveur populaire , mais par son mérite et son intégrité, Popillius et Métellus (1), ces illustres et vertueux personnages , n'ont pu résister à la puissance des tribuns ; que seroit-ce donc dans des tems comme les nôtres, avec de telles mœurs et de tels magistrats ? Pourrons-nous être en sûreté si votre sagesse et l'équité de vos décisions ne viennent à notre secours ? Ce n'étoit donc pas un jugement véritable , que celui où rien ne ressembloit à un jugement , où l'on a négligé toutes les formes , où l'on a foulé aux pieds tous les usages , où l'accusé n'a pas même été entendu. La violence seule y présidoit , et , je le répète, c'étoit plutôt une ruine ou une tempête qu'un jugement réel , que la discussion tranquille d'une cause. S'il en est encore qui s'obstinent à croire que c'étoit un jugement , et qu'on

(1) Publius Popilius fut exilé par Caïus Gracchus, tribun du peuple , et Quintus Métellus par Lucius Saturninus aussi tribun.

doit s'en tenir à ce qui a été prononcé, qu'ils
séparent au moins la cause de Junius, parce
qu'il a manqué de prêter le serment exigé par
la loi, ou parce qu'il a enfreint la loi dans
la manière de remplacer les juges recusés : Or
la cause de Cluentius ne peut avoir le moindre
rapport avec les loix qui ont fait condamner
Junius. Mais, dit notre adversaire, Bulbus a
été aussi condamné. Ajoutez, Attius, que
c'étoit pour crime de lèze-majesté ; et en cela,
il faut vous l'apprendre, sa cause n'a rien de
commun avec celle de Cluentius. Mais on
lui a reproché de s'être laissé corrompre. Je
l'avoue ; mais il étoit aussi convaincu par une
lettre de Cosconius (1), et par la déposition
de beaucoup de témoins, d'avoir voulu sou-
lever une légion dans l'Illyrie. Ce délit étoit
propre à l'accusation et tenoit au crime de
lèze-majesté. Mais, dites vous, c'est le délit
de corruption qui lui a été le plus nuisible. Ce
n'est là qu'une conjecture ; et s'il est permis
d'en faire, voici la mienne ; elle est, je crois,
mieux fondée que la vôtre. Pour moi je pense

(1) Caïus Cosconius Calidianus, orateur, dont
Cicéron faisoit peu de cas.

que

que Bulbus ayant été cité en justice avec la réputation d'un homme sans principes, sans honneur, noirci de crimes et souillé d'infamies, il a été condamné plus aisément. Vous prenez donc dans toute la cause de Bulbus ce qui vous convient pour en faire l'unique motif de l'arrêt rendu contre lui.

Ainsi la condamnation de Bulbus ne doit pas plus nuire à la cause de Cluentius que celles de Popillius et de Gutta, alleguées encore par l'accusateur. Ils ont été accusés tous deux pour crime de brigue (1) par des hommes qui avoient été condamnés eux-mêmes pour pareil crime ; et ces hommes se sont vus rétablis, non pour avoir prouvé que les accusés s'étoient laissés corrompre, mais pour avoir montré aux juges qu'ils devoient jouir du bénéfice de la loi, puisqu'ils en avoient convaincu d'autres du délit même qui avoit opéré leur propre condamnation. Or, personne assurément n'en doute, une condamnation pour

(1) Un citoyen condamné pour brigue perdoit beaucoup de ses droits de citoyen : s'il pouvoit parvenir à en convaincre un autre du même crime, il étoit rétabli dans tous ses droits.

Tome. V   P

brigue n'a aucune sorte de rapport avec la
cause de Cluentius, avec la cause sur laquelle
vous avez à prononcer. Mais Stalenus a été
condamné. Je ne dis pas ici, Romains, ce
que je devrois dire peut-être, qu'il a été condamné pour crime de lèze-majesté. Je ne rapporte pas les témoignages rendus contre lui par
des hommes infiniment respectables, qui ont
été lieutenans, préfets ou tribuns sous l'illustre Marcus Æmilius, et dont les dépositions prouvèrent que Stalenus, étant questeur
de ce général, fut le principal moteur d'une sédition qui éclata dans son armée. Je ne rapporte pas même les témoignages rendus au
sujet des six cent mille sesterces qui lui avoient
été remis dans l'affaire de Saffinius, et qu'il
s'appropria, comme il a fait depuis dans la
cause d'Oppiniacus. Je supprime ces témoignages et tant d'autres rendus contre Stalenus
lorsqu'on le jugeoit ; je dis seulement que Publicius et Lucius-Cominius, chevaliers romains, aussi distingués par leur éloquence
que par la considération dont ils jouissent,
avoient alors avec Stalenus qu'ils accusoient la
même contestation que j'ai maintenant avec
Attius. Les Cominius disoient comme moi,

que Stalenus avoit reçu de l'argent d'Oppianicus pour corrompre les juges : je l'ai reçu ,
disoit Stalenus, pour ménager une réconciliation. On se moquoit de cette réconciliation
prétendue , et du rôle d'homme de bien qu'il
vouloit jouer , comme on s'étoit moqué de
ces statues dorées , qu'il plaça près du temple
de Juturne (1) , avec l'inscription , qu'il avoit
réconcilié des monarques. Toutes ses perfidies
et toutes ses trahisons étoient développées
avec force ; on faisoit voir que toute sa vie
étoit marquée par des traits de cette nature.
Son indigence extrême dans sa maison et ses
trafics honteux dans les tribunaux , étoient
produits au grand jour : on ne croyoit guère
à ce médiateur intéressé de paix et de concorde.
Aussi Stalenus fut-il condamné quoiqu'il fît
valoir les mêmes moyens qu'emploie aujour-
d'hui Attius. Les Cominius gagnèrent leur
cause en se servant des raisons dont nous faisons usage dans toute cette défense. Il a donc
été décidé , par la condamnation de Stalenus ,
que c'étoit Oppianicus qui avoit voulu cor-

(1) Juturne , sœur de Turnus , avoit un temple
dans le Champ-de-Mars.

P 2

rompre les juges , que c'étoit lui qui avoit remis de l'argent à un des juges pour acheter les suffrages des autres : et puisqu'il faut absolument que Cluentius ou Oppianicus soient coupables puisqu'on ne trouve (1) aucune trace d'argent donné à un seul juge par Cluentius , puisqu'après le jugement on a retiré des mains d'un des juges l'argent d'Oppianicus , peut-on douter que la condamnation de Stalenus , loin de nuire à Cluentius , ne soit un des plus forts appuis de sa cause ?

On le voit jusqu'ici , la condamnation de Junius doit être regardée comme un mouvement de sédition , une fougue de tribun , une violence de la multitude , plutôt que comme un jugement véritable. Mais quand même on la regarderoit comme un jugement en forme , il faut qu'on l'avoue , le motif qui a fait conclure à une amende contre Junius , n'a absolument aucun rapport avec la cause de Cluentius. La condamnation de Junius a donc été l'effet de la violence ; celles de Bulbus, de Popillius et de Gutta ne sont point con-

_____

(1) Il est clair , d'après ce qui précède , qu'il faut lire dans le texte *reperiatur et ablata sit.*

traires à Cluentius ; celle de Stalenus lui est
même favorable. Voyons si nous ne pour-
rions pas encore produire quelque jugement
en faveur de celui pour qui je parle.

N'a-t-on pas enfin accusé Falcula (1), qui
avoit condamné Oppianicus, sur tout ce qui
paroissoit le plus odieux dans ce jugement,
quoiqu'il n'eût pris séance que quelques jours
après avoir été nommé ? Oui ; il a été accusé et même à deux différentes reprises.
Quintius, par de séditieuses harangues qu'il
débitoit tous les jours, avoit allumé contre
lui la haine du peuple. Dans un premier jugement, on conclut envers Falcula à une
amende comme on avoit fait envers Junius,
parce qu'il avoit pris séance sans avoir attendu le tour de la décurie (2) et contre la

(1) Caïus Fidiculanus Falcula : Cicéron en parle
dans une des Verrines et dans le plaidoyer pour Cé-
sina, et un peu différemment qu'il n'en parle ici.
—— *Quoiqu'il n'eût pris séance...* et que par conséquent il n'eût pas assisté à toutes les audiences ;
ce qui étoit odieux et défendu.

(2) Il y avoit trois cents sénateurs chargés de rendre la justice : ils étoient divisés en trois classes ou
décuries qui entroient successivement en exercice.

disposition de la loi. Il fut accusé dans un tems un peu plus tranquille que ne l'avoit été Junius, mais presque en vertu de la même loi et pour le même délit. Il n'y eut dans cette affaire ni sédition, ni violence, ni tumulte ; il fut donc aisément absous dans la première audience. Mais je ne fais point valoir ici ce premier arrêt rendu en sa faveur : car, supposé même qu'il n'eût pas commis la faute pour laquelle on a conclu envers lui à une amende, il pourroit se faire néanmoins qu'il se fût laissé corrompre dans le jugement, comme Stalenus, qui, quoique accusé pour un autre crime, fut convaincu d'avoir reçu de l'argent (1) d'Oppianicus. La première accu-

Lorsqu'il se présentoit une affaire, le préteur choisissoit les juges ; on les tiroit au sort, mais dans la décurie dont le tour étoit venu.

(1) Le texte porte, *quam captam nusquam Stalenus eâdem lege dixit.* Je lis avec Lambin, *quam Stalenus* sous-entendez *accepit, qui causam nusquam eâdem lege dixit,* c'est-à-dire, *qui convictus est se accepisse pecuniam ab Oppianico, licet ob aliud crimen accusatus esset.* En général tout cet endroit est fort obscur : j'ai tâché de l'éclaircir le mieux qu'il m'a été possible, sans pouvoir me flatter d'y être parvenu. 400,000 sesterces, 50,000 liv.

sation intentée à Falcula n'avoit donc pas un rapport essentiel avec l'affaire présente. Que lui reprochoit-on dans une seconde audience? d'avoir reçu de Cluentius quatre cents mille sesterces. De quel ordre étoit-il ? de celui des sénateurs. Accusé , en conséquence de son rang , comme ayant reçu des présens pour juger , il fut absous de la manière la plus honorable. C'est que la cause fut plaidée selon les formes anciennes , sans violence , sans menace , sans qu'on eût rien à craindre de la part du peuple. Tout fut bien établi , développé , démontré. On fit comprendre aux juges , non-seulement que Falcula avoit pu légitimement condamner un accusé sans avoir assisté au commencement du procès ; mais que, n'eût - il même été instruit que des jugemens rendus précédemment dans cette affaire, il n'avoit pas besoin d'en savoir davantage.

Alors les cinq juges eux-mêmes qui , par trop d'égard pour les vaines rumeurs d'une

(1) On jugeoit en vertu de la loi *de pecuniis repetundis* , et ceux qui dans les provinces avoient pillé les alliés, et ceux qui à Rome avoient pris de l'argent pour juger. Nous verrons par la suite que les sénateurs seuls étoient assujettis à cette loi.

P 4

ignorante (1) multitude , avoient donné leur
voix à Oppianicus , n'étoient plus si jaloux
qu'on vantât leur indulgence. Que quelqu'un,
en effet , leur demande s'ils ont été juges dans
l'affaire de Fabricius , ils répondront qu'oui :
qu'on leur demande ensuite s'il a été accusé
d'autre chose que d'avoir voulu empoisonner
Cluentius , ils diront que non : qu'on leur
demande enfin quel jugement ils ont rendu ,
ils répondront : nous l'avons condamné et
personne ne lui a donné sa voix. Qu'on leur
fasse les mêmes questions au sujet de Scamandre , ils feront certainement les mêmes réponses. Car bien qu'il ait eu une voix pour
lui , cette seule voix personne n'eût voulu la
reconnoître pour la sienne. Lequel des deux
juges seroit donc plus en état de motiver son
avis , ou celui qui pourroit dire qu'il a été
d'accord avec lui-même , qu'il s'en est tenu
à son premier jugement , ou celui qui con-
viendroit avoir usé de douceur envers l'auteur

(1) Voulant flatter la multitude ignorante, parmi
laquelle le bruit avoit couru que Cluentius avoit corrompu le plus grand nombre des juges, et qu'Oppianicus étoit un innocent opprimé.

du crime , et d'une extrême sévérité à l'égard des complices et des instrumens de ce même crime ? Je ne veux pas discuter l'opinion des cinq juges; j'aime à croire que de tels hommes n'ont pu changer de sentiment sans avoir été subitement frappés de quelque soupçon. Ainsi je ne blâme pas l'indulgence de ceux qui ont donné leur voix à Oppianicus : j'approuve la fermeté de ceux qui, d'eux-mêmes, et non par la séduction de Stalenus , ont suivi les jugemens déja rendus : je loue la sagesse de ceux qui ont demandé un plus ample informé , de ces juges qui ne pouvoient absoudre un accusé qu'ils savoient être aussi criminel, qu'ils avoient même déja condamné par deux précédens arrêts , et qui, voyant le tribunal violemment soupçonné de la plus odieuse et la plus infamante corruption , ont attendu pour condamner le coupable que la chose fût parfaitement éclaircie.

Et afin que vous ne jugiez pas seulement des personnes par la sagesse de leur conduite, mais encore de la sagesse de la conduite par les personnes même, peut-on citer un juge plus judicieux , plus intègre , plus religieux, plus exact et plus attentif dans tous ses de-

voirs, que Bulbus ? Il n'a point donné sa
voix à Oppianicus. Qui jamais fut plus ferme
que Considius, plus instruit des formes judiciaires, plus jaloux de l'honneur des tribunaux ? qui jamais l'emporta sur lui en vertu,
en prudence, en considération ? Oppianicus
ne l'a pas trouvé plus favorable. Il seroit trop
long de parler de chacun des autres ; leur
mérite, généralement connu, n'a pas besoin
de nos éloges. Quel homme c'étoit que Ju-
ventius, qui faisoit revivre la droiture des
anciens juges ? quels hommes que Mergus,
Basilus, Caudinus ? tous ils se sont distingués dans les tribunaux lorsque la république
étoit encore florissante. De ce nombre étoient
aussi Héius et Cassius, en qui les lumières
égaloient l'intégrité. Aucun d'eux n'a donné
sa voix à Oppianicus. Saturius, le plus jeune
des juges dont je parle, mais ne le cédant à
aucun d'eux pour les qualités de l'esprit et du
cœur, n'a pas été d'un avis différent. O singulière innocence d'Oppianicus ! on voit un
homme sage dans celui qui a remis à le juger,
un homme foible dans celui qui l'a absous,
un homme ferme dans celui qui l'a condamné.

C'est-là ce qui n'a été mis au jour, ni dans

l'assemblée du peuple, ni dans les tribunaux,
lorsque Quintius débitoit ses harangues. Ce
tribun fermoit la bouche à tout le monde,
et la multitude ameutée ne vouloit entendre
que lui. Aussi Qnintius n'eut pas plutôt vu
Junius condamné, qu'il abandonna toute l'affaire. Peu de jours après il étoit devenu simple particulier, et il voyoit la chaleur des esprits bien refroidie. Que s'il eût accusé Falcula dans le même tems que Junius, Falcula
n'auroit pas même eu la liberté de se défendre. Il menaçoit d'abord d'appeler en jugement tous ceux qui avoient condamné Oppianicus. Vous connoissiez, Romains, l'insolence de ce tribun ; vous connoissiez ses fou-
gues et ses fureurs. Quelle (1) fierté, grands
dieux ! quel orgueil ! quel oubli de soi-même !
quelle odieuse et insupportable arrogance ; Il
trouvoit même mauvais (et c'est-là le principe
de tous ses emportemens) qu'on n'eût point
fait grace à Oppianicus par égard pour son

(1) Un commentateur explique très-bien le mot
odium qu'emploie ici l'orateur. *Odium*, dit-il, *est
fastus odiosus, importunitas omnibus molesta, ut
apud Horatium, Durus homo atque odio qui posset
vincere reges.*

défenseur ; comme si le choix d'un pareil défenseur n'étoit pas une preuve suffisante que
l'accusé étoit un homme entièrement délaissé.
On ne manquoit pas à Rome d'orateurs recommandables par leur rang et par leurs talens, qui se seroient fait un plaisir de prendre
la défense d'un chevalier romain distingué
dans sa ville, s'ils eussent cru pouvoir honnêtement se charger d'une pareille cause.

Pour Quintius, avoit-il jamais avant ce
tems paru au barreau, quoiqu'il fût âgé de
près de cinquante ans ? l'avoit-on jamais vu,
ou défendre un accusé, ou recommander sa
cause, ou solliciter les juges en sa faveur ?
Comme il s'étoit emparé de la tribune aux
harangues long-tems déserte, et que faisant
retentir de sa voix cette partie du forum devenue muette depuis la domination de Sylla (1), il avoit fait revivre cette image des
anciennes assemblées, dont le peuple avoit
perdu l'habitude, pour cette raison il s'étoit
rendu agréable un moment à une certaine

_____

(1) Sylla avoit ôté presque tous leurs droits aux
tribuns : le consul Caïus Aurélius Cotta venoit de
leur rendre seulement le droit d'assembler le peuple.
Pompée par la suite leur rendit tous les autres.

classe de citoyens. Mais combien ensuite ne fut-il pas odieux à ceux même qui avoient le plus contribué à son élévation ? Et il le méritoit sans doute : car tâchez, Romains, de vous rappeller, non-seulement ses mœurs et son arrogance, mais encore son air, sa manière de se vêtir, cette robe bordée de pourpre qui lui descendoit jusqu'aux talons (1). Comme si on lui eût fait une affreuse injustice en le faisant succomber dans un jugement, il transporta l'affaire à la tribune. Et nous nous plaindrons encore que les hommes nouveaux ne recueillent pas dans cette république d'assez dignes fruits de leurs peines !

(1) Cicéron blâme Quintius, non d'avoir porté une robe bordée de pourpre, qui étoit l'habillement des magistrats, mais d'avoir fait descendre cette robe jusqu'à terre, plus bas que les autres. Peut-être aussi l'orateur parle-t-il de la tunique et non de la toge. Or on ne faisoit jamais descendre la tunique aux talons. Cette explication pouvoit être adoptée pour deux raisons ; 1°. le latin, dit en général *purpuram*; 2°. d'après Plutarque, (ce sentiment, il est vrai, est contredit par quelques-uns) les tribuns du peuple ne portoient pas la robe prétexte, c'est-à-dire, la toge bordée de pourpre.

rour moi , je le prétends, ils n'ont trouvé
nulle part ailleurs de si grands avantages.
Parmi nous , de deux hommes sans naissance
l'un se distingue-t-il assez pour faire croire
qu'il pourra soutenir par ses qualités rares la
splendeur d'un nouveau nom , il parvient toujours jusqu'où peut le conduire la vertu jointe
au mérite : l'autre n'a-t-il pour lui que de
n'être pas noble, il va souvent plus loin que
s'il eût eu la plus haute noblesse avec les
mêmes vices. Par exemple, si Quintius, pour
ne rien dire des autres, eût été noble, qui
auroit pu souffrir sa fierté et son orgueil ?
comme il étoit né parmi le peuple, on a
souffert ses hauteurs, et on lui a tenu compte
des bonnes qualités qu'il pouvoit avoir. Quant
à sa fierté et à son arrogance, on pensoit
que, vû la bassesse du personnage, elles
étoient plus à mépriser qu'elles n'étoient à
craindre.

Mais pour revenir à Falcula, je vous le
demande, Attius, vous qui citez en votre
faveur les jugemens précédemment rendus,
que pensez-vous qu'on ait prononcé lorsqu'il
fut renvoyé absous ? sans doute qu'il ne s'étoit
pas laissé corrompre. Cependant il avoit donné

sa voix contre Oppianicus ; il n'avoit pas assisté au commencement du procès ; Quintius,
dans les assemblées du peuple , avoit souvent
déclamé contre lui avec chaleur. Donc tous
les jugemens qu'a fait rendre Quintius étoient
faux , iniques , tumultueux , précipités , séditieux. Je veux bien convenir , direz-vous ,
que Falcula étoit innocent. Donc quelqu'un
des juges n'a pas reçu d'argent pour condamner Oppianicus ; donc Junius n'a pas
choisi des juges disposés à se laisser corrompre , pour le condamner ; donc il a pu se
faire qu'un juge qui n'avoit pas assisté au commencement du procès , condamnât Oppiniacus
sans avoir vendu son suffrage. Mais si Falcula étoit innocent , qui étoit coupable , je
vous prie ? s'il a prononcé gratuitement contre
Oppianicus , quel autre juge s'est laissé corrompre ? Je soutiens qu'on n'a fait de reproche à aucun des juges qui n'ait été fait à
Falcula , et qu'il n'y avoit rien dans sa cause
qui ne fût commun avec celle des autres. Il
faut donc , ou que vous attaquiez le jugement
rendu en sa faveur , vous dont l'accusation
sembloit appuyée sur l'autorité des choses ju-

gées (1) ; ou, si vous en avouez la légitimité,
vous devez convenir avec moi que les juges
n'ont pas reçu d'argent pour condamner Oppianicus. Au reste, ce qui forme une des
plus fortes preuves, c'est que, Falcula absous,
aucun de tous les autres juges n'a été accusé.
Car, pourquoi nous citer des hommes condamnés pour cause de brigue, aux termes
d'une autre loi, accusés de délits particuliers,
chargés par les dépositions d'une foule de témoins, lorsque ces mêmes hommes auroient
dû être accusés plutôt pour crime (1) de corruption que pour cause de brigue. Oui, si,
dans une accusation de brigue, le crime de
corruption a si fort préjudicié à leur cause,
quoiqu'ils fussent accusés d'autres délits, il
leur eût préjudicié bien davantage, s'il eût
été le véritable objet de l'accusation. Ensuite
si, comme vous le prétendez, la corruption
parut odieuse au point qu'elle fit seule condamner des juges dénoncés à la justice pour

(1) Un des principaux moyens de l'accusateur étoit
les jugemens rendus contre plusieurs des juges qui
avoient condamné Oppianicus.

(2) Voyez plus haut la note que nous avons faite
sur la loi *de pecuniis repetundis.*

d'autres

d'autres délits ; pourquoi , au milieu de tant d'accusateurs, pour l'ordinaire si bien récompensés , les autres juges n'ont-ils pas été traduits devant les tribunaux ?

Ici, Romains , on nous oppose ce qui n'eut jamais la force d'un jugement , c'est que, dans l'affaire de Publius Septimius Scævola, ce fut sur le crime de corruption qu'on arbitra la peine (1). Avec des juges aussi éclairés que vous, faut-il m'arrêter à montrer quels sont les usages en pareils cas ? Après la condamnation d'un accusé , on n'apporte pas à l'arbitration de la peine la même exactitude qu'à la discussion même de l'affaire. Dans l'arbitration de la peine , si l'on vient à ob-

(1) Chez les Romains, les crimes de péculat , de concussion, et de corruption de juges , on prononçoit deux fois sur le compte d'un accusé , supposé qu'il fût reconnu coupable : d'abord on jugeoit qu'il étoit vraiment coupable de ce dont on l'accusoit , ensuite on arbitroit la peine , ce qui s'appelloit *litem aestimare*, *litis aestimatio*. Dans cette arbitration de la peine, on la portoit quelquefois plus haut, quand l'accusé étoit violemment soupçonné de quelque autre crime que celui pour lequel il étoit condamné. Cicéron prétend que cette arbitration n'étoit pas un vrai jugement.

Tome V.   Q

jecter au coupable un crime capital, les juges
ne l'admettent point, parce qu'ils croient s'être
fait un ennemi de l'homme qu'ils ont une fois
condamné ; ou ils écoutent moins attentivement le reste, parce qu'en prononçant contre
l'accusé ils pensent avoir satisfait au devoir
des juges. Aussi a-t-on vu bien des accusés,
après avoir été condamnés pour cause de concussion, être absous, dans l'arbitration de la
peine, d'un crime de lèze-majesté qu'on leur
objectoit alors ; et nous voyons tous les jours
qu'après la condamnation d'un concussion-
naire, on fait grace à ceux qui sont reconnus,
dans l'arbitration de la peine, avoir partagé
les rapines du coupable. Ce n'est pas que
les premiers jugemens soient infirmés, mais
il est décidé que l'arbitration de la peine
n'est pas un jugement. Scévola a été condamné pour d'autres crimes, qui se trouvoient
attestés par une multitude de témoins venus
de l'Apouille. On plaida avec beaucoup de
force pour que, dans l'arbitration de la peine, il fût déclaré atteint du crime de corruption (1). Or, si l'arbitration de la peine avoit

(1) Latin *lis haec capitis*, sans-doute, *lis capitalis*

la force d'un jugement, les mêmes adversaires, ou d'autres, n'auroient pas manqué depuis de l'accuser formellement de ce crime.

Vient ensuite ce que nos accusateurs appellent jugement, mais ce que nos ancêtres n'appellèrent jamais de ce nom, ce qu'ils ne respectèrent jamais à l'égal d'une chose jugée, l'autorité et les notes des censeurs (1). Avant que d'entamer cette matière, je me crois obligé de dire quelques mots sur les droits de l'amitié : en songeant à défendre Cluentius, je ne voudrois point qu'on me soupçonnât de manquer à d'autres devoirs non moins essentiels que celui de ma cause. Car je suis ami des deux derniers censeurs (2), ces deux hommes si respectables ; et même, la plupart

de quâ nunc agitur, c'est-à-dire, *lis acceptae pecuniae ob judicandum.*

(1) On choisissoit les censeurs tous les cinq ans ; ils étoient préposés à la garde des mœurs, et ils jouissoient d'un pouvoir très-étendu. Ils consignoient dans des registres leurs notes sur un citoyen, en marquant les motifs qu'ils avoient de les noter, *subscribebant* : de-là leurs notes étoient appellées *subscriptiones.*

(2) Cnæus Lentulus et Lucius Gellius : Cicéron étoit ami intime du premier.

Q 2

d'entre vous le savent , je suis particulièrement lié avec l'un des deux , liaison formée
et cimentée par de bons offices réciproques.
Ainsi tout ce que je dirai des actes de leur
censure , je le dirai dans l'intention de passer
pour avoir voulu , non blâmer leur conduite,
mais raisonner sur la censure en général. Pour
Lentulus , mon ami intime , que je nomme
ici avec tous les égards dus à son rare mérite et aux premières dignités dont l'a décoré
le peuple romain , lui qui en défendant ses
amis montre tant de liberté , de zèle et de
courage , me permettra , j'espère , de prendre
de ces vertus autant que je ne pourrois négliger d'en montrer sans compromettre Cluentius. Mais j'userai en tout , comme il est juste ,
d'une extrême réserve ; je tâcherai d'éviter le
reproche d'avoir , ou trahi la cause de mon
client , ou blessé la dignité de qui que ce
soit , ou violé les droits de l'amitié.

Je remarque donc, Romains , que les censeurs , en donnant leur note sur la condamnation d'Oppianicus , ont noté quelques-uns de
ses juges. J'établirai d'abord pour principe
qu'à Rome on n'a jamais donné aux notes des
censeurs l'effet d'un jugement définitif. Je ne

perdrai point le tems à accumuler les exemples dans une chose aussi connue, je me
contente d'en rapporter un seul. Géta (1) ayant
été exclus du sénat par les censeurs Métellus
et Domitius, fut lui-même par la suite nommé
censeur; et celui dont les mœurs avoient été
notées par les magistrats exerçant la censure,
fut établi juge des mœurs du peuple romain,
et de celles de ces magistrats eux-mêmes. Si
les notes des censeurs avoient la force d'un
jugement définitif, ceux que les censeurs auroient une fois notés ne pourroient plus ni
parvenir aux charges, ni rentrer dans le sénat, à l'exemple de ces hommes flétris dans
nos tribunaux par des arrêts infamans, qui se
voient privés pour jamais de toute charge et
et de toute distinction. Mais il n'en est pas

(1) Caïus Licinius Géta, fut censeur avec Quintus
Fabius Allobrogicus, sept ans après ceux qui l'avoient
exclu du sénat. Les censeurs pouvoient exclure du
sénat ou de l'ordre équestre les sénateurs ou les chevaliers : quant aux simples citoyens, ils pouvoient
les rejetter parmi ceux qui n'avoient d'autre privilège
que de payer les contributions, *inter aerarios referra* ;
ou les faire passer d'une tribun de la campagne
dans une tribu de la ville, ou d'une tribu plus honnête dans une tribu moins honnête, *tribu movere.*

ainsi. Un citoyen que l'affranchi (1) de Lentulus ou de Gellius aura fait condamner pour
vol, se verra dépouillé de tous ses priviléges
honorifiques, sans pouvoir jamais recouvrer
aucune partie du rang qu'il aura perdu ; et
des hommes que Lentulus et Gellius eux-
mêmes, ces deux illustres censeurs, ces hommes si sages, ont notés pour vol et pour corruption, non-seulement sont rentrés dans le
sénat, mais même se sont vus, par des jugemens définitifs, absous de ces crimes qui
leur avoient attiré l'animadversion des censeurs.
Nos ancêtres n'ont permis de prononcer sur
l'honneur d'un citoyen, ou même sur le plus
modique intérêt pécuniaire, qu'à ceux que les
deux parties auroient agréés pour juges (2).
Aussi, dans toutes les loix qui spécifient les
différens cas où l'on ne sauroit, ni posséder
une charge, ni être élu juge, ni se porter
pour accusateur, il n'est point parlé de ce

(1) Apparemment que les affranchis pouvoient
être choisis juges de certains délits, comme du vol.

(2) Lorsqu'on avoit élu par le sort les juges qui
devoient prononcer dans une affaire, l'accusateur et
l'accusé en récusoient un certain nombre qui étoient
remplacés par d'autres.

genre de diffamation. Car nos ancêtres ont
établi la censure pour contenir les citoyens
et non pour les perdre. Vous voyez p ar-là ,
Romains, et je vous le montrerai plus clairement encore , que les notes des censeurs ont
été souvent infirmées , et par les suffrages du
peuple , et par les arrêts de ceux qui , ayant
prêté serment , doivent prononcer avec plus
d'attention et de scrupule. D'abord , dans les
accusations intentées contre plusieurs juges
déjà notés par les censeurs comme coupables
de corruption , les juges , soit sénateurs , soit
chevaliers romains , ont eu plus d'égard au
témoignage de leur conscience qu'à l'opinion
de ces magistrats. Ensuite les préteurs de la
ville , qu'un serment engage à choisir les citoyens les plus dignes pour remplir les charges
de judicature , ne furent jamais arrêtés dans
ce choix par les notes des censeurs. Enfin
les censeurs eux-mêmes ne ratifioient pas toujours les jugemens de leurs prédécesseurs , si
vous voulez qu'on leur donne le nom de
jugemens. Je dis plus encore , tel est le cas
que les censeurs entre eux font de ces jugemens prétendus , que l'on ne craint point
de blâmer et même d'infirmer la décision

Q 4

de l'autre. L'un veut exclure quelqu'un du
sénat ; l'autre veut l'y retenir, et le croit digne
de siéger dans le premier ordre de l'univers.
L'un décide qu'un citoyen sera privé du droit
de suffrage ou exclus de sa tribu ; l'autre s'y
oppose. Comment donc, Attius, a-t-il pu vous
venir dans l'esprit d'appeller jugemens des
décisions révoquées par le peuple romain ,
annullées par des juges qui ont prêté serment , rejettées par des magistrats , réformées
par d'autres censeurs , enfin contredites même
par des collègues.

Après avoir établi ces principes , voyons
enfin ce que les censeurs ont prononcé sur
la corruption des juges d'Oppianicus. Et d'a-
bord examinons si le fait doit être regardé
comme certain parce que les censeurs l'ont
noté , ou s'ils l'ont noté parce qu'il étoit certain. Admettez-vous la première proposition ?
prenez-garde , Romains , à ce que vous allez
faire ; craignez de donner par la suite aux censeurs un pouvoir despotique sur chacun de
nous ; craignez que les notes des censeurs ne
puissent devenir aussi funestes aux citoyens
que les rigueurs de la proscription, et que

le stilet (1) de la censure, dont plusieurs tempéramens de nos ancêtres ont émoussé la pointe, ne soit à l'avenir aussi redoutable pour nous que le glaive de la dictature. Mais si la note des censeurs ne doit avoir de poids qu'autant que le fait noté est véritable, examinons la vérité ou la fausseté du fait; écartons l'autorité des censeurs, éloignons de la cause ce qui n'est pas de la cause. Faites voir, Attius, quel argent a donné Cluentius, où il l'a pris, comment il l'a donné, montrez enfin un seul indice d'argent déboursé par Cluentius. Prouvez ensuite qu'Oppianicus étoit un homme de bien, un homme plein d'honneur, qu'on a toujours pensé de lui avantageusement, que son affaire n'étoit pas préjugée avant qu'il fût cité en justice : alors attachez-vous à l'autorité des censeurs, alors soutenez que leur décision est liée essentiellement avec la chose. Mais tant qu'il sera certain qu'Oppianicus (2) a été jugé par arrêt

(1) Le stilet, avec lequel les censeurs écrivoient sur des tablettes enduites de cire.

(2) Ce qui suit est une énumération vive et rapide de tous les crimes d'Oppianicus dont il a été parlé dans ce qui précède.

pour avoir altéré les registres de sa ville ; tant
qu'il sera certain que le même Oppianicus a
falsifié un testament, qu'il a fait signer un
testament faux par une personne supposée,
qu'il a fait assassiner celui qui l'avoit signé,
qu'il a fait mourir l'oncle de son fils qui étoit
dans la servitude et dans les fers, qu'il a fait
proscrire et mettre à mort ses concitoyens,
qu'il a épousé une femme dont il avoit tué
l'époux, qu'il a donné de l'argent à une veuve
pour qu'elle fît périr son fruit, qu'il s'est défait
de sa belle-mère, de son épouse, de ses propres enfans ; qu'il a immolé à-la-fois l'épouse
de son frère, l'enfant qu'elle portoit dans son
sein, son frère lui-même ; qu'il a été surpris
cherchant à faire périr par le poison le fils
de sa femme ; que cité devant les tribunaux,
après la condamnation des ministres et des
complices de son crime, il a remis de l'argent à un des juges pour corrompre les autres:
tant que tous ces forfaits bien avérés dépo-
seront contre Oppianicus, et qu'il n'y aura
aucune preuve d'argent déboursé par Cluentius, quel avantage, je vous le demande,
pouvez-vous tirer d'une décision arbitraire ou
d'une simple opinion des censeurs, pour jus-

tifier un coupable ou pour opprimer un innocent ?

Sur quels motifs les censeurs ont-ils donc
prononcé ? Je ne craindrai point de le dire,
et ils en conviendront eux-mêmes, ils ne se
sont déterminés que sur des bruits publics,
sans témoins, sans preuves par écrit ou par
induction, sans avoir pris connoissance du
fait. Et quand ils n'auroient prononcé qu'après
toutes les informations nécessaires, leur jugement ne seroit pas tellement irrévocable qu'on
ne pût en appeller. Parmi une foule d'exemples que je pourrois fournir en preuves, j'en
citerai un seul tout récent, pris d'un homme
qui n'avoit ni puissance, ni crédit. Il y a peu
de jours que plaidant pour Matrinius, greffier d'Ediles, homme pauvre et obscur, devant les préteurs Junius et Publicius, et les
édiles curales Plétorius et Flaminius, j'obtins
d'eux, c'est-à-dire des magistrats liés par un
serment, qu'ils le rétabliroient dans sa charge
de greffier, quoique les mêmes censeurs (1)
qu'on nous objecte l'eussent noté et dépouillé
de tous ses priviléges. On ne le trouva cou-

_____

(1) Lentulus et Gellius.

pable d'aucun crime ; on crut donc qu'il falloit considérer ce qu'il méritoit personnellement, et non ce qui avoit été prononcé contre
lui. Quant à la corruption des juges d'Oppianicus, qui se persuadera que les censeurs n'aient
prononcé qu'après un mûr examen de l'affaire ? Ils ont noté Aquillius et Gutta. Eh bien !
ces deux juges étoient-ils les seuls qui se fussent laissé corrompre ? et les autres ? sans doute
ils n'ont pas reçu d'argent pour condamner
Oppianicus. Celui-ci n'a donc pas été victime
de la corruption : tous ceux qui l'ont condamné ne doivent donc pas être soupçonnés
d'avoir vendu leur suffrage, comme Quintius
ne cessoit de le répéter dans ses harangues
séditieuses. Je ne vois que deux juges taxés
de cette infamie par la décision des censeurs.

En vain diroit-on (1) que les censeurs ont
eu sur deux d'entre les juges des connoissances qu'ils n'avoient pas sur les autres. On seroit

_____

(1) J'ai traduis d'après la leçon que Lambin dit
être tirée des manuscrits : *nam illud quod adferunt
nihil est ; aliquid esse quod de his duobus habue-
rint compertum, de ceteris nihil comperisse.* Mais
je voudrois qu'ensuite au lieu de *nam illud* on pût
lire *ne illud.*

encore moins reçu à dire que, dans leurs notes
et dans leurs décisions, ils ont voulu imiter
ce qui se pratique dans les jugemens militaires. Selon les loix établies par nos ancêtres,
dans une armée ou dans une cohorte, quand
les fautes sont générales, on ne punit que
quelques particuliers au gré du sort, afin,
sans doute, que la crainte soit pour tous et
la peine pour un petit nombre. Mais con-
viendroit-il que les censeurs suivissent la même
règle en marquant les rangs, en jugeant de
l'honneur des citoyens, en notant d'infamie
les vices. Un soldat qui a abandonné son
poste, qui n'a pu soutenir le choc de l'ennemi, peut devenir par la suite un meilleur
guerrier, un homme de bien, un citoyen
utile. Ainsi nos ancêtres, pour l'empêcher de
céder à la crainte de l'ennemi, lui ont présenté une crainte plus forte, celle d'une mort
infamante : mais, pour ne pas sacrifier un trop
grand nombre de têtes, ils ont établi l'usage
de tirer au sort. Vous, censeur, vous suivez
le même usage en composant la liste du sénat ; et lorsque plusieurs juges se sont laissé
corrompre pour condamner un innocent, vous
ne les noterez pas tous, vous choisirez ceux

qu'il vous plaira, parmi un grand nombre, vous en tirerez quelques-uns au sort, pour ainsi dire, pour les flétrir d'un arrêt de votre censure ! De votre connoissance et sous vos yeux, le sénat aura donc un sénateur, le peuple romain un juge, la République un citoyen, que vous n'aurez pas diffamé, et qui, pour perdre l'innocence, aura vendu à prix d'argent sa religion et sa foi ! un homme qui, pour un vil intérêt, aura privé un citoyen de sa patrie, de son existence, de ses enfans, ne recevra donc pas de la main des censeurs la flétrissure qu'il mérite ! Seroit-ce donc réellement veiller à la décence des mœurs et maintenir la sévérité de l'ancienne discipline, que de conserver dans le sénat un homme que vous sauriez coupable d'une telle infamie, que de ne pas infliger une même peine à une même faute (1), et la punition que nos ancêtres ont décernée, pendant la guerre, contre la timidité d'un soldat, de la prononcer, au milieu de la paix, contre la prévarication d'un sénateur. En supposant

___

(1) Pour *convenire* il faut reprendre *statuis*. Des éditions portent *affici convenire? et quam conditionem... in pace constitues.*

même qu'on eût pu transporter à la censure
un usage de la discipline militaire, il faudroit
du moins recourir à la voie du sort. Mais
si rien n'est plus contraire aux principes de
cette magistrature, que de tirer au sort pour
la peine, que d'abandonner au hasard le soin
de trouver des coupables ; assurément on ne
doit point se permettre, lorsque plusieurs ont
commis une faute, de ne faire tomber que
sur un petit nombre le déshonneur d'une
diffamation.

Mais il n'est personne qui ne sente comme
moi que les censeurs n'ont été guidés dans
leurs notes que par les rumeurs populaires.
La chose avoit été agitée avec bruit devant
le peuple par un tribun factieux : sans se
mette en peine d'instruire la multitude, il
lui avoit persuadé de ne rien écouter (1) :
personne enfin n'entreprenoit de justifier les
juges. Outre cela, il s'étoit formé contre les
jugemens des sénateurs une prévention générale, qui, peu de mois après, fut encore

_____

(1) *Illicitum est contradicere*, est la chose même
que le tribun Quintius avoit persuadé à la multitude :
il lui avoit persuadé cela, *il n'est point permis de
parler contre.*

augmentée dans une autre circonstance , où
les tablettes des suffrages se trouvent mar-
quées de différentes couleurs (1). Les censeurs ne croyoient pas devoir fermer les yeux
sur l'infamie des tribunaux. Ils voulurent noter
comme coupables de corruption des hommes
qu'ils voyoient déja déshonorés et décriés pour
d'autres vices ; d'autant plus que , dans ce
tems-là même , sous leur censure , on avoit
choisi (2) des citoyens de l'ordre équestre pour
partager avec des membres du sénat la fonction de juger dans les tribunaux. Ainsi donc ,
en flétrissant des hommes bien dignes d'être
flétris , ils vouloient paroître avoir blâmé les
jugemens des sénateurs, de leur propre autorité et d'accord avec les chevaliers romains.
Que si moi ou tout autre nous avions eu la
liberté de plaider cette cause devant les censeurs eux-mêmes, assurément j'eusse fait goûter

(1) L'orateur fait allusion à une fraude employée
par Hortensius que nous avons expliquée dans une
des vériunes.

(1) *On avoit choisi*, d'après la loi du préteur Aurélius. —— *D'accord avec les chevaliers romains,*
qui alors, ainsi que beaucoup d'autres, blâmoient
fort les jugemens des sénateurs.

mes

mes raisons (1) à des personnes aussi éclai-
rées : car la chose parle d'elle-même, et montre
assez qu'ils n'avoient aucune connoissance,
aucune certitude de l'affaire, et que, dans leur
acte de sévérité, ils n'ont été guidés que par
les rumeurs et les cris de la multitude. Gellius
a noté Popilius (2) qui avoit donné sa voix
contre Oppianicus, il l'a noté comme s'étant
laissé corrompre pour condamner un innocent. Mais n'est-ce pas juger bien au hasard
que de trouver innocent un accusé qui lui
étoit absolument inconnu, tandis que des
hommes fort sages, ses juges (pour ne rien
dire de ceux qui l'ont condamné) après une
exacte instruction du procès, ont prononcé
un plus ample informé ? Mais soit, Gellius
condamne Popilius, il décide qu'il s'est laissé
corrompre par Cluentius. Lentulus prétend le
contraire : il ne refuse d'admettre Popilius
dans le sénat que parce qu'il est fils d'un
affranchi (3) ; du reste, il lui conserve dans

(1) *Probavissem*, sans doute, *causam*.

(2) Lucius Popilius, un des juges qui avoient condamné Oppianicus : il est nommé dans ce qui précède
Publius et non Lucius.

(3) J'ai déja remarqué que du tems de Cicéron
Libertinus signifioit *affranchi* et non fils d'un affranchi.

Tom. V.   R

les jeux sa place de sénateur, il lui laisse
toutes les autres marques de cette dignité, il
le décharge de toute diffamation : il déclare
donc qu'il n'a point reçu d'argent pour condamner Oppianicus. Aussi, peu de tems après,
dans une affaire pour cause de brigue, voyons-
nous Lentulus rendre au même Popilius le
plus honorable témoignage. Si donc Lentulus
n'a point confirmé le jugement de Gellius,
si Gellius n'a point adopté l'opinion de Lentulus, si les deux censeurs se sont contredits
l'un l'autre, devons-nous regarder toutes les
notes des censeurs comme des jugemens définitifs et irrévocables.

Mais ils ont noté Cluentius lui-même. Ce
n'est pas du moins pour avoir remarqué dans
toute sa conduite quelque action honteuse,
quelque vice, ou même la faute la plus légère. Car où trouveroit-on un homme plus
honnête, plus vertueux, plus exact à remplir tous ses devoirs ? Les censeurs en conviennent eux-mêmes ; et ils n'ont suivi en le notant que l'opinion publique sur la corruption
du tribunal. Ainsi, quoiqu'ils ne pensent pas
autrement que nous le voulons, de la sagesse
de Cluentius, de son intégrité, de sa vertu,

ils se sont imaginé qu'en punissant les juges,
ils ne pouvoient pas épargner l'accusateur (1).
Je ne citerai à ce sujet qu'un seul exemple
pris dans toute l'antiquité : car je ne puis me
résoudre à passer sous silence un trait remar-
quable de Scipion l'Africain. Dans le tems où
il étoit censeur, faisant la revue des chevaliers,
et voyant Lucinius passer devant lui , il dit
assez haut pour que toute l'assemblée pût l'entendre : Je sais que Lucinius s'est parjuré (1)
en justice ; si quelqu'un veut se porter pour
accusateur , je lui servirai de témoin. Mais personne ne s'étant présenté , il lui dit de passer
avec son cheval. Ainsi, ce grand homme , au
jugement duquel le peuple romain et les nations étrangères se faisoient une loi de s'en
rapporter , ne s'en rapporta pas à ses seules

(1) Cluentius, au nom duquel Canutius avoit accusé Oppianicus.

(1) Mot à mot, *parjuré avec une certaine formule*:
car voilà ce que veut dire *conceptis verbis*. Il y avoit
certaines formules pour témoigner ou pour affirmer
en justice. —— *De passer avec son cheval*. Les chevaliers romains se présentoient au censeur avec le
cheval que leur fournissoit l'état ; et quand le censeur
vouloit les exclurre de l'ordre équestre , il leur faisoit laisser le cheval.

R 2

connoissances pour diffamer un citoyen. Que
si les censeurs eussent aussi donné à Cluentius la liberté de se défendre, il n'auroit pas
eu de peine à se justifier devant eux, à dissiper
les faux soupçons, et à triompher des injustes
préventions du peuple.

Il est encore une objection qui me trouble
et m'altère au point que je ne sais trop si je
pourrai répondre : c'est un article (1) du testament d'Egnatius le père, homme sans doute
plein de sagesse et d'honneur, qui a déshérité
son fils, parce que, dit-il, il s'étoit laissé
corrompre pour condamner Oppianicus. Je
m'arrête à cet unique trait de l'inconséquence
de cet homme frivole : dans le testament même qu'on nous oppose, en déshéritant un fils
qu'il aimoit, il donne pour cohéritiers à un
second fils qu'il aimoit des personnes absolument étrangères. Au reste, Atticus, voyez,
je vous prie, lequel des deux jugemens vous
voulez qu'on respecte, celui des censeurs ou
d'Egnatius. Si c'est celui d'Egnatius, on ne doit
tenir aucun compte de la note des censeurs

(1) Ce mot latin *elegium* est proprement une pensée
exprimée en peu de mots; ici, je crois, c'est un article de testament.

contre les autres juges , puisqu'ils ont exclu
du sénat Egnatius lui-même que vous nous
donnez pour un homme si respectable. Si c'est
celui des censeurs, ils ont retenu dans le sénat dont ils excluoient le père , ce fils que son
père, tranchant du censeur, a flétri par une
exhérédation.

Mais le sénat en corps a prononcé que les
juges d'Oppianicus s'étoient laissés corrompre.
Comment cela ? il a admis la dénonciation qui
lui a été faite. Mais pouvoit-il rejetter une dénonciation de cette nature ? Le peuple soulevé
pour un tribun , en étoit presque vénu à des
actes de violence , on prétendoit que le plus
honnête et le plus innocent des hommes avoit
été victime de la corruption, tout l'ordre des
sénateurs étoit en butte à la haine la plus
violente ; et l'on n'auroit rien statué dans une
telle conjoncture ! Eh ! pouvoit-on, sans mettre en péril la République , dédaigner les fureurs d'une multitude ameutée ? Mais quelle
justice, quelle sagesse, quelle exactitude dans
l'arrêté du sénat ? *S'il en est*, dit-il , qui aient
travaillé à corrompre les juges d'un tribunal. Le
sénat , par cet arrêté, prononçoit-il que le crime
fût certain , ou plutôt qu'il le désapprouvoit

hautement supposé qu'il eût été commis ? Si
l'on avoit demandé son avis à Cluentius lui-
même, en auroit-il donné un autre que celui
qu'ont donné les sénateurs dont les avis, dit-
on, l'ont condamné ? Je vous le demande,
Attius, le consul Lucius Lucullus, cet homme
si sage, a-t-il porté une (1) loi d'après le sénatus-consulte ? Un an après, Marcus Lucullus
et Caïus Cassius en ont-ils porté aussi en vertu
de ce même sénatus-consulte, qui avoit eu
lieu lorsqu'ils n'étoient que consuls désignés ?
Non, ils n'ont pas porté de loi : et ce que
vous dites, sans vous appuyer du plus léger
indice, ce que vous dites avoir été l'ouvrage
de l'argent de Cluentius, fut l'effet de l'équité
et de la sagesse des consuls, qui, voyant que
le sénat n'avoit fait son arrêté que pour étein-
dre dans le moment l'incendie allumé par la

(1) Lorsqu'on proposoit une affaire au sénat, il
rendoit un sénatus-consulte s'il le jugeoit à propos.
Un des deux consuls ou tous les deux le présentoient
au peuple, et si le peuple l'approuvoit, il avoit force
de loi. —— Après *Caïus Cassius* en latin sous-entendez *tulerint legem*. Ensuite, *in quos tùm consules
designatos* doit être entendu comme si on lisoit *quibus tùm consulibus designatis*.

prévention publique, crurent depuis inutile
d'en référer au peuple. Bientôt le peuple lui-
même qui, d'abord animé par les vaines plaintes
du tribun Quintius, avoit sollicité vivement le
sénatus-consulte, et la loi qui devoit le suivre,
touché ensuite par les larmes du jeune fils de
Junius, accourut en foule, et demanda à
grands cris qu'on cessât de poursuivre cette
affaire. Par-là, 'ainsi qu'on l'a dit plus d'une
fois, l'on pouvoit comprendre que, semblable à la mer, qui, calme d'elle-même, est
troublée et agitée par l'impétuosité des vents,
le peuple, tranquille de sa nature, est excité
par les harangues des séditieux, comme par de
violentes tempêtes.

On m'oppose encore une autorité des plus
graves, que j'ai presque eu la sottise de laisser
de côté : c'est la mienne, dit-on. Attius a fait
lire un endroit de je ne sais quel discours
qu'il citoit comme de moi, où j'exhorte les
juges à prononcer avec droiture, où je rappelle
ces jugemens si décriés, et en particulier celui
même de Junius (1) : comme si, dès le commencement de mon plaidoyer, je n'avois pas

(1) Voyez le discours intitulé, *prima actio in*
Verrem.

R 4

eu la précaution d'avertir que le jugement
de Junius avoit été l'objet d'une prévention
générale ; ou comme si j'eusse pu , en parlant
du décri des jugemens, en omettre un qui,
pour lors , avoit soulevé tout le peuple. Pour
moi, si j'ai dit quelque chose à ce sujet, outre
que je n'étois pas assez instruit, je ne préten-
dois pas rendre un témoignage, je voulois me
prêter aux circonstances plutôt que de donner
décision et fournir une autorité. Moi qui , dès
le commencement, dans une cause où j'étois
accusateur , m'étois proposé de faire une forte
impression sur les esprits des juges et du peuple romain , qui rapportois en conséquence tous
les vices dans les jugemens dont on avoit été
choqué, non d'après mon opinion , mais d'a-
près les bruits publics , je n'ai pas dû passer
sous silence une affaire si vivement agitée dans
les assemblées du peuple.

Mais l'on se trompe si l'on croit que nos
véritables opinions sont consignées dans nos
plaidoyers. Tous ces plaidoyers sont , pour
ainsi dire, les discours des causes et des circonstances, plutôt que des personnes et des
orateurs. Que si les causes pouvoient se défendre elles mêmes, on n'emploiroit point le mi-

nistère d'un avocat. En recourant à nous, on exige que nous disions, non des choses qui fassent autorité, mais des choses qui soient puisées dans la cause et qui servent pour la cause. Marcus Antonius (1), à ce qu'on rapporte, homme de beaucoup d'esprit, disoit ordinairement qu'il n'avoit jamais écrit de discours, afin de pouvoir nier ce qu'il auroit avancé mal-à-propos ; comme si les autres ne pouvoient consigner dans leur mémoire ce que nous avons dit ou fait que quand nous le publions dans un écrit.

Pour moi, en fait de plaidoyers, je suis volontiers la pratique de plusieurs orateurs, et particulièrement du célèbre Crassus (2), qui avoit autant d'éloquence que de sagesse. Il defendit Plancius, accusé par Brutus, orateur aussi plein d'adresse que de force. Celui-ci fit placer à ses côtés deux greffiers qui lisoient alternativement des passages contradictoires ;

(1) Orateur célèbre, un des principaux interlocuteurs dans les dialogues de Cicéron sur l'éloquence.

(2) Lucius Crassus, grand orateur, dont Cicéron parle beaucoup dans ses livres de rhétorique. Marcus Brutus, père du fameux Brutus, un des assassins de César.

les uns étoient pris d'un discours de Crassus ;
contre l'établissement d'une colonie à Narbonne , dans lequel il s'attachoit à déprimer
l'autorité du sénat , et les autres de son plaidoyer en faveur de la loi Servilia , où il com-
bloit le sénat d'éloges : il fit lire de ce dernier
discours plusieurs traits assez piquans contre
les chevaliers romains , afin d'animer contre
son adversaire les juges qui pour lors étoient
tirés de cet ordre (2). Crassus, dit-on, fut un
moment déconcerté : mais rassuré bientôt, voici
comme il répondit à Brutus. D'abord , il fit remarquer la différence des tems dans lesquels
il avoit composé les deux discours , comment
il avoit parlé pour sa cause dans l'un et dans
l'autre. Ensuite pour faire sentir à son adversaire à quel homme il s'étoit attaqué, combien
il avoit , non - seulement d'éloquence , mais
de finesse et de bonne plaisanterie ; il fit

(1) En vertu de la loi Sempronia , les chevaliers
romains avoient seuls le département des tribunaux.
Servilius avoit porté une loi pour partager les jugemens entre les sénateurs et les chevaliers. Il fau
croire qu'on rejetta sa loi , puisque dans la cause que
plaida ensuite Crassus , les chevaliers romains jugeoient seuls.

aussi placer à ses côtés trois greffiers, et remit à chacun d'eux un des ouvrages que le père de Brutus avoit composés sur le droit civil. Il fit lire les débuts de ces ouvrages qui vous sont connus, je pense, lui faisant une question à chacun de ces débuts. *Un jour que nous étions moi et mon fils Brutus à ma terre de Priverne.* Il lui demandoit où étoit maintenant la terre de Priverne. *Nous étions à ma terre d'Albe moi et mon fils Brutus.* Il lui demandoit ce qu'étoit devenue la terre d'Albe. *Nous étant arrêtés par hasard à ma maison de Tivoli moi et mon fils Brutus.* Il lui demandoit encore ce qu'il avoit fait de la maison de Tivoli. Le père de Brutus, ajouta-t-il, homme sage, qui connoissoit son fils pour un dissipateur, avoit voulu attester par écrit les fonds qu'il lui laissoit ; s'il eût pu honnêtement (1) écrire qu'il étoit dans les bains avec son fils à l'âge qu'avoit son fils alors, il eût aussi parlé des bains ; cependant lui, Crassus, lui demandoit où étoient ces bains, non d'après les écrits de son

_____

(1) Chez les Romains un père n'alloit pas aux bains avec son fils en âge de puberté, ni un beau-père avec son gendre.

père, mais d'après le registre (1) des censeurs.
Crassus se vengea alors de Brutus, de façon
à le faire repentir de ses citations indiscrètes.
Ce qui l'avoit piqué, sans doute, c'est qu'on
l'eût mis en contradiction avec lui-même dans
des discours sur les affaires publiques, où l'on
souffre moins qu'en tout autre cas qu'un homme varie dans ses sentimens.

Pour moi, je pardonne sans peine à At-
tius les extraits qu'il a fait lire de mes discours.
Je n'ai rien dit alors qui ne fût propre au tems
où je parlois et à la cause que j'avois à plaider ; mais je n'ai pas prétendu me lier les
mains, ni m'ôter le pouvoir de défendre la
cause présente avec toute la droiture dont je
me sens capable. Si je voulois avouer que je
connois maintenant en elle-même l'affaire de
Cluentius, et que je ne la connoissois auparavant que par l'opinion populaire, qui pourroit blâmer mon aveu ? Surtout, Romains,
l'aveu d'un homme qui, comme je vous l'ai
demandé en commençant, et comme je vous
le demande encore, a droit d'attendre de votre
équité, si vous avez apporté ici quelque pré-

(1) Lequel registre contenoit l'état des biens de
tous les citoyens.

vention sur la condamnation d'Oppianicus,
vous la déposiez aujourd'hui que la cause est
instruite, et que la vérité se montre dans tout
son éclat.

Je crois, Attius, avoir répondu à toutes les
raisons que vous avez alléguées sur la condamnation d'Oppianicus ; vous devez à présent
convenir que vous vous êtes étrangement
trompé, lorsque vous avez pensé que je défendrois Cluentius, par la loi (1) et non par

---

(1) La loi Sempronia, confirmée ensuite par le
dictateur Sylla, loi à laquelle les sénateurs seuls
étoient assujettis ; or Cluentius étoit chevalier romain. *Que je défendrois Cluentius par la loi*, c'est-
à-dire, que je soutiendrois que Cluentius, comme
chevalier romain, n'est pas assujetti à la loi, que
j'opposerois une fin de non-recevoir. Il y a deux
choses ici que j'ai peine à comprendre et à expliquer, c'est d'abord que Tibérius Gracchus, qui
avoit donné le département des tribunaux aux seuls
chevaliers romains, ne les eût pas assujettis à une
loi portée par lui sur les jugemens : ensuite, est-ce
qu'il n'y avoit aucun moyen de poursuivre un chevalier romain coupable du crime dont étoit accusé
Cluentius ? On pourroit peut-être répondre à cette
seconde difficulté, qu'il pouvoit être poursuivi,
mais par une loi moins rigoureuse que celle dont
s'étoit appuyé Attius.

le fond. Si l'on en croit ce que vous avez dit
souvent, on vous a rapporté que mon intention dans cette cause étoit de m'appuyer de
la loi. Cela est-il possible ? Voilà comme nous
sommes trahis par nos amis, sans y prendre
garde, et comme parmi ceux de ces amis que
nous croyons les plus sûrs, il s'en trouve qui ré-
vèlent nos desseins à nos adversaires. Mais
qui vous a fait ce rapport ? qui a été assez perfide ? à qui ai-je dit mon secret ?... Ah ! sans
doute je ne dois accuser personne, et c'est la
loi même qui a dû vous instruire. Cependant
avez-vous remarqué que, dans toute ma défense, j'aie seulement fait mention de la loi ?
Aurois-je défendu autrement Cluentius, s'il
y eût été assujetti ? Je crois pouvoir assurer que
je n'ai omis aucun des moyens qui pouvoient
le justifier d'un crime dont le charge la prévention publique.

Quoi donc ? me demandera-t-on , est-ce que
vous blâmez que, dans une cause capitale,
on ait recours à la loi pour défendre un accusé ?
Non, je ne le blâme pas : mais ma pratique
constante, lorsque j'ai à parler pour un homme
sage et rempli d'honneur, est moins de m'en
rapporter à mes propres lumières, que de

me conformer au désir et à la volonté de celui
que je défends. Lorsque Cluentius vint me prier
de me charger de sa cause, en homme instruit, par l'usage, de nos loix judiciaires,
je lui citai sur-le-champ cet article de la loi :
*Quiconque aura formé des complots pour faire
condamner un particulier* (1), en lui disant qu'il
étoit affranchi de cette loi, à laquelle étoit assujetti l'ordre seul des sénateurs. Alors Cluentius
me conjura de ne pas me servir de la loi pour
le défendre. J'insistois ; il me fit changer d'a-
vis en me protestant les larmes aux yeux qu'il
étoit encore plus jaloux de conserver sa réputation, que le droit de rester à Rome. Je me
rendis enfin à ses désirs ; et quoique nous ne
devions pas toujours nous prêter aux demandes

(1) La même loi portée contre les empoisonnemens, étoit portée contre le crime d'avoir fait condamner quelqu'un par cabale, par de mauvaises voies.
Or, quoique Cluentius fût proprement accusé d'empoisonnement, il y a toute apparence que l'accusateur avoit fort insisté sur le crime d'avoir fait condamner Oppianicus par de mauvaises voies. — *L'ordre seul des sénateurs*, dont étoit alors Cicéron,
puisque le latin dit *notre ordre*. — *De rester à Rome*.
Il y avoit peine d'exil pour celui qui étoit convaincu
du crime d'empoisonnement.

de nos cliens, je le fis alors, parce que je voyois
qu'indépendamment de la loi, la cause elle-
même présentoit une foule de moyens victorieux : je voyois que, si le plan de défense
qu'a rejetté Cluentius étoit moins difficile, celui qu'il m'a fait suivre seroit plus honorable.
Si je n'avois voulu que gagner ma cause, j'aurois fait lire la loi, et j'aurois conclu sans me
mettre fort en peine de toutes les plaintes
d'Attius.

Il trouvoit indigne qu'un sénateur qui a
fait condamner un particulier par cabale ou par
argent, soit assujetti à la loi, et qu'un chevalier romain coupable du même crime, en soit
affranchi. Mais quand je vous accorderois, Attius, (ce que j'examinerai bientôt) que cette ac-
ception des personnes est réellement une indi-
gnité, il faut que vous m'accordiez aussi qu'il
est bien plus indigne encore qu'on s'écarte des
loix dans une ville qui ne subsiste que par les
loix. Les loix sont le fondement de notre liberté, source de toute équité et de toute justice, le lien qui nous unit tous et qui nous
maintient chacun dans notre rang. C'est en
elles que résident l'ame, l'esprit, la sagesse
et le conseil d'une cité. Le corps ne peut
vivre

vivre sans l'ame ; une cité sans la loi , ne peut
faire usage des parties qui la composent, qui
en sont comme les nerfs , le sang et les membres. Les magistrats sont les ministres des loix ,
les juges sont les interprètes des loix ; enfin
tous nous sommes esclaves des loix , afin de
pouvoir être libres. Vous , Nason (1) , pourquoi présidez-vous ce tribunal? par quelle
force ces juges respectables vous sont-ils su-
bordonnés ? Et vous , Romains , qui nous jugez à présent, comment avez-vous été choisis
parmi une si grande multitude de citoyens ,
pour décider de notre sort? Par quel droit l'accusateur a-t-il dit tout ce qu'il a voulu? qu'est-
ce qui me donne à moi-même le pouvoir de
parler si long-tems ? Pourquoi ces greffiers,
ces licteurs et tous ces ministres de la justice
dont ce tribunal est environné ? C'est aux loix
que nous devons tout cela : les loix, je le répète, sont comme l'ame et l'esprit qui règle

(1) Nason, un des préteurs de Rome , qui connoissoit des crimes d'empoisonnement. Suivant quelques
commentateurs, c'est le même qui est appellé ensuite
Quintus Voconius, sous le titre de *judex questionis*.
Si c'est le même , comme je serois porté à le croire,
il l'appelloit Quintus Voconius Naso.

et gouverne tout ce jugement. Mais cette influence des loix ne s'étend-elle qu'à ce tribunal ? par quelle autorité Plétorius et Flaminius connoîssent-ils du crime d'assassinat (1), Orchinius de celui de péculat, et moi-même du crime de concussion ? par quel droit Aquillius juge-t-il actuellement une accusation de brigue ? j'en dis autant de tous les autres tribunaux. Portez vos regards sur les différentes parties de la République, vous verrez que toutes sont réglées par la disposition et par l'autorité des loix. Si quelqu'un, Attius, vous citoit à mon tribunal, vous vous écrieriez aussitôt que vous n'êtes pas assujetti à la loi des concussions ; et la fin de non-recevoir de votre part ne seroit pas l'aveu d'un crime, mais un moyen de vous soustraire aux embarras et aux périls dont les loix vous affranchissent.

(1) Latin *inter sicarios*, sous-entendu *quaestio*, façon de parler propre aux jugemens. *Inter sicarios* pour *de sicariis*. Au reste, ce passage semble confirmer la conjecture de quelques savans, qui pensent que le même tribunal se partageoit quelquefois entre deux préteurs lorsqu'il y avoit beaucoup d'affaires. —— Orchinius, dont il est parlé précédemment, et que Cicéron appelle son collègue.

Maintenant voyez vous-même quelle jurisprudence vous voulez établir. La loi, en vertu
de laquelle cette accusation a été intentée,
ordonne que le président du tribunal, c'est-
à-dire, Qnintus Voconius, conjointement avec
les juges qui lui ont été donnés par le sort
(c'est vous, Romains, dont elle veut parler)
elle ordonne, dis-je, qu'il informe du poison.
Contre qui informer? elle ne détermine pas les
personnes. *Quiconque*, dit-elle, *aura composé,
vendu, acheté, gardé, donné du poison*. Qu'a-
joute aussitôt la loi? Lisez, greffier. *Et qu'on
informe criminellement....* Contre qui? la loi
dit-elle en général, contre quiconque aura
formé des cabales et des complots? Non :
que dit-elle donc? Lisez. *Contre celui qui, tribun de soldats dans les quatre premières légions* (1), *ou questeur, ou tribun du peuple....*
Elle nomme ensuite tous les magistrats : *ou
celui qui aura rang de sénateur....* Eh bien ?
celui qui, parmi eux, a formé et formera des com-

(1) On chosissioit tous les ans quatre légions,
qu'on destinoit à suivre les consuls à la guerre. Les
tribuns de ces légions appellées les quatre premières,
avoient la préférence sur les autres tribuns de soldats. Au reste, il y avoit deux parties dans la loi,

plots pour faire condamner un particulier dans un tribunal. Celui qui, parmi eux, dit la loi. Parmi qui ? Sans doute, parmi ceux qui sont mentionnés dans la loi. Quelle différence entre la manière dont les deux articles sont conçus ? La chose est évidente, et la loi même nous l'apprend. Quand elle embrasse tous les hommes, elle s'exprime ainsi : *Quiconque a composé ou composera du poison.* Elle permet de citer en justice tous les hommes et femmes, toutes les personnes libres et esclaves. Si elle eût voulu établir la même généralité pour les complots, elle eût ajouté : ou quiconque aura formé des complots. Mais voici comme elle s'exprime : *Celui qui possédera une magistrature, ou qui aura rang de sénateur ; celui qui, parmi eux, a formé ou formera des complots....* Cluentius est-il compris dans les personnes nommées par la loi ? Non assurément. Que veut-il néanmoins ? Il ne veut pas, dans sa défense, user du bénéfice de la loi. Ainsi,

l'une qui regardoit tous les citoyens, et l'autre seulement un certain ordre de citoyens. Quoique Cicéron ne le dise bien clairement ni ici ni ailleurs, il paroît néanmoins que Cluentius étoit réellement accusé sur les deux parties de la loi.

j'abandonne la loi pour me prêter à son désir. Je veux, cependant, Attius, vous faire en
peu de mots une réponse étrangère à la défense
de l'accusé : car si Cluentius a ses intérêts dans
cette cause, j'ai les miens aussi. Cluentius croit
qu'il est de son honneur d'être défendu, non
par la loi, mais par le fond même de l'affaire ; et moi je crois le mien intéressé à ne
paroître vaincu par Attius dans aucun genre
de discussion. Ce n'est pas ici la dernière cause
que je plaiderai ; mon travail est au service de
quiconque veut bien se contenter de mon foible talent : je ne veux pas qu'aucun des citoyens ici présens puisse inférer de mon silence
que j'approuve ce qu'Attius a dit de la loi.
Ainsi, Cluentius, je me conforme à vos intentions pour ce qui vous regarde, je n'allègue
pas la loi ; et dans ce que je vais dire, ce
n'est pas manquer à ce qu'on semble attendre
de l'orateur.

    Vous trouvez injuste (1), Attius, que tous

—————————

(1) C'étoit vraiment un vice dans la jurisprudence
romaine, qu'il y eût des loix pour une classe de citoyens qui ne fussent pas pour les autres classes ;
mais du moins les loix les plus sévères étoient pour

les citoyens ne soient pas assujettis aux mêmes
loix. D'abord, quand je vous accorderois que
c'est le comble de l'injustice, tout ce que vous
en pourriez conclure, c'est qu'il faut réformer
nos loix, et non refuser d'obéir à celles qui
sont établies. Ensuite, quel sénateur s'est jamais plaint de ce qu'en montant, par le bienfait du peuple, à un rang plus élevé, il se
trouvoit assujetti à de plus sévères loix. Que
d'avantages dont nous sommes exclus, que
d'assujettissemens pénibles dont nous dé-
pendons, et dont nous ne sommes dédom-
magés que par des distinctions honorifiques ! Entreprenez d'assujettir aux mêmes
loix l'ordre équestre et les autres ordres de
l'état ; jamais ils ne voudront y consentir,
parce qu'ils ne croient pas juste de les soumettre à toutes les entraves de notre condition, à la rigueur des loix et des jugemens,
eux qui n'ont pas pu ou n'ont pas voulu monter aux premières dignités de la République.
Et sans parler de tant d'autres loix auxquelles
nous sommes assujettis, et qui ne s'étendent

les plus puissans, les plus riches, les plus illustrés,
et non pour les plus foibles, les plus pauvres, les
plus obscurs.

pas aux autres ordres de l'état, la loi même dont
il est ici question, Caïus Gracchus (1) l'a portée
pour qu'aucun particulier ne fût victime de la
cabale dans un jugement ; il l'a portée pour
le peuple et non contre le peuple. Depuis,
quoique Sylla fût très-peu favorable aux intérêts de la multitude, il n'osa cependant,
lorsqu'il établissoit de nouvelles formes pour
le crime d'empoisonnement en vertu de la loi
même qui nous juge aujourd'hui, il n'osa assujettir le peuple romain à ces nouvelles formes, ni lui imposer un joug dont il le trouva
libre. Que s'il eût cru la chose possible, ennemi déclaré comme il l'étoit des chevaliers
romains, il se seroit porté bien volontiers à
leur faire sentir, en les assujettissant à une
nouvelle loi, toutes les rigueurs de la proscription qu'il avoit exercée (2) contre les anciens
juges. On ne cherche aujourd'hui (croyez-
moi, Romains, et prévoyez de loin ce qu'il
faut prévoir), on ne cherche qu'à assujettir
l'ordre équestre à la loi dont nous parlons.

(1) Caïus Sempronius Gracchus, d'où la loi *Sempronia*.

(2) Au lieu de *quæctus* dans le latin, j'ai lu avec
Paul Manuce *quá est usus.*

S 4

Ce projet, il est vrai, n'est pas général, il n'est l'ouvrage que d'un petit nombre de sénateurs. Ceux d'entre eux qui se maintiennent aisément par leur innocence et leur vertu, et qui, comme vous, n'ont ni ambition, ni cupidité, désirent que les chevaliers romains se rapprochent d'eux par le cœur, comme ils en sont près par le rang (1). Mais ceux qui aspirent à un pouvoir absolu, qui veulent envahir les priviléges de tous les ordres et de chacun des citoyens, ceux-là espèrent mettre sous leur dépendance l'ordre des chevaliers, s'il est une fois établi que les citoyens qui auront exercé les charges de judicature, seront eux-mêmes soumis à ces sortes de jugemens. Ils voient que l'autorité de l'ordre équestre (1) s'affermit de plus en plus, ils voient qu'on applaudit aux jugemens qu'il prononce, et ils se flattent que la crainte de cette loi vous fera relâcher dans vos arrêts d'une sévérité qui

(1) L'ordre des chevaliers suivoit immédiatement celui des sénateurs : les chevaliers tenoient le milieu entre les sénateurs et les Plébéïens.

(1) Les jugemens alors étoient partagés entre les sénateurs et les chevaliers romains. On voit que j'ai entendu *hujus ordinis*, de l'ordre équestre.

les importe. En effet , quel juge osera prononcer avec une équité courageuse contre un homme un peu puissant, s'il a à craindre qu'on ne l'accuse d'avoir formé des cabales ou des complots pour le faire condamner?

Qu'ils sont louables ces chevaliers romains, qui résistèrent généreusement à Drusus , tribun du peuple , citoyen aussi illustre que puissant , quoiqu'il n'eût d'autre intention , de concert avec toute la noblesse de ce tems-là, que d'assujettir à de pareilles formes ceux qui avoient exercé des judicatures! Alors Flavius, Titinnius , Mécénas , ces fermes appuis du peuple romain , et d'autres non moins distingués (1) , ne crurent pas, comme Cluentius, que rejetter un nouveau joug , ce seroit se reconnoître coupables : mais faisant une résistance ouverte , ils déclarèrent hautement , avec une noble hardiesse , que , par les suffrages du peuple romain , ils auroient pu s'élever aux premières charges de l'état , s'ils avoient voulu se mettre sur les rangs pour les demander ; qu'ils n'ignoroient pas quelle splendeur, quelle

(1) *Et d'autres du même rang , de la même distinction.* Voilà comme il faut entendre *ordinis :* un savant voudroit qu'on supprimât ce mot.

dignité , quels priviléges étoient attachés à ce
genre de vie ; que , s'ils s'en étoient éloignés,
ce n'étoit point par mépris , mais parce que,
satisfaits de l'ordre où étoient nés leurs pères,
ils avoient préféré une vie tranquille , où ils
n'avoient à craindre ni les passions orageuses
du peuple , ni les détours captieux des pro-
cédures : qu'il falloit ou les ramener à l'âge
convenable pour briguer les honneurs; ou, puisque la chose n'étoit pas possible , les laisser
jouir du genre de vie pour lequel ils avoient
renoncé à la poursuite des dignités : qu'il étoit
injuste qu'après avoir négligé les avantages
attachés aux grandes places , à cause des périls multipliés auxquels elles exposent , ils
fussent en même-tems et privés des bienfaits
du peuple romain , et exposés aux dangers de
lois nouvelles : qu'un sénateur ne pouvoit pas
se plaindre , parce que c'étoit à cette condition qu'il avoit demandé les charges , et parce
qu'il avoit une foule de prérogatives qui étoient
autant d'adoucissemens à cette servitude , un
rang distingué , l'autorité , la considération
dans sa ville , un nom et du crédit chez les
nations étrangères , la robe-prétexte , la chaise
curule , les autres marques de dignité , les

licteurs , les faisceaux , les armées , les commandemens , les provinces , tous avantages
par lesquels nos ancêtres avoient voulu récompenser le mérite , et auxquels ils avoient voulu
attacher plus de périls pour les coupables. Ces
chevaliers romains savoient que l'ordre équestre n'étoit pas assujetti à la loi d'après laquelle
Cluentius est maintenant (1) accusé (loi qui
étoit pour lors la loi Sempronia , et qui est
aujourd'hui la loi Cornélia) ; cependant ils
ne se défendoient pas d'être accusés en vertu
de cette loi , mais ils ne vouloient pas qu'on
les mît sous l'empire d'une loi nouvelle. Pour
Cluentius , il n'a pas même refusé de soumettre
sa conduite à l'examen d'une loi dont il ne devoit pas dépendre. Que si la condition vous en
plaît , eh bien ! travaillons tous de concert à
étendre au plutôt cette loi à tous les ordres
de la République.

Mais en attendant , au nom des dieux , puisque c'est aux loix que nous nous devons nos
priviléges , notre liberté , notre sûreté , enfin

(1) Ces paroles confirment les observations que
nous avons faites plus haut. —— *Loi qui étoit...* Lucius Cornélius Sylla, d'où *leges Corneliae*, avoit confirmé expressément la loi Sempronia.

tous nos avantages , ne nous écartons pas des
loix ; et pensons en même tems combien il seroit peu convenable qu'au moment où le peuple
romain , se reposant sur vous du soin de la
République et de son propre sort , est absolument tranquille , exempt de crainte et d'inquiétude , il se vît astreint par un petit nombre
de juges à une loi qu'il n'a pas adoptée lui-
même , à des formes dont il se croit libre et
affranchi. En effet, Attius , jeune-homme rempli de mérite et d'éloquence , prétend que
tous les citoyens doivent être assujettis à toutes
les loix : attentifs, comme vous le devez , vous
l'écoutez dans le plus grand silence. Cluentius , chevalier romain , est accusé en vertu
d'une loi à laquelle les sénateurs et ceux qui
ont exercé les magistratures , sont seuls assujettis. Il ne me permet pas d'opposer une fin
de non-recevoir , et de placer dans la loi toute
la force de ma défense. S'il gagne sa cause ,
comme je l'espère de votre équité , tout le
monde croira , et avec raison , qu'il n'a dû ce
succès qu'à son innocence , puisque c'est par-
là qu'on l'aura défendu , sans qu'on ait eu recours à la loi dont il n'a pas voulu s'appuyer.

Dans la question présente , comme je l'ai dit

plus haut , il est un objet qui me regarde personnellement , et dont je dois répondre au
peuple romain , puisque je me suis fait une
règle de consacrer mes soins et mon travail
à la défense de tous ceux qui implorent mon
secours. Car les accusateurs , je le vois , cherchent à établir un genre de jugemens aussi pé-
rilleux qu'il seroit étendu , en voulant soumettre le peuple romain à une loi qui n'est faite
que pour les sénateurs. *Quiconque* (1), dit la loi,
aura comploté. Vous voyez jusqu'où cela peut
s'étendre. *Aura cabalé.* Ce qui est aussi étendu
et d'ailleurs incertain. *Aura consenti.* Ce qui
étant aussi incertain et aussi indéterminé , est
encore caché et obscur. *Aura rendu un faux
témoignage.* Quel est le citoyen qui , ayant
rendu un témoignage en justice , ne sera pas
exposé à être inquiété , si l'on s'en rapporte
à l'opinion d'Attius ? Je puis assurer qu'à l'avenir on ne voudra plus rendre de témoignage ,
si l'on fait craindre , au peuple romain , un
pareil jugement. Au reste , je le promets à
tous ceux à qui l'on voudroit susciter que¹.

(1) Cet endroit est un peu obscur ; j'ai tâché de
l'éclaircir le plus qu'il m'a été possible , sans me
flatter d'avoir réussi.

que affaire en vertu d'une loi à laquelle ils ne
se trouveroient pas assujettis, s'ils me chargent
de leur cause, je ferai valoir pour eux l'exception de la loi ; et je me flatte de faire agréer
ou à vos juges actuels, ou à d'autres qui leur
ressembleront, un moyen de défense que j'a-
bandonne aujourd'hui par déférence pour les
volontés de mon client.

Oui, Romains, j'en suis persuadé ; si l'on
citoit à votre tribunal un particulier qui ne
fût point compris dans la loi, quelques préjugés qu'on eût contre lui, quelque odieux
qu'il pût être à d'autres ou à vous-mêmes,
quelque répugnance que vous eussiez à l'absoudre, vous le renverriez cependant absous,
et vous consulteriez plutôt votre religion que
des préventions particulières. En effet, il est
d'un juge équitable, de penser qu'il n'a de
pouvoir que celui qui lui est confié par le peuple
romain ; que l'autorité dont il est revêtu n'est
pas seulement un titre de puissance, mais un
dépôt de confiance ; qu'il peut absoudre quand
il hait, condamner quand il ne hait pas, et
qu'il doit toujours agir, non d'après ce qu'il
veut lui-même, mais d'après ce que la loi
et sa religion lui ordonnent ; qu'il doit bien

examiner en vertu de quelle loi on a intenté l'accusation , quel est l'homme sur lequel il va prononcer , quelle est l'affaire soumise à sa décision. Mais sur tout , Romains , un juge plein de sagesse et de grandeur d'ame , lorsqu'il va donner son suffrage , doit croire qu'il n'est pas seul à juger , qu'il ne peut prendre sa volonté seule pour règle ; mais qu'il a pour assesseurs et pour collègues la loi , la religion , l'équité et la droiture : il doit écarter de lui le caprice , la prévention , la haine , la crainte, toutes les passions en un mot : il doit principalement respecter le témoignage de sa conscience , de cette conscience , présent des dieux immortels, qui ne sauroit être séparée de nous, de cette conscience qui nous fera vivre avec honneur et sans crainte , si , dans toute notre vie , elle n'est témoins que d'actions et de démarches avouées par la vertu. Pour peu que l'accusateur eût été instruit de ces principes , ou qu'il eût réfléchi , certes , il n'eût pas même osé dire ce qu'il a traité fort au long , qu'un juge devoit prononcer arbitrairement , sans s'astreindre aux loix.

Je m'arrête ; j'en ai peut-être trop dit au gré de Cluentius , trop peu pour l'intérêt de

la République, mais assez pour des juges aussi
remplis de lumières. Ce qui me reste (1) maintenant à réfuter est fort peu de chose ; et les
accusateurs ne l'ont forgé, ils ne l'ont produit que parce qu'étant le fond même de la
cause, ils auroient craint de se couvrir de
honte s'ils n'avoient apporté au tribunal et
n'avoient allégué que d'anciennes préventions.
Et afin que vous sachiez, Romains, que si
je me suis étendu sur les objets précédens,
c'est que j'y étois forcé par la nécessité ; écoutez le reste. Vous verrez, sans doute, que
j'ai fort abrégé ce qui ne méritoit pas d'être
réfuté longuement.

(*) Décius, disent nos adversaires, Décius,
habitant du Samnium, qui avoit été proscrit, a
été insulté dans son malheur par les esclaves de
Cluentius. Mais au contraire Cluentius lui-
même l'a traité plus généreusement que

(1) *Ce qui me reste*, sans doute les crimes d'empoisonnement, qui étoient le fond de la cause.

(*) Le passage est trop brusque, et je crois qu'il
manque ici une ou deux phrases, par lesquelles l'orateur annonçoit qu'avant de purger les crimes d'empoisonnement, il alloit détruire en peu de mots quelques reproches étrangers à la cause.

personne ;

personne ; il l'a aidé de son argent dans sa dé-
tresse : Décius lui-même, tous ses amis et tous
ses parens en conviennent. Les fermiers de
Cluentius, ajoutent les accusateurs, ont maltraité les bergers d'Ancarius et de Pacénus.
Voici le fait. Il s'étoit élevé, sur les collines,
une constestation entre des bergers, comme
c'est l'ordinaire : les fermiers de Cluentius dé-
fendirent les intérêts de leur maître et les
leurs propres. Sur les plaintes qui furent faites,
l'affaire fut traitée à l'amiable (1) et l'on se sé-
para sans avoir entamé aucune procédure. Elius,
dit-on, a déshérité son parent le plus proche,
pour instituer son héritier Cluentius qui étoit
plus éloigné. Cela est vrai ; mais Elius l'a fait
en reconnoissance des services que Cluentius
lui avoit rendus : celui-ci même n'étoit pas
présent au testament que signa Oppianicus
son ennemi. Cluentius, dit-on encore, a refusé d'acquitter un legs à Florius (2). Le fait

(1) *Causâ demonstratâ illis*, sans doute, *abillis*,
à villicis Aviti.

(2) *Infiliatum esse*, sans doute *Cluentium*. Cet
infinitif est gouverné par le *dixistis* qui précède.
Trente mille sesterces, 3750 livres : trois cents
mille, 37,500 livres.

n'est point exact. Comme le testateur avoit
écrit trente mille sesterces , au lieu de trois
cent mille , et que cette dernière somme ne
paroissoit pas exprimée clairement , Cluentius
voulut que Florius la tînt de sa libéralité. Il
nia donc d'abord qu'elle lui fût due , mais
ensuite il lui paya sans la moindre difficulté les
trois cents mille sesterces. Un Samnite, nommé
Cœlius , redemanda , dit-on , après la guerre ,
son épouse à Cluentius ; celui-ci , il est vrai ,
l'avoit achetée de personnes à qui elle avoit
été vendue ; mais dès qu'il sut qu'elle étoit de
condition libre , il la rendit à Cœlius sans
plaider. Cluentius, disent encore les accusateurs , retient les biens d'un certain Ennius.
Cet Ennius est un homme accablé de misère ,
calomniateur aux gages d'Oppianicus , qui ,
après s'être tenu tranquille pendant plusieurs
années , a intenté action pour vol contre un
esclave de celui pour qui je parle , et dernièrement enfin l'a actionné lui-même. Je pourrai
fort bien défendre Cluentius dans cette affaire
particulière, et faire subir à un infâme calomniateur la peine qu'il mérite. D'après ce qu'on
nous rapporte encore , il est un personnage
de marque , qui a des liaisons d'hospitalité

très-étendues (1) , un certain Binnius , cabaretier sur la voie latine. Nos adversaires l'ont
suborné pour dire que Cluentius et ses esclaves
l'ont maltraité dans sa maison. Je ne dirai rien ici
de cet homme ; mais si , suivant sa coutume ,
il vient me provoquer , je répondrai à ses
invitations , de manière à le faire repentir de
n'être pas resté dans son cabaret.

Voilà, Romains, après huit ans de réflexions
et de recherches , ce que les accusateurs ont
pu recueillir dans toute la vie de Cluentius ,
dans toute la vie d'un accusé qu'ils ont voulu
rendre si odieux. Que ces imputations sont
frivoles ! qu'elles sont fausses ! qu'il falloit peu
de mots pour y répondre !

Ecoutez maintenant , Romains , ce qui intéresse votre serment , ce qui est l'objet véritable dont vous avez à connoître , et sur
quoi vous oblige de prononcer la loi qui vous
appelle à ce tribunal , pour juger les crimes
d'empoisonnement. On verra dans quel court
espace j'aurois pu me renfermer , si je ne me

(1) J'ai tâché de rendre en françois, le mieux qu'il
m'a été possible, les plaisanteries de Cicéron , et les
allusions piquantes à l'état de cabaretier du Binnius
dont il parle.

fusse étendu sur bien des objets, plutôt pour me prêter au désir de Cluentius que pour satisfaire au besoin de ma cause.

On a reproché à Cluentius d'avoir empoisonné Vibius. Nous avons ici heureusement le sénateur Plétorius, personnage d'une probité et d'un mérite rares, hôte de Vibius et son ami particulier. C'est chez lui que Vibius demeuroit à Rome, c'est chez lui qu'il tomba malade, c'est dans sa maison qu'il mourut. Mais Cluentius est son héritier. Je soutiens que Plétorius est mort sans avoir fait de testament, et que, par un édit du préteur, sa succession a été adjugée à son neveu (1), chevalier romain, jeune homme plein d'honneur et de sagesse, à Numérius Cluentius que vous voyez ici présent.

Le second crime en ce genre qu'on impute à Cluentius, c'est d'avoir voulu empoisonner le jeune Oppianicus, le jour même de ses nôces, au milieu d'une multitude de convives, appellés à cette cérémonie suivant la coutume de Larinnm. Le poison, dit-on, étoit présenté dans du vin mêlé avec du miel, et un certain Balbutius, ami intime d'Oppianicus, ayant

(1) C'étoit apparemment un fils de la sœur de Plétorius, laquelle avoit épousé un Cluentius.

pris la coupe et bû le vin , mourut sur le champ.
Si je regardois ces imputations comme de nature à être réfutées en règle , je m'arrêterois
davantage sur des objets que je parcours rapidement. Est-il rien dans la conduite de Cluentius qui n'écarte jusqu'au soupçon d'un pareil
crime ? Et pourquoi auroit-il redouté le jeune
Oppianicus qui n'a pu ouvrir la bouche (1)
dans cette cause ? ne savoit-il pas que Cluentius ne pouvoit manquer d'accusateurs tant
que sa mère vivroit , comme on le verra bientôt ? auroit-il voulu , sans rien diminuer du
péril de l'accusation présente , la surcharger
d'un nouveau grief ? Quelle circonstance pour
donner du poison qu'un jour de nôces et une
multitude de convives ! Par qui a-t-il donné
ce poison ? où l'avoit-il pris ? comment un
autre a-t-il saisi le breuvage ? pourquoi , ayant
manqué son coup, ne pas essayer de nouveau ?
J'aurois encore bien des choses à dire ; mais
je ne veux pas qu'on m'accuse d'avoir tout dit

(1) Parce qu'il manquoit de talens pour la parole ,
et non parce que son âge ne lui permettoit point de
parler en public : Oppianicus étoit marié : peut-on
croire qu'il n'eût pas au moins dix-sept ans, âge auquel on pouvoit accuser ou défendre.

en feignant de me taire. Le fait se réfute assez
par lui-même. Le jeune homme, dites-vous,
mourut dès qu'il eut avalé le breuvage. Insigne et impudent mensonge ! je soutiens qu'il
ne mourut pas même dans la journée. Ecoutez, Romains, ce qui a causé sa mort. Etant
venu au repas avec une mauvaise disposition,
et s'étant peu ménagé comme il n'est que trop
ordinaire à cet âge, il tomba malade, et mourut au bout de quelques jours. Et qui dépose
de ce fait ? Le même qui témoigne ici sa
douleur, le père du jeune homme? Oui, ce
père malheureux qui, affligé de la perte de
son fils, auroit pu, sur le moindre soupçon,
venir témoigner contre Cluentius dans ce tribunal, le justifier lui-même par son témoignage. Greffier, lisez sa déposition : et vous,
père infortuné, si la douleur vous le permet,
levez-vous un instant, soutenez une lecture
qui vous sera pénible, mais qui est indispensable pour ma cause. Je ne m'arrêterai pas
plus long-tems à ce grief, puisque, par un
trait de vertu bien digne de vous, vous
n'avez pas voulu que votre affliction pût servir à rendre victime de la calomnie un citoyen
innocent.

On lit la déposition du père de Balbutius.

Il me reste maintenant, Romains, à détruire un chef d'accusation qui vous apprendra que tous les maux qui ont accablé Cluentius, depuis plusieurs années, toutes les in-
quiétudes et toutes les peines qu'il éprouve
aujourd'hui, sont l'ouvrage de sa mère. A entendre les accusateurs, Oppianicus est mort
du poison qui lui a été donné, dans du pain,
par un certain Asellius, son intime ami, et
tout s'est fait à l'instigation de Cluentius. Mais
je le demande d'abord, quel motif Cluentius
avoit-il de se défaire d'Oppianicus? Il y avoit
entr'eux, je l'avoue. d'anciennes inimitiés ;
mais, je le sais aussi, on ne cherche ordinairement à se délivrer de ses ennemis, que
parce qu'on les craint ou qu'on les haït. Or,
quelle crainte a pu engager Cluentius à commettre un pareil crime? Y avoit-il raison de redouter Oppianicus, déjà puni pour ses forfaits
et banni de Rome ? Pouvoit-on appréhender
d'être attaqué par un homme sans ressource,
accusé par un homme condamné, chargé par
la déposition d'un exilé ? Que si Cluentius a
voulu lui ôter la vie, parce qu'il le haïssoit,

avoit-il la folie de regarder, comme une véritable vie, l'existence d'un homme condamné,
exilé, abandonné de tout le monde; d'un
homme si décrié par la noirceur de son ame,
que personne ne vouloit ni le recevoir dans
sa maison, ni l'entretenir, ni l'aborder (1),
ni même le regarder ? Cluentius pouvoit-il
lui envier une telle vie ? Quand il lui auroit
porté une haine mortelle et implacable, ne
devoit-il pas désirer qu'il vécut long-tems ?
L'ennemi d'Oppianicus auroit-il donc hâté son
trépas, un trépas son unique refuge dans l'infortune ? Oppianicus lui-même, s'il eût eu la
moindre vertu, la moindre résolution, ne
se seroit-il pas donné la mort, comme ont fait
tant d'hommes courageux, dans de semblables
disgraces ? Or, son ennemi lui auroit-il procuré ce qu'il devoit se souhaiter à lui-même ?
Car enfin, quel mal la mort a-t-elle pu lui
faire ? à moins peut-être que nous ne pensions (2), sur la foi de fables et de contes pué-

(1) J'ai lu *adire* au lieu d'*audire*, et *aspicere* au
lieu de *respicere*.

(2) Cicéron, pour l'intérêt de sa cause, et sans
doute pour complaire aux juges dont la plupart pou-

rils, qu'il souffre, dans les enfers, les supplices préparés contre les méchans, qu'il y a
trouvé plus d'ennemis qu'il n'en a laissé sur
la terre, que les mânes vengeurs de sa
belle-mère, de ses épouses, de son frère, de
ses enfans, l'ont précipité dans le séjour des
scélérats. Mais si tout ce qu'on dit des enfers
est faux, comme personne n'en doute, qu'est-
ce que la mort lui a ôté, sinon le sentiment
de ses peines ?

Mais enfin par qui le poison a - t - il été
donné? c'est, dites vous, Oppianicus, par la
main d'Asellius. Quelle liaison y avoit il entre
lui et Cluentius? aucune: il y avoit même
plutôt de l'inimitié, parce qu'il étoit intime
ami d'Oppianicus votre père. Auroit-il donc
choisi préférablement à tout autre pour lui confier le projet de son crime et de la mort de son
ennemi, un homme qu'il savoit être avec
lui assez mal et très-bien avec Oppianicus?
Mais pourquoi vous, que la tendresse filiale a
porté à entreprendre cette accusation, pour-

voient être Epicuriens, soutient ici une opinion qui
n'étoit pas la sienne, et qu'il combat ailleurs. Nous
n'avons garde de le louer de faire ainsi le sacrifice de
ses sentimens au besoin de la conjoncture.

quoi laissez-vous si long-tems Asellius sans le
poursuivre ? pourquoi , à l'exemple de Cluentius , n'avez-vous pas commencé par faire condamner celui qui avoit apporté le poison ,
pour former un préjugé contre l'auteur de
l'empoisonnement ? d'ailleurs , quoi de plus
nouveau, de plus extraordinaire , de moins
vraisemblable , que de donner du poison dans
du pain plutôt que de le mêler dans un breuvage ? étoit-il plus facile (1) de le cacher en
le mettant dans un morceau de pain qu'en le
fondant tout entier dans une liqueur ? L'effet
en devoit-il être plus prompt , ainsi mangé
avec un aliment solide , que s'il se fût insinué,
à la faveur d'une boisson , dans les veines et
dans toutes les parties du corps ? et si l'on se
fût défié de quelque chose , pouvoit-il être
moins apperçu dans du pain , que lorsqu'in-
fusé dans du vin , on ne pouvoit plus l'en
distinguer ?

Mais , dites-vous , Oppianicus est mort subitement. Quand la chose seroit vraie , ces
sortes de morts sont trop communes pour
qu'on pût asseoir sur cela, seul un soupçon bien

(I) Latin *faciliùs-ne potuit* , sous-entendez *in pane
dari*.

fondé d'empoisonnement ; et quand il y auroit matière à soupçon, c'est sur d'autres que Cluentius qu'il devroit tomber. Mais cette mort subite est de la part de nos adversaires la plus hardie imposture. Pour vous en convaincre, Romains, apprenez les détails de la mort d'Oppianicus, et par quelle intrigue la mère de Cluentius est venue ensuite à bout de faire accuser son fils banni, errant. Oppianicus ne trouvoit nulle part d'asyle. S'étant retiré dans le territoire de Falerne (1) chez Quintilius, il y fut bientôt attaqué d'une maladie longue et sérieuse. Sassia, sa femme, étoit avec lui. Elle avoit ordinairement en sa compagnie un certain Statius Albius, laboureur, homme robuste, avec lequel elle vivoit dans une familiarité que n'auroit pu souffrir le mari le plus commode et dont la fortune eût été meilleure : mais elle s'imaginoit que la condamnation de son époux avoit rompu les liens sacrés du mariage. Un certain Nicostrate, esclave affidé d'Oppianicus, extrêmement curieux et incapable de mentir, avoit coutume de faire bien des rapports à son maître. Ce-

_____

(1) Dans la Campanie. *Un certain Statius Albius*, affranchi sans doute d'Oppianicus, dont il portoit les deux prénoms.

pendant Oppianicus, qui étoit dans sa convalescence, ne pouvant souffrir plus long-tems les outrages que lui faisoit le laboureur de Falerne, partit pour se rendre à un des faux-bourgs de Rome (1) où il étoit dans l'usage de louer un petit logement. Il tomba, dit-on, de cheval ; déja d'une santé foible, il se blessa fortement au côté. arriva avec la fièvre, et mourut en très-peu de jours. En un mot, Romains, sa mort ne sauroit donner de soupçons contre qui que ce soit, ou si elle en peut faire naître, dans sa propre maison, c'est des personnes accoutumées au crime, qu'il faut les porter.

Aussi-tôt après la mort d'Oppianicus, la cruelle Sassia, appliquée à chercher les moyens de perdre son fils, résolut de faire informer sur la mort de son époux. Pour cela, elle achète du médecin Rupilius, qui avoit traité Oppianicus dans sa dernière maladie, un esclave nommé Straton, comme pour imiter Cluentius qui avoit acheté Diogène (2). Elle annonce qu'elle va faire mettre à la torture ce

(1) Latin *huc ad urbem*, c'est-à-dire, *propè urbem*.

(2) Voyez plus haut.

Straton , avec un certain esclave qu'elle avoit
toujours à sa suite. Outre cela , pour se venger
des rapports trop fidèles que Nicostrate avoit
faits à son maître , elle le demande au jeune
Oppianicus, afin de l'appliquer aussi à la
question. Oppianicus , qui n'étoit alors qu'un
enfant, et à qui l'on disoit qu'on vouloit informer sur la mort de son père , n'osa rien refuser à Sassia , quoique bien persuadé que
cet esclave lui étoit aussi sincèrement attaché
qu'il l'avoit toujours été à son père. On assemble en grand nombre les hôtes et amis d'Oppianicus et de Sassia elle-même , hommes pleins
de mérite et d'honneur. On donne aux esclaves la question la plus rude : pour leur faire
dire ce qu'on souhaite, on cherche à les ébranler par l'espérance et par la crainte ; mais la
grande considération des personnes présentes,
je m'imagine, jointe à la violence de la torture,
les rendit fidèles à la vérité , et leur fit déclarer constamment qu'ils ne savoient rien.
De l'avis de tous ceux qu'on avoit appellés, on
mit fin ce jour-là à la question. Assez long-tems
après on les assemble de nouveau , et les esclaves sont appliqués une seconde fois à la
torture. On épuise tout ce que peuvent avoir

de plus affreux de pareils tourmens : les témoins détournent les yeux ne pouvant plus
soutenir ce spectacle. La barbare, l'impitoya-
ble Sassia étoit furieuse de voir que les choses
ne tournoient pas au gré de ses espérances.
Les bourreaux, les instrumens même de la
torture étoient fatigués, et elle persistoit toujours, lorsqu'un des assistans, homme d'une
vertu rare, qui avoit passé par tous les honneurs, s'écria qu'il ne voyoit que trop bien
qu'on ne cherchoit pas à découvrir la vérité,
mais à arracher aux esclaves une dénonciation
fausse. Les autres furent de son avis, et il fut
décidé unanimement qu'il falloit mettre fin à
la torture. Nicostrate est donc rendu au jeûne
Oppianicus ; et Sassia part pour Larinum, dé-
sesperée de voir que son fils échapperoit ; un
fils qui ne se trouvoit atteint d'aucun crime
réel ni même d'aucun soupçon fondé ; un fils
que n'avoient pu entamer, ni les attaques
ouvertes de ses ennemis, ni les intrigues secrettes de sa mère. De retour à Larinum, elle
donne aussitôt une boutique de pharmacie
toute montée à ce même Straton qu'elle avoit
feint de croire coupable de l'empoisonnement
de son époux.

Un an , deux ans , trois ans se passent , et
Sassia restoit tranquille , paroissant souhaiter
du mal à son fils , plutôt que travailler à lui
en faire. Sous le consulat d'Hortensius et de
Métellus , pour entraîner le jeune Oppianicus
dans une accusation à laquelle il ne songeoit
nullement , elle lui fait épouser malgré lui une
fille qu'elle avoit eue de son gendre , afin que
le tenant enchaîné par les liens du mariage
et engagé par l'espoir de sa succession , elle
pût disposer de lui à son gré. A-peu-près dans
ce même tems , Straton , le nouveau médecin,
commet un vol et un meurtre dans la maison
da sa maîtresse. Elle avoit chez elle une armoire
où il savoit qu'étoit renfermé de l'argent monnoyé et quelques livres d'or : il tue la nuit deux
esclaves durant leur sommeil , et les jette dans
un vivier voisin. Ensuite il coupe le bas de l'armoire : et emporte un nombre (1) de sesterces
d'argent, et cinq livres pesant d'or , n'ayant

_____

(1) Le mot de sesterces est exprimé dans le texte ,
et non le nombre qui manque. Quelques commentateurs remarquent , avec raison , au sujet d'*aurum* ,
que ce n'étoit pas de l'or monnoyé , mais en masse.
En effet , je pense qu'*aurum* signifie de l'or en masse
ou travaillé , et non de l'or monnoyé.

d'autre complice de ce double crime qu'un esclave encore fort jeune. Le lendemain, lorsqu'on se fût apperçu du vol, tous les soupçons tombèrent sur les esclaves qui avoient
disparu. On avoit remarqué que l'armoire avoit
été coupée par le bas, et l'on examinoit comment la chose avoit pu se faire. Un des amis
de Sassia se souvint d'avoir vu vendre à une
enchère, entre autres petits meubles, une scie
crochue, tournante et dentelée (1) de tous
côtés, propre à faire une ouverture pareille.
Aussitôt on s'informe aux crieurs publics, et l'on
découvre que c'étoit Straton qui avoit acheté
la scie. A ce premier indice qui donnoit de
grands soupçons, et qui même formoit déja
une présomption forte contre le médecin, se
joignit l'aveu du jeune esclave, témoin du
meurtre et du vol, lequel intimidé, déclara
tout à sa maîtresse. Les corps des deux esclaves furent trouvés dans le vivier. Straton fut
chargé de fers, et l'on reprit même dans la
boutique une partie des sesterces. On se dispose à informer sur le vol : car quel autre objet

(1) J'ai lu *dentatum* au lieu de *dentium*. Cette leçon est confirmée par un livre où se trouve cette
phrase de l'orateur.

pouvoit

pouvoit avoir cette nouvelle information ?
Quoi ? Attius, des esclaves avoient été as-
sassinés, l'armoire percée, de l'argent emporté, on ne l'avoit pas recouvré tout entier ;
et vous direz que ce n'étoit pas sur ce vol,
mais sur la mort d'Oppianicus qu'on faisoit
des recherches ? A qui le persuaderez-vous ?
Pourriez-vous rien alléguer de moins vraisemblable ? Sans parler de tant d'autres raisons,
quelle apparence que, trois ans après la mort
d'Oppianicus, on fit de nouvelles informations
sur cette mort ? Cependant Sassia, par un effet de la haine invétérée qu'elle portoit à son
fils, sans aucun autre motif, demanda une
seconde fois Nicostrate pour le mettre à la
torture. Oppianicus le refusa d'abord : mais
sur les menaces qu'elle lui fit d'emmener sa
fille et de changer son testament, il abandonna le plus fidèle des esclaves à la plus
cruelle des femmes, pour être mis à la question, ou plutôt pour être livré au supplice.

C'étoit donc après trois ans d'intervalle que
Sassia faisoit mettre des esclaves à la question
pour informer de la mort de son époux ? et
quels étoient ces esclaves ? Sans doute, on
faisoit de nouveaux reproches, on soupçon-

noit des personnes nouvelles. C'étoit encore
Straton et Nicostrate. Mais n'avoit-on pas interrogé à Rome ces mêmes esclaves ? comment ? Sassia , non plus enflammée par l'a-
mour (1) , mais animée par le crime , leur avoit
fait subir la question à Rome ; de l'avis d'Annius , de Rutilius , de Saturius , et d'autres
personnages distingués , il avoit été décidé
qu'on ne pousseroit pas plus loin la torture ;
enfin trois ans se sont écoulés , et Sassia , pour
perdre son fils , entreprend d'informer sur le
même objet , de mettre à la torture les mêmes esclaves , sans appeller , je ne dirai pas
aucun homme (car on pourroit dire que le
laboureur de Falerne étoit présent) , mais aucun homme de bien ! Direz-vous (2) , Attius ,
(car je prévois ce que vous pouvez dire, quoique vous ne l'ayez pas dit encore) direz-vous
que Straton interrogé sur le vol , a fait l'aveu
de l'empoisonnement ? Voilà , Romains , com-

_____

(1) Latin , *morbo* , sous-entendez *animi* , c'est-à-
dire , *amore et cupidine.*

(2) *An hoc dicitis* , sans doute *vos accusatores* ;
Atti et Oppianice. Ensuite au lieu de *non esset dictum* , je voudrois *non sit dictum.* Après *dictum* , des
éditions portent *mementote.*

ment la vérité , obscurcie par les manéges de
l'intrigue, dissipe souvent le nuage , et paroît
dans tout son jour ; voilà comment l'innocence, dont on étouffoit la voix , respire enfin , et se fait entendre : ordinairement ceux
qui ont assez de subtilité pour imaginer , n'ont
pas assez de hardiesse pour exécuter , et ceux
dont l'audace déterminée n'est retenue par aucune crainte , manquent des ressources de l'ar-
tifice. Que si la ruse étoit entreprenante ou
l'audace rusée , il ne seroit guère possible de
résister anx méchans. Est-ce qu'il n'y a pas eu
de vol commis ? mais rien n'étoit plus notoire
à Larinum. Le soupçon ne tomboit-il pas sur
Straton ? Mais et la petite Scié l'inculpoit et son
jeune complice le dénonçoit. N'avoit-on pas
pour but dans la question d'informer du vol ?
Mais par quel autre motif auroit-on employé
la question ? Direz-vous (1) , Attius , ce que
vous avez à dire, et ce que Sassia ne cessoit
alors de répéter, que Straton interrogé sur le
vol a fait l'aveu de l'empoisonnement ? Voilà
justement , Romains , ce que je disois tout-à-
l'heure ; Sassia, remplie d'audace , manque de

(1) *An*, sous-entendez *dicitis* ou *dicetis*.

jugement et de réflexion. On produit plusieurs registres où sont consignés les interrogatoires ; vous les avez vus, vous en avez entendu la lecture : ce sont ceux même que je vous ai dit avoir été signés. Ces registres ne disent pas un mot du vol. Il n'est pas venu dans l'esprit à Sassia de commencer par le vol, en faisant écrire les interrogatoires, et d'ajouter ensuite au sujet de l'empoisonnement quelque aveu arraché par la douleur plutôt que tiré par des interrogatoires. Il ne s'agissoit que du vol dans la dernière torture, puisque le soupçon d'empoisonnement avoit déja été détruit dans la première information, comme l'avoit annoncé par sa conduite la même Sassia. Elle avoit décidé à Rome, de l'avis de ses amis, qu'on ne pousseroit pas plus loin la torture ; pendant les trois années qui suivirent, elle avoit chéri et considéré Straton plus que tous ses autres esclaves, elle lui avoit procuré les plus grands avantages. Lors donc qu'on mettoit Straton à la torture pour l'interroger sur le vol, et sur un vol dont il étoit évidemment coupable, il a fait sur-le-champ l'aveu de l'empoisonnement, et il n'a pas dit un mot du vol, ni dans ses premières réponses, ni même

au milieu ou à la fin , dans aucun endroit de
la question !

Vous le voyez , ô vous qui êtes nos juges ,
cette mère barbare a écrit tout le prétendu interrogatoire de la même main dont elle voudroit égorger son fils si elle le pouvoit : et cet
interrogatoire , quel qu'il soit, par qui a-t-il
été signé ? Dites-nous le , Attius , nommez-
nous quelqu'un. Vous ne trouverez pas un seul
homme , si ce n'est peut-être celui dont j'aimerois mieux encore qu'on présentât la signature
que de n'en faire paroître aucune. Quoi donc ?
vous produirez en justice un écrit qui dénonce
un crime capital, un écrit qui doit décider du
sort et de toute l'existence d'un citoyen ; et
vous ne donnerez nulle autorité à cet écrit ,
vous ne le confirmerez par nulle signature , par
nul témoignage ! Une pièce odieuse , forgée et
présentée par une mère, le poignard aiguisé
par elle pour assassiner un fils innocent , des
juges respectables pourront le consacrer ! L'é-
crit , sans doute , n'est d'aucun poids : mais
l'interrogatoire même , pourquoi n'a-t-il pas
été réservé pour nos juges , pour le jugement
actuel , ou du moins pour les hôtes et les amis
d'Oppianicus, que Sassia avoit appellés dans une

V 3

première information ? que sont devenus Straton et Nicostrate ? Je vous le demande, Oppianicus, qu'a-t-on fait de votre esclave Nicostrate ? Vous qui aviez le projet d'accuser
bientôt Cluentius, vous auriez dû l'amener à
Rome, lui permettre de tout dire, le présenter
aux juges, le conserver enfin, le réserver pour
être mis aujourd'hui à la question. Quant à
Straton, sachez, Romains, qu'il a été mis en
croix, après avoir eu la langue coupée : c'est
un fait connu de tout Larinum. Cette femme
insensée ne redoutoit ni les cris de sa conscience, ni la haine de ses concitoyens, ni les
discours du public ; et comme si toute la terre
ne devoit pas être témoin de son crime, elle
craignoit de s'entendre condamner par les dernières paroles d'un esclave expirant.

Dieux immortels ! vit-on jamais dans aucun pays du monde rien d'aussi énorme,
d'aussi prodigieux ? quel forfait inouï ! quel
monstre de scélératesse ! dans quel antre, dans
quel gouffre a-t-il pris naissance ? Sans doute,
Romains, vous voyez à présent que si, dans
le commencement de mon discours, je me
suis permis contre la mère de Cluentius des
paroles un peu dures, j'y ai été porté par les

motifs les plus forts et les plus indispensables.
Il n'est point de méchanceté ni de crime que
cette marâtre n'ait imaginé, conçu, médité,
exécuté contre son fils. Je ne parle pas des premiers excès d'une détestable passion, de ce
mariage incestueux avec son gendre, d'une
fille chassée du lit nuptial par l'amour infâme
de sa mère ; ces crimes faisoient la honte de
toute la famille de Cluentius, mais n'intéressoient point encore sa propre sûreté : je ne me
plains pas de ce second mariage contracté
avec Oppianicus, de cet hymen dont elle exi-
gea pour gage le sang de ses beaux-fils, de
ces fêtes nuptiales (1) célébrées dans le deuil
et les funérailles d'une déplorable famille. Je
ne dis pas que bien instruite qu'Oppianicus
avoit fait proscrire et périr Aurius Mélinus,
dont elle avoit été alors la belle-mère, et
dont elle venoit d'être l'épouse, elle alla dresser un nouveau lit nuptial dans une maison
où elle voyoit tous les jours les indices de la
mort de son premier époux et les dépouilles

(1) On disoit d'une fille ou d'une femme *nubere in
domum* : remarquez *in familiae luctum atque in pri-
vignorum funus nupsit.*

V 4

de sa fortune. Ce que je lui reproche d'abord,
c'est ce projet (1) d'empoisonnement dont Fabricius devoit être le ministre, que Cluentius
lui-même ne pouvoit croire lorsqu'il lui fut
rapporté, que tout le monde regardoit comme
probable, et qui, aujourd'hui n'est plus
douteux pour personne. Sassia ne l'ignoroit
pas, sans doute, puisque Oppianicus ne
faisoit rien sans prendre son conseil ; supposé
qu'elle l'eût ignoré, la chose étant ensuite découverte, n'auroit-elle pas abandonné Oppianicus comme un pervers? que dis-je? ne l'auroit-
elle pas fui comme un ennemi cruel? N'auroit-
elle pas quitté pour toujours une maison qui
regorgeoit de crimes? Loin de l'avoir fait, elle
n'a, depuis ce tems, elle n'a laissé échapper aucune occasion d'agir contre son fils, de méditer
nuit et jour sa perte. Et d'abord, afin de s'assurer d'un accusateur dans la personne du
jeune Oppianicus, elle l'a enchaîné à ses projets de vengeance par de riches présens, par

_____

(1) J'ai traduit comme si on lisoit *illud scelus* et
non *de illo scelere*; cependant il ne faut rien changer au texte. *De illo scelere*, il y a une suspension,
et l'on doit sous-entendre *non est celata mater*.
Cette suspension, je n'ai pu la transporter en françois.

le mariage de sa fille , par l'espoir de sa
succession. Souvent, dans les familles, de
récentes inimitiés entre des parens, occasion-
nent des divorces et des ruptures d'alliance :
pour Sassia, elle crut ne pouvoir compter sur
l'accusateur de son fils , si , auparavant , elle
ne lui faisoit épouser la sœur de ce même fils :
de nouvelles alliances font souvent sacrifier de
vieilles haines ; Sassia a fait d'une alliance nouvelle un gage pour confirmer d'anciennes inimitiés. Après avoir montré tant d'empressement pour susciter un accusateur à son fils,
elle ne fut pas moins active pour lui mettre
des armes entre les mains. Delà ces subor-
nations d'esclaves , à force de menaces et de
promesses ; delà ces tortures aussi longues que
cruelles pour informer de la mort d'Oppianicus ; tortures auxquelles a mis fin , non la
sensibilité d'une femme , mais l'autorité de ses
amis. Ce sont les mêmes projets de crime qui
ont renouvellé ces tortures à Larinum , après
trois ans d'intervalle. Ces interrogatoires falsi-
fiés , cette langue indignement arrachée à un
esclave , sont l'ouvrage de la même fureur et
du même emportement. C'est Sassia', en un
mot, qui a imaginé et disposé tout le plan

de cette accusation. Après avoir envoyé à Rome
l'accusateur de son fils muni de toutes ces
armes, elle demeura quelque tems à Larinum
pour y chercher et y corrompre des témoins.
Dès qu'elle apprend que l'affaire va être instruite, elle part; elle accourt : les accusateurs
pourroient manquer de zèle, ou les témoins
d'argent ; et d'ailleurs une mère ne devoit pas
être privée du spectacle si doux d'un fils plongé
dans le deuil et accablé d'humiliations.

Et quel a été, croyez-vous, son voyage à
Rome? Je suis voisin d'Aquinum et de Vénafre (1) ; j'en ai appris des habitans toutes
les circonstances. Dans ces deux villes, hommes et femmes accouroient pour la voir : tous
gémissoient après l'avoir vue. Une mère entreprendre un si long voyage, des bords de la mer
Adriatique se transporter jusqu'à Rome, suivie
d'un nombreux cortége et chargée d'argent,
pour perdre plus facilement son fils, pour le
faire succomber dans un procès capital ! Il
n'y avoit personne, je le dirai presque, qui
n'eût voulu purifier tous les lieux par où elle

(1) Aquinum et Vénafre, villes voisines d'Arpinum, patrie de Cicéron.

passoit ; personne qui ne crut que cette mère
commune des hommes , la terre étoit souillée
par les pas d'une mère dénaturée. Aussi aucune ville ne lui permit-elle de s'arrêter dans
son enceinte : parmi un si grand nombre de
ses hôtes , il ne s'en trouva pas un seul qui
n'évitât son aspect comme un fléau contagieux.
N'espérant trouver d'asyle ni dans les villes,
ni dans les maisons de ses anciens hôtes , elle
croyoit ne pouvoir se confier qu'à la nuit et à
la solitude. Toutes ses démarches actuelles,
ses manœuvres, ses projets , croit-elle que personne de nous les ignore ? Nous savons ceux
qu'elle a sollicités , ceux à qui elle a promis
de l'argent , ceux dont elle a essayé de corrompre la religion. Nous sommes même instruits de ses sacrifices nocturnes qu'elle s'imagine être bien secrets , de ses prières impies
et de ses vœux sacriléges. Elle voudroit , à
ce qu'il semble , rendre les dieux mêmes complices de ses forfaits ; et elle ne voit pas que
c'est par une piété religieuse , par des prières
justes et saintes , que les immortels se laissent
fléchir , et non par une superstition exécrable , ni par des victimes immolées pour obtenir
le succès du crime. Aussi les dieux ont-ils re-

jeté de leurs autels et de leurs temples la fureur
d'une mère barbare ; oui, et je m'en repose
sur leur justice.

Vous , Romains , que la fortune a donnés à
Cluentius , comme autant d'autres dieux (1),
pour protéger tout le reste de sa vie , dérobez
un fils à la barbarie d'une pareille mère. Souvent des juges, par compassion pour les parens, ont pardonné à des enfans coupables :
nous vous en supplions, vous qui nous jugez aujourd'hui, ne sacrifiez pas une vie pas-
sée avec honneur au ressentiment d'une mère
inhumaine , sur-tout lorsque vous voyez une
ville se ranger toute entière du côté d'un fils
persécuté. La chose paroît incroyable, je le
dirai cependant sans crainte d'en trop dire ;
tous les habitans de Larinum qui ont été en état
de faire le voyage , se sont transportés à Rome,
empressés de secourir Cluentius , dans un si
grand péril, par leur présence et par l'activité
de leurs démarches. Oui , c'est aux enfans et
aux femmes qu'ils ont laissé la garde de leur
ville , encore que, dans ce tems de paix pour

_____

(1) *Comme autant d'autres dieux* , différens des
habitans du ciel.

toute l'Italie, elle ne soit gardée que par ses propres citoyens. Et ceux même qui n'ont pu venir, attendent l'issue de ce jugement avec autant d'inquiétude que leurs compatriotes ici présens. Ce n'est pas du sort d'un seul homme qu'ils croient que votre arrêt va décider, mais de la dignité de leur ville entière, de sa constitution et de tous ses priviléges. Car personne n'est ni plus zélé que Cluentius pour l'utilité publique, ni plus obligeant envers les particuliers, ni plus juste et plus équitable envers tout le monde. D'ailleurs, il soutient avec tant de distinction la noblesse du rang dont il a hérité de ses pères, qu'il ne leur est inférieur, ni en fermeté d'ame, ni en sagesse, ni en crédit, ni en générosité. Aussi le témoignage que lui rendent les habitans de Larinum dans leur décret public, exprime-t-il, et le jugement honorable qu'ils portent sur sa personne, et de plus leurs soucis et leurs allarmes sur la décision de son sort. Pendant qu'on fera la lecture du décret, levez-vous, je vous en conjure, vous qui avez été chargés de le présenter à ce tribunal.

On lit le décret du sénat de Larinum, qui ren-
ferme les témoignages honorables rendus en fa-
veur de Cluentius.

Les larmes que vous voyez répandre à ces
députés du sénat de Larinum, vous prouvent,
Romains, que tout le sénat (1) n'a rédigé son
décret que les larmes aux yeux. Mais quel zèle
encore, quelle affection, quel intérêt tendre,
n'ont pas fait éclater toutes les villes voisines !
Elles ne se sont pas contentées d'envoyer dans
des décrets les témoignages de leur estime ;
elles ont député un grand nombre de leurs
citoyens, les plus distingués chez elles et les
plus connus à Rome, pour assister au jugement, et pour rendre en personne à Cluentius le témoignage le plus avantageux. Vous
voyez ici des citoyens de Férente, hommes
de la première naissance ; des citoyens de Mar-
ruca, qui tiennent le même rang dans leur
ville ; tout ce qu'il y a de plus distingué dans
l'ordre des chevaliers romains à Théanum (1)

(1) Mot à mot, que les *décurions*. Nous avons déjà
observé qu'on appelloit décurions dans les villes municipales ceux qu'on appelloit sénateurs à Rome.

(1) Le latin dit *Theano Appulo*. On distinguoit

et à Lucérie. Bovies de même et tout le Samnium ont envoyé et chargé des plus honorables
décrets leurs citoyens les plus recommandables par le rang et par la noblesse. Quant à
tous ceux qui possèdent des fonds dans le territoire de Larinum , qui y font le commerce ,
ou qui ont des intérêts dans les pâturages publics , il me seroit difficile d'exprimer leurs in-
quiétudes et leurs craintes. Non ; je ne crois
pas que plusieurs puissent être autant ai-
més d'un seul , que Cluentius est chéri de
tout le monde. Que j'ai de regret de ne pas
voir à ce jugement Volusiénus , dont les vertus
égalent la considération ! Que ne puis-je y voir
aussi Helvidius , ce chevalier romain si estimable ! Mais comme il passoit les nuits et les
jours à me donner sur cette cause les instruc-
tions dont j'avois besoin , il s'est vu attaqué
d'une maladie dangereuse ; et dans cet état
même , il est plus inquiet du sort de son ami,
que de la conservation de ses jours. Le témoignage honorable de Rudicus , sénateur aussi
distingué par sa probité que par son rang ,

deux sortes de Théanum , *Theanum Appulum* et
Theanum Sidicinum.

vous apprendra, Romains, qu'il est animé du même zèle. C'est avec la même confiance, mais avec plus de réserve, que nous parlons de vous, Volumnius, parce que vous êtes un de nos juges. En un mot, pour ne pas trop m'étendre, tous ceux qui habitent dans le voisinage de Cluentius sont pénétrés pour lui de la plus vive affection.

Ce zèle et cet intérêt général pour Cluentius, les efforts que j'ai faits moi-même pour le succès d'une cause que j'ai plaidée seul suivant l'ancien usage (1), votre justice, Romains, et votre bonté naturelle, tout cela n'est combattu que par une seule ennemie, par une mère. Mais quelle mère? une femme qu'aveuglent, que transportent ses crimes et ses fureurs, comme vous le voyez vous-mêmes, une femme dont aucune honte n'arrêta jamais la passion ; qui, par la dépravation de son ame, pervertit indignement les droits les plus sacrés parmi les hommes ; que sa folie ne permet point de placer, parmi les êtres raisonnables, que sa violence exclut du nombre des

(1) Du temps de Cicéron, il y avoit souvent plusieurs accusateurs et plusieurs défenseurs dans une même cause.

femmes,

femmes, que sa cruauté rend indigne du titre de
mère. Créature monstrueuse, elle a violé, con-
fondu tous les droits, tous les titres de la nature, tous les liens et tous les noms, épouse
de son gendre, marâtre de son propre fils,
rivale de sa fille : tels ont été enfin tous ses excès qu'elle ne tient plus à l'humanité que par
la figure. Ainsi, Romains, si vous détestez le
crime, arrêtez le bras d'une mère qui brûle
de répandre le sang de son fils, causez à une
mère la douleur extrême de sauver et d'absoudre son enfant ; permettez qu'une mère n'ait
pas lieu de s'applaudir de se voir privée d'un
fils, souffrez que votre équité lui ravisse ce sujet
de triomphe et de joie. Mais si, comme votre
caractère vous y porte, si vous chérissez la pudeur, la bonté, la vertu, délivrez enfin de
ses maux Cluentius, votre suppliant, qui, depuis tant d'années, gémit dans la persécution,
en butte à tous les traits d'une prévention injuste ; Cluentius qui, d'après ce funeste incendie, allumé par la passion et la fureur,
ne sent ranimer sa confiance que par l'espoir
en votre équité, et ne commence que d'aujour-
d'hui à respirer de ses craintes ; Cluentius qui
n'a de ressource qu'en vous, dont tant de

Tome V.   X

personnes désirent le salut, et que vous seuls pouvez sauver. Il vous en supplie, Romains, il vous en conjure, les larmes aux yeux ; ne le sacrifiez pas à la prévention publique, qui ne doit jamais être écoutée dans les jugemens, ne l'abandonnez pas à une mère cruelle dont vous devez rejetter avec indignation les vœux et les prières, ne l'immolez pas à Oppianicus, à un homme mort, à un homme détestable, trop justemen condamné.

Que si, malgré son innocence, un arrêt déplorable met le comble à ses disgraces ; supposé qu'après ce malheur, il consente encore à vivre, ce qui n'est guère possible, il se plaindra souvent et avec amertume que le poison ait été surpris entre les mains de Scamandre. Si on n'eût point alors découvert le projet d'empoisonnement, le poison n'étoit pour cet infortuné qu'un remède à tous ses maux. Peut-être sa mère eût-elle accompagné ses funérailles, peut-être eût-elle feint de verser quelques larmes sur sa tombe. Mais aujourd'hui qu'aura-t-il gagné en échappant aux embûches de la mort, sinon d'être réservé à traîner sa vie dans l'affliction, et d'être privé, après son trépas, de la sépulture de ses pères ? Depuis trop long-tems , Romains , il languit dans la douleur et dans les larmes ; depuis trop long-tems il se voit victime de la prévention publique. Est-il quelqu'un , excepté une mère , quelque injuste qu'il se soit montré envers Cluentius , dont le ressentiment ne soit enfin assouvi ? vous , Romains , qui êtes justes envers tous, qui vous plaisez à relever avec plus de bonté le malheureux qu'on opprime plus cruellement ; conservez aujourd'hui Cluentius , rendez-le à sa ville , à ses voisins , à ses amis, à ses hôtes , dont vous voyez le zèle et l'affection ; attachez-le à vous et à vos enfans , par les liens d'une reconnoissance éternelle. Ce jugement est digne de votre justice et de votre clémence. Oui, il est digne de vous d'arracher à ses longues infortunes un homme aussi vertueux qu'innocent, un homme cher et agréable à tant de personnes : votre arrêt doit apprendre à tous que la prévention peut avoir lieu dans les assemblées du peuple, mais que la vérité seule est écoutée dans vos tribunaux.

DISCOURS

POUR LA LOI MANILIA.

Sommaire.

LUCIUS Lucullus, après avoir commandé l'armée romaine près de sept ans dans l'Asie mineure en qualité de proconsul, et avoir remporté plusieurs victoires sur Mithridate, fut rappellé par le sénat. La guerre n'étant pas encore terminée, il fallut délibérer sur le choix du général qu'on enverroit à sa place. Caïus Manilius, tribun du peuple, avoit porté une loi pour choisir Pompée qui alors terminoit la guerre contre les Pirates. D'illustres personnages, entre autres Quintus Catulus et Quintus Hortensius, s'opposoient à la loi du tribun. Cicéron qui alors étoit préteur, monte pour la première fois à la tribune aux harangues, dans le dessein d'appuyer la loi Manilia, et de faire donner à Pompée le commandement de la guerre contre Mithridate.

Cette harangue renferme toutes les parties principales d'un discours, exorde, narration, confirmation, réfutation, péroraison.

Dans son exorde, Cicéron explique pourquoi il n'a point paru jusqu'à ce jour à la tribune aux harangues ; il parle avec beaucoup de modestie de lui-même, et montre ce qui le rassure en paroissant devant une si auguste assemblée.

La narration est fort courte : on y voit quels ennemis on a encore à combattre, et le général que tous demandent contre ces ennemis.

La confirmation est divisée en trois parties. La nature de la guerre présente, son importance, le général qu'on doit choisir.

La guerre est de nature à faire désirer qu'on la poursuive, une guerre qui intéresse la gloire du nom romain, le salut des alliés, les plus beaux revenus de l'empire, la fortune d'un grand nombre de particuliers, fortune dont dépend celle de la République. Tous ces divers articles sont démontrés les uns après les autres.

Avant de prouver l'importance de la guerre présente, l'orateur rend à Lucullus toute la justice qui lui est dûe ; il montre ce qui l'a em-

X 3.

pêché de la terminer , et comment ce qui en reste
eucore est important.

La troisième partie est sans contredit la plus
brillante et la plus étendue : Cicéron y déploie
toutes les richesses de la plus magnifique éloquence. Il loue un grand homme , et il le loue
d'une manière digne de lui. La science des armes , les vertus guerrières , la réputation et le
bonheur ; telles sont les qualités qui forment
un parfait général , et que réunit Pompée dans
un degré suprême. La lecture seule de cette
partie du discours peut donner une idée de la
manière dont les louanges prodiguées a Pompée,
sont établies par les hauts faits et par les rares
vertus de cet homme incomparable , qui , à tous
les autres avantages , joint encore celui d'être
sur les lieux , et avec une armée qu'il commande.
On reproche à cette partie du discours, et peut-
être avec quelque fondement , un peu de jeunesse dans le style , et d'exagération dans les
louanges.

Après avoir bien établi ce qu'il vouloit prouver, l'orateur passe à la réfutation. Hortensius
s'étoit déja opposé à la loi de Gabinius qui
nommoit Pompée généralissime de la guerre
contre les Pirates ; il s'opposoit encore à celle de

Manilius , il prétendoit qu'on ne devoit pas tout accumuler sur une seule tête ; Catulus ne vouloit pas qu'on dérogeât aux anciennes loix et aux anciennes coutumes : Cicéron les réfute l'un et l'autre d'une manière solide ou du moins très-séduisante. Il leur prouve qu'une guerre contre deux rois , une guerre en Asie, demande et les grands talens et les excellentes vertus de Pompée.

Dans la péroraison , il exhorte le tribun Manilius à être ferme , à ne craindre ni les menaces ni les violences ; il lui promet de le soutenir de tout son crédit et de tout son pouvoir ; il montre que son zèle est pur et désintéressé , qu'il n'a en vue que l'utilité publique.

Cette harangue a été prononcée sous le consulat de Marcus Æmilius Lépidus , et de Caïus Volcatius Tullus , l'an de Rome 687 , de Cicéron 41.

HARANGUE POUR LA LOI MANILIA.

Vos grandes assemblées (1), Romains, m'ont toujours paru les plus propres à enflammer

(1) *Frequens conspectus vester,* c'est-à-dire, *frequens concio in quâ vos conspicimini.*

le génie d'un orateur ; cette tribune ma toujours paru le théâtre le plus brillant à la fois et le plus auguste où il puisse déployer son talent pour la parole et pour les délibérations publiques : si donc je ne me suis pas encore montré dans ce champ d'honneur toujours ouvert aux bons citoyens (1), on doit l'attribuer, non à un éloignement volontaire , mais au genre d'occupations que j'ai suivies dès mes premiers pas dans la carrière de l'éloquence. Comme je n'osois d'abord , à cause de ma grande jeunesse, approcher de la majesté de ce lieu, et que d'ailleurs j'étois convaincu qu'il n'y faut apporter que des productions du génie perfectionnées par le travail, j'ai cru devoir consacrer à la défense de mes amis tout le tems que mon peu d'expérience m'empêchoit de donner à la République. Par-là, sans que cette tribune ait manqué de zélés défenseurs de vos droits, mon application pure et désin-

(1) Il n'y avoit en général que les magistrats qui pussent paroître à la tribune ; tout particulier cependant pouvoit s'y montrer, quand il étoit produit et présenté par un magistrat. Cicéron auroit pu y parler lorsqu'il étoit édile ; il dit les raisons pour lesquelles il ne l'a pas fait.

téressée à défendre les particuliers dans leurs
périls, m'a fait recueillir le plus magnifique
témoignage de votre estime. Les Comices
ayant été rompus deux fois, je me suis vu
trois fois (1) nommé préteur le premier par
les suffrages unanimes des Centuries ; ce qui
m'a fait connoître, Romains, l'opinion que
vous aviez de moi, les vertus que vous exigiez
des autres. Aujourd'hui que je me vois autant de
considération que vous m'en avez donné vous-
mêmes par les honneurs dont je vous suis re-
devable, et autant de capacité qu'a pu en acquérir un homme laborieux par un exercice
presque continuel du barreau, c'est à moi,
sans doute, d'employer ce que je puis avoir
de considération au service de ceux à qui je
la dois ; et si j'ai quelque talent pour la parole, il faut que je le montre sur-tout à ceux
qui ont bien voulu récompenser ce talent par
les marques de distinction les plus flatteuses.

(1) Deux fois dans les comices qui furent inter-
rompus et où le peuple avoit déja manifesté son vœu,
la troisième fois dans les comices où il fut nommé et
proclamé. Il y avoit huit préteurs. On étoit nommé
le premier, quand on avoit eu le premier le nombre
de suffrages requis ; et ainsi des autres.

Étonné de paroître à cette tribune où je parle
pour la première fois, ce qui me rassure,
ce qui me donne sur-tout lieu de m'applaudir, c'est l'avantage de trouver une
cause où la matiere ne peut jamais manquer
à l'orateur. J'ai à parler des rares et sublimes
vertus de Pompée ; or, dans un pareil sujet,
il est plus difficile de s'arrêter que de commencer : je dois donc chercher à me borner
plutôt qu'à m'étendre.

Et afin de partir du point qui est le principe et l'occasion de toute cette cause, Mithridate et Tigrane, deux rois puissans, font
une guerre atroce et sanglante à nos tributaires et à nos alliés. On a laissé échapper
Mithridate ; Tigrane qu'on a irrité, croit avoir
trouvé l'occasion de s'emparer de l'Asie. Il
vient tous les jours de cette province, des
lettres à d'illustres chevaliers romains, qui
ont de gros intérêts (1) dans la levée de ces

(1) *Magnae res occupatae*, c'est-à-dire, *magnae
opes et facultates collocatae*. C'étoient les chevaliers
romains qui affermoient la levée des impôts, et dont
toute la fortune répondoit à l'état de la rentrée des
fonds. Sous ce rapport, ils étoient appellés *pu-
blicani.*

impôts, et qui par les rapports intimes, que j'ai avec l'ordre équestre, m'ont déféré une cause d'où dépendent le salut de l'empire et la conservation de leurs fortunes. Ces lettres portent que dans la Bithynie, actuellement une de vos provinces (1) un grand nombre de bourgs ont été réduits en cendres ; que le royaume entier d'Ariobarzane, qui confine à vos tributaires, est au pouvoir des ennemis; que Lucullus, après de glorieux exploits, abandonne le commandement de l'armée ; que celui qu'on a nommé son successeur (2) n'est point en état de soutenir le poids d'une pareille guerre ; que tous les alliés et tous les citoyens ne demandent, ne désirent qu'un seul homme pour général ; que cet homme est sans contredit le seul qui soit redouté des ennemis. Tel est, Romains, le véritable objet de la cause ; examinez maintenant quel parti il vous convient de prendre.

(1) Nicomède, roi de Bithynie, avoit légué son royaume au peuple romain. Ariobarzane, roi de Cappadoce.

(2) Marcus Acilius Glabrio, nommé successeur de Lucullus.

Je parlerai d'abord de la nature même de
cette guerre , ensuite de son importance ,
enfin du général qui doit fixer votre choix.

La guerre présente est de nature à exciter
vos esprits et à les enflammer du désir de la
poursuivre. Il s'agit ici de la gloire du nom
romain , gloire qui vous a été transmise par
vos ancêtres, et qui déja si grande dans le reste,
est supérieure à tout dans les armes : il s'agit
du salut de vos alliés et de vos amis , pour
lesquels vos ancêtres ont soutenu si souvent des
guerres longues et difficiles : il s'agit des revenus les plus considérables et les plus assurés
du peuple romain, dont la perte ne manque-
roit pas de vous priver de ce qui rend un état
florissant pendant la paix, et redoutable pendant la guerre : il s'agit de la fortune d'une
multitude de citoyens que vous devez protéger , et pour eux-mêmes et pour la République.

Et d'abord , comme vous fûtes toujours plus
jaloux et plus avides de gloire qu'aucune autre
nation , il vous faut venger l'affront qui vous
a été fait dans la première guerre contre Mithridate , il vous faut effacer la tache de déshonneur qui , imprimée au nom romain , n'a
fait que s'accroître avec le tems. Un prince

qui , en un seul jour , en vertu d'un simple ordre signifié par un seul courrier et par une seule lettre , a fait égorger tous les citoyens romains dans toutes les villes asiatiques de son obéissance ; ce prince n'a pas encore subi le juste châtiment de son attentat ; vingt-trois ans se sont écoulés , et il règne encore ; il règne , et loin qu'il se cache dans les retraites obscures du Pont et de la Cappadoce , on le voit sortir du royaume de ses ancêtres , pour se montrer dans vos provinces tributaires , c'est-à-dire dans le théâtre le plus brillant de l'Asie. Ceux de vos généraux qui jusqu'ici ont combattu ce monarque , ont remporté les honneurs de la victoire plutôt que la victoire même. Sylla et Muréna , guerriers aussi courageux qu'excellens capitaines , ont triomphé de Mithridate ; mais, quoique chassé et vaincu, ce prince régnoit malgré leurs triomphes. Toutefois on doit louer ces deux généraux de ce qu'ils ont fait, en les excusant de ce qu'ils ont laissé à faire ; c'est la République qui a rappellé Sylla dans l'Italie, et Sylla qui a rappellé Muréna (1).

(1) Le parti de Marius avoit l'avantage, et oppri=

Mithridate cependant employa tout le tems qu'on lui laissoit, non à se consoler de ses anciennes défaites, mais à se disposer à de nouvelles guerres. Après avoir créé de puissantes flottes, après avoir mis sur pied de nombreuses armées qu'il avoit rassemblées de presque tous les peuples de l'Asie, sous prétexte de faire la guerre aux habitans du Bosphore, ses voisins ; il envoya d'Ecbatane (1) jusqu'en Espagne des ambassadeurs aux généraux contre qui vous aviez alors à combattre, pour les pres-

moit les nobles. Ceux-ci rappellèrent Sylla, qui laissa en Asie Muréna, son lieutenant, pour continuer la guerre. Sylla conclut la paix avec Mithridate, et rappella Muréna.

(1) Ecbatane, capitale de l'empire des Perses, dans les états de Tigrane. Mais comment Mithridate, n'étant pas encore uni avec Tigrane, envoie-t-il des ambassadeurs d'une des villes de son royaume ? c'est une difficulté à laquelle il n'est pas facile de répondre. Au reste, les ambassadeurs que le prince envoya en Espagne étoient Lucius Magius et Lucius Fannius, qui avoient abandonné l'armée de Marius, et s'étoient réfugiés auprès de Mithridate. Sertorius, proscrit par Sylla, s'étoit retiré en Espagne, où il fit une guerre longue et sanglante aux généraux romains.

ser de nous attaquer puissamment par terre et
par mer. Il vouloit qu'assaillis à-la-fois par deux
redoutables ennemis, dans deux contrées di_
verses et fort éloignées l'une de l'autre, nous
fussions obligés de diviser nos forces, et réduits à combattre pour notre empire même.
Mais l'orage qui s'élevoit de l'Espagne où commandoit Sertorius, orage le plus violent sans
doute et le plus terrible, a été heureusement
dissipé par la rare prudence et la valeur extraordinaire de Pompée. Quant à la guerre
d'Asie, telle est la manière dont elle a été conduite par Lucullus, cet illustre personnage,
que ses premiers exploits, ces exploits si brillans, doivent être attribués à son courage plus
qu'à son bonheur, et que ses derniers revers
doivent être imputés à la fortune plutôt qu'à
aucune faute du général. Mais je parlerai ailleurs de Lucullus, sans qu'il paroisse que j'aie
voulu lui donner de fausses louanges, ni rien
lui dérober de celles qu'il mérite : ne nous
écartons pas ici de notre premier objet, c'est-
à-dire, montrons avec quelle ardeur vous devez défendre la gloire et la majesté de votre
empire.

Vos ancêtres ont souvent entrepris des guerres

pour une insulte faite à leurs commerçans et à leurs armateurs : et vous , après qu'on a massacré tant de milliers de citoyens romains par un même ordre et en un seul jour , quelles doivent être vos dispositions ? Vos pères ont détruit Corinthe , l'ornement de la Grèce , parce que dans cette ville on avoit fait à leurs ambassadeurs une réponse hautaine : (1) et vous , vous laisserez impuni un roi qui a fait charger de chaînes un *personnage consulaire* , ambassadeur du peuple romain , qui l'a fait battre de verges , l'a fait expirer avec ignominie dans les plus cruels supplices. Ils n'ont pu souffrir qu'on donnât la moindre atteinte à la liberté des citoyens romains ; vous souffrirez, vous, qu'on leur ôte la vie ? Ils ont vengé les droits d'ambassade violés par de simples paroles ; et vous ne vengerez pas la mort d'un ambassadeur du peuple romain qu'on a fait périr dans d'affreux tourmens ? Prenez garde qu'autant il a été honorable pour vos ancêtres de vous laisser un

---

(1) Cicéron diminue l'insulte faite aux ambassadeurs ; suivant Tite-Live , ils avoient été frappés et insultés. —— *Un personnage consulaire.* On croit que c'étoit Marcus Aquillius , qui avoit vaincu en Sicile les esclaves fugitifs.

empire

empire dans un si haut point de gloire, autant il ne soit honteux pour vous de ne pouvoir le maintenir dans l'état de splendeur où vous l'avez reçu.

Que dirai-je des grands périls auxquels cette guerre expose nos alliés? Ariobarzane, ami et allié de notre République, est déjà dépouillé de ses états. Deux rois puissans (1), vos ennemis déclarés, ennemis de tous les alliés, de tous les amis de votre empire, sont près de fondre sur toute l'Asie. Tous les peuples de l'Asie et de la Grèce, consternés du péril qui les menace, réclament votre secours et n'ont d'espoir qu'en vous seuls. Ils n'osent, depuis que vous leur avez envoyé un autre général (2), vous demander celui qu'ils désirent, parce qu'ils redoutent les suites d'une démarche si hasardeuse. Ils sentent, comme vous, que nous n'avons qu'un seul homme qui réunisse toutes les qualités dans un degré éminent : ils savent qu'il n'est pas éloigné de leurs frontières ;

(1) Mithridate et Tigrane.
(2) Glabrion, que ces peuples craignoient de choquer en demandant un autre général, *un seul homme*, Pompée, qui faisoit alors la guerre aux Pirates, dans des parages voisins de l'Asie.

Y

et c'est ce qui augmente leurs regrets : ils voient
qu'à son arrivée, quoiqu'il ne fût venu que
pour la guerre maritime, la seule terreur de
son nom a pu arrêter les progrès de l'ennemi et
rallentir son ardeur. N'osant donc vous en faire
hautement la demande, ils vous prient tacite-
ment de les croire aussi dignes que les alliés
des autres provinces d'être confiés à la garde
d'un tel homme, et même ils pensent le mériter d'autant plus qu'on envoie dans l'Asie des
gouverneurs qui la défendent, il est vrai,
contre l'ennemi, mais dont l'arrivée dans les
villes alliées diffère peu (1) d'une incursion
hostile. Ils savoient déjà par la renommée, et
ils voient maintenant par eux-mêmes, que la
douceur, la modération et l'humanité de Pompée font regarder comme les plus heureux les
peuples chez lesquels il prolonge le plus son
séjour. Si donc nos ancêtres, sans avoir reçu
aucune injure personnelle, ont entrepris la
guerre pour leurs alliés, contre Antiochus et
Philippe, contre les Etoliens et les Carthaginois (2) ; vous qu'on a provoqués par des ou-

(1) Par les rapines énormes qu'ils y exercent.

(2) Antiochus, roi de Syrie, ligué avec les Etoliens, inquiétoit les villes grecques alliées ; Philippe,

trages , quelle ardeur ne devez-vous pas montrer pour le salut de vos alliés et la dignité de
votre empire , sur-tout lorsqu'il s'agit d'assurer
vos plus beaux revenus ?

Vos revenus dans les autres provinces de cet
empire vous suffisent (1) à peine pour défendre
ces mêmes provinces ; mais l'Asie est une contrée si abondante et si riche , ses campagnes
sont si fertiles , ses productions si variées , ses
pâturages si étendus , les objets de son commerce si multipliés qu'elle l'emporte infiniment
sur tous les pays du monde. Ainsi, Romains ,
êtes-vous jaloux de conserver tous ces avantages
qui font votre force pendant la guerre , et votre
prospérité pendant la paix ? vous devez garantir
cette province non-seulement de tout malheur ,
mais même de toute crainte. Ordinairement ,
c'est lorsque la calamité arrive , qu'on éprouve
le dommage ; mais dans les revenus dont nous

roi de Macédoine , assiégeoit Athènes , unie aux Romains par une alliance; les Carthaginois attaquoient
en Sicile la ville de Messine, alliée des Romains :
ceux-ci marchèrent à son secours, et ce fut là l'origine de la première guerre punique.

(1) *Tanta ,* dans le latin , doit se prendre en un sens
diminutif, pour *tantula.*

Y 2

parlons , la seule appréhension du mal cause
une calamité. Quand l'ennemi est proche, quoiqu'il n'ait exercé encore aucune hostilité , les
troupeaux sont négligés, l'agriculture est aban-
donnée, l'agriculture et le commerce sont inter-
rompus, les principales sources de nos richesses,
les entrées, les dîmes, les droits de pâturages, tout tarit à-la-fois. Aussi , n'est-il pas rare
qu'une simple allarme, le bruit seul d'une guerre
nous fasse perdre le revenu de toute une année.
Dans quelle disposition ne doivent donc (1)
pas être ceux qui nous paient les impôts , ou
ceux qui se chargent de les lever, lorsqu'ils se
voient menacés par deux rois à la tête d'armées
formidables, lorsqu'une seule incursion de cavalerie peut nous ravir en un instant les fruits
d'une année entière , lorsque les fermiers de la
République se voient menacés de perdre ces
troupes nombreuses d'esclaves qu'ils entretien-
nent dans les salines (2), dans les campagnes ,

(1) J'ai traduit en suivant la leçon *quo igitur
animo*.

(2) Des savans prétendent qu'il n'y avoit pas de
salines en Asie , et que par conséquent il faudroit lire
salictis, sylvis ou *saltibus*, dans les saussaies, dans
les forêts ou dans les bois.

dans les ports et à l'entrée des villes? croyez-vous
donc que nous puissions jouir de tous nos revenus, si ceux qui nous en assurent la jouissance,
ne sont garantis, je le répète, non-seulement de
tout malheur, mais même de toute crainte?

Une dernière réflexion sur la nature de cette
guerre, et qui mérite aussi votre attention, c'est
que la fortune d'un grand nombre de nos
citoyens y court des risques ; et il est de votre
sagesse, Romains, de veiller soigneusement à
leur conserver cette fortune. Les fermiers de la
République, qui forment une classe d'hommes
si distinguée, si importante, ont engagé tout ce
qu'ils ont de bien dans la province d'Asie : or
leurs intérêts ne doivent point vous être indif-
férens. Car si on regarda toujours les impôts
comme le nerf de l'état, on peut dire aussi que
l'ordre préposé à la levée de ces impôts est
le soutien des ordres. D'ailleurs, combien de
Romains actifs et industrieux, établis en Asie
où ils commercent, dont vous devez ménager les
intérêts en leurs absence ! combien d'autres ont
placé des sommes considérables dans cette
même province en leur nom et au nom de
leurs proches ! Il est donc de votre humanité
de prévenir les malheurs d'un grand nombre

de vos concitoyens, et de votre sagesse de sentir que les malheurs d'une multitude de particuliers sont inséparables de ceux de la République. Envain vous vous (1) rassureriez par
l'espérance que la victoire vous fera rendre
aux fermiers de l'état les impôts qu'ils auront
perdus. D'abord, les pertes qu'auront essuyées
les uns, leur ôteront les moyens d'affermer
les mêmes impôts ; la crainte d'en essuyer encore, en ôtera aux autres la volonté. Ensuite,
instruits par nos disgraces, nous ne devons
pas avoir oublié la leçon que nous ont donnée,
au commencement de la guerre, la même province d'Asie et le même Mithridate. Nous savons
que les grandes pertes qu'ont faites en Asie
plusieurs de nos citoyens, ont empêché les
paiemens à Rome, et fait tomber le crédit ;
car il est possible que dans un état le désastre
de la fortune d'un nombre de particuliers at-
tire le même malheur sur beaucoup d'autres.
Garantissez la République de pareils maux ; et
croyez-moi, Romains, d'après ce que vous

(1) Je voudrois que le *primùm* fût transposé, et
qu'on lût de cette manière. *Etenim illud parvi re-
fert.... recuperare. Primùm enim neque iisdem.* J'ai
traduit en conséquence.

voyez vous-mêmes ; le crédit et la circulation de l'argent dans la ville et dans le forum , sont étroitement liés avec les fortunes d'Asie ; celles-ci ne peuvent être renversées sans qu'elles entraînent tout le reste dans leur ruine.

Balanceriez-vous après cela de vous porter avec ardeur à une guerre qui intéresse la gloire du nom Romain , le salut de vos alliés , la sûreté des plus beaux revenus , la fortune d'un grand nombre de particuliers , de laquelle dépend (1) le bien de la République ?

Après vous avoir fait connoître quelle est la nature de cette guerre , je vais vous apprendre en peu de mots quelle est son importance : car elle pourroit être trop indispensable pour qu'on pût y renoncer , sans qu'elle fût assez importante pour qu'on dût s'en allarmer. Il faut donc bien prendre garde de ne voir qu'avec mépris et indifférence ce qui mérite de vous la plus sérieuse attention.

Et pour que personne ne me reproche de ne point donner à Lucullus autant de louanges qu'il en est dû à un homme si sage et si

(1) J'ai suivi la leçon approuvée par des savans , *fortunae plurimorum civium cum republicâ conjunctae defenduntur.*

Y 4

courageux , à un si grand général , je dis qu'à
son arrivée Mithridate avoit sur pied une armée nombreuse fournie abondamment de toutes
les choses nécessaires ; que la ville de Cyzique,
une des plus célèbres de l'Asie, étoit assiégée
et vivement pressée par le monarque lui-même
avec presque toutes ses forces ; que, par son
courage , sa sagesse et son activité , Lucullus
a délivré du danger qui la menaçoit cette ville
notre alliée la plus fidèle : j'ajoute que le même
général a défait et coulé à fond une flotte
puissante , bien équipée , qui, sous la conduite
des lieutenans de Sertorius (1), se précipitoit
vers l'Italie avec une incroyable vîtesse ; que,
dans plusieurs combats , il a taillé en piéces
de nombreux corps de troupes ; qu'il a ouvert
à nos légions la province du Pont jusqu'alors
fermée aux armées romaines : qu'il n'a eu
besoin que de se montrer pour se rendre maître
de toutes les villes du Pont et de la Cappadoce,
entre autres , de Sinope et d'Amise, où Mithridate avoit deux palais remplis de richesses
immenses ; que ce prince, dépouillé du royaume
de ses ancêtres , s'est vu réduit à prendre la

(1) Des chefs que Sertorius avoit envoyés à Mithridate.

fuite , et à mendier le secours des rois et des
peuples voisins ; qu'enfin tous ces succès n'ont
rien coûté ni aux alliés ni aux tributaires de
Rome. Je crois donc avoir assez loué Lucullus pour vous faire convenir qu'aucun de
nos plus ardens adversaires ne l'a loué aussi
dignement dans cette tribune. On demandera
peut-être comment , après de si grands exploits,
ce qui reste de guerre pourroit avoir encore
de l'importance. La question est assez naturelle: je vais y répondre.

D'abord Mithridate s'est enfui de ses états
comme la fameuse Médée, dit-on, s'enfuit jadis
de la même province du Pont. Elle dispersa ,
à ce qu'on rapporte , les membres de son
frère sur le chemin où son père devoit la poursuivre , afin que ce père infortuné , occupé du
soin douloureux de recueillir les membres épars
de son fils, se trouvât retardé dans sa poursuite. De même Mithridate en fuyant a laissé
dans le Pont une quantité immense d'or et
d'argent, et toutes ces richesses précieuses qu'il
tenoit de ses ancêtres, ou que lui-même , durant
la guerre précédente , avoit enlevées de toute
l'Asie, et accumulées dans son royaume. Tandis que nos guerriers recueillent avec trop d'ar-

dcur les trésors du roi, sa personne leur échappe.
Ainsi, c'étoit la douleur qui avoit arrêté dans
sa poursuite le père de Médée ; ce fut la joie
qui arrêta nos Romains. Le prince effrayé et fu-
gitif fut accueilli par Tigrane, roi d'Arménie,
qui ranima son courage, lui redonna de la confiance, et lui rendit l'espoir. Lorsque Lucullus entra dans l'Arménie avec ses troupes, plusieurs des peuples voisins étoient soulevés contre
lui. On leur avoit fait prendre l'allarme, quoique le peuple Romain ne songeât pas à porter
chez eux la guerre, ni même à les entamer.
Un autre faux bruit dont ces barbares étoient
fortement prévenus, c'est que nos troupes s'é-
toient jettées dans ces contrées pour piller un
temple (1) révéré des peuples et rempli de richesses. Beaucoup de nations, et de nations
puissantes, étoient donc soulevées contre nous
par une nouvelle terreur. Notre armée avoit
pris une ville (2) dans le royaume de Tigrane,
elle avoit remporté plusieurs victoires ; nos soldats néanmoins ne se voyant qu'avec peine dans
un si grand éloignement de leur patrie et de

(1) Temple de Bellone, nommé Comane, dans une
ville du Pont appellée Comane, comme le temple.

(2) *Tigrano certè.*

leurs proches, soupiroient après leur retour.
Je n'en dirai pas davantage : ce fut là le terme
de leurs conquêtes ; et nos Romains rebutés,
loin de vouloir pénétrer plus avant, désiroient
de revenir au plutôt sur leurs pas.

Cependant Mithridate avoit déjà rassuré sa
troupe; et son parti se grossissoit tous les jours,
soit de ceux de ses sujets qui revenoient se
rassembler autour de lui, soit des forces que
lui amenoient les princes et les peuples voisins. Car les disgraces des rois, en exci-
tant la commisération, sollicitoient naturellement les secours, sur-tout des autres rois et
des peuples qui vivent dans des monarchies ;
le nom de roi est pour eux un titre saint et
vénérable. Mithridate vaincu a donc pu faire
ce qu'il n'avoit osé espérer dans la splendeur
de sa fortune. Rentré dans ses états, il ne se
contenta point de revoir, contre son attente,
un pays d'où il avoit été chassé, il osa même
attaquer nos troupes victorieuses et couvertes
de gloire. Ici, Romains, permettez qu'à
l'exemple des poëtes qui chantent nos exploits,
je passe sous silence notre disgrace (1): elle

(1) Lucius Flaccus, et ensuite Caïus Tiberius,
lieutenant de Lucullus, que ce général, revenant

fut si complette que Lucullus l'apprit par le
bruit public, et non par un courier envoyé
du combat. Dans une conjoncture aussi triste
et après un échec aussi cruel, Lucullus peut-
être eût réparé ce malheur en partie; mais se
voyant rappellé par les ordres du peuple, qui
crut, suivant les anciens usages, devoir borner la durée de son commandement (1), il
congédia une partie de ses soldats qui avoient
achevé le tems de leur service, et remit l'autre
à Glabrion.

Je supprime à dessein beaucoup de détails;
vous pouvez juger par vous-mêmes de l'importance de la guerre actuelle (2) : ce sont deux
rois puissans qui se liguent pour nous la faire;
ce sont des peuples soulevés qui la recom-
mencent; des nations nouvellement déclarées

à Rome pour demander le triomphe, avoit laissés
pour commander l'armée, essuyèrent chacun une défaite considérable, que Cicéron exagère en orateur.

(1) Il y avoit sept ans que Lucullus commandoit
en Asie; il y en avoit dix que servoit une partie
de ses soldats; or, le service n'étoit que de neuf
ans.

(2) Latin : *Quantùm illud bellum factum*, c'est-à-
dire, *quàm magnum factum*, *quantoperè auctum*. Des
éditions portent *futurum* au lieu de *factum*.

qui l'entreprennent ; enfin c'est un nouveau
général sans vieilles troupes qui doit la soutenir.

Je crois vous avoir assez convaincus de
la nécessité de cette guerre et de son importance, il me reste à vous entretenir sur le choix
du général qu'il convient de mettre à la tête
d'une pareille guerre. Plût aux Dieux que Rome
eût assez de braves et intègres citoyens pour
que vous fussiez embarrassés sur le choix de
celui qu'il faut charger d'une aussi grande entreprise! Mais puisque Pompée est le seul dont
la vertu ait effacé la gloire des plus grands capitaines de nos jours et même de tous les
siècles passés, pourquoi balanceriez-vous dans
la délibération présente?

Il me semble qu'un grand général doit réunir
en lui la science des armes, les vertus guerrières, la réputation et le bonheur.

Or, qui fut jamais ou dut être plus habile qu'un homme qui, des études et des exer-
cices du premier âge, est passé dans le camp de
son père, pour faire sous lui l'apprentissage
des armes dans une guerre difficile (1) et contre

_____

(1) La guerre civile contre Cinna. *D'un grand général*, d Sylla, *général d'une grande armée.* Plutarque et Florus disent qu'à l'âge de 23 ans, Pompée

des ennemis belliqueux ? Un homme qui, à
peine sorti de l'enfance , s'est vu lieutenant
d'un grand général , et à peine entré dans la
jeunesse , lui-même général d'une grande armée ? Un homme qui a livré plus de batailles
aux ennemis que d'autres n'ont eu de démêlés
avec des ennemis particuliers , qui a terminé
plus de guerres que plusieurs n'en ont lu , soumis
plus de provinces que d'autres n'ont désiré
d'en gouverner ; un homme enfin qui s'est formé
dans la jeunesse au grand art des combats ,
non sous les ordres d'autrui , mais à la tête
des troupes ; non par des malheurs , mais par
des victoires ; non par des campagnes , mais
par des triomphes ? Est-il une espèce de guerre
où la fortune de la République n'ait exercé ses
talens et son courage ? La guerre civile (1) ,

leva , dans les campagnes du Picentin , une armée de
volontaires ; qu'il mena trois légions à Sylla , et que
la noblesse se rangea en foule sous ses étendarts.

(1) *La guerre civile* contre Cinna et Carbon ; *celle
d'Afrique* contre Cnéus Domitius et les autres pros-
crits , réunis à Jarbas , roi de Numidie ; *celle d'au-delà
des Alpes* , contre les Gaulois ; *celle d'Espagne* ,
contre Sertorius ; *à des nations belliqueuses* , aux
Gaulois et aux Germains ; *celle des esclaves* , dont
Spartacus étoit le chef.

celle d'Afrique, celle d'au-de-là les Alpes, celle
d'Espagne où des villes révoltées étoient unies
à des nations belliqueuses, celle des esclaves,
celle des Pirates ; toutes ces guerres différentes
contre tant d'ennemis divers, je ne dis pas
conduites, mais terminées par le seul Pompée,
annoncent qu'il n'est aucune partie de l'art
militaire qui puisse échapper à ses connoissances.

Quant à ses vertus guerrières, quel discours
pourroit les célébrer comme elles le méritent ?
Peut-on rien dire qui soit, ou digne de Pompée,
ou nouveau pour vous, ou inconnu à personne ? Les vertus d'un grand général ne sont
pas seulement (1) celles qu'on leur attribue
ordinairement: application aux affaires, courage dans les périls, ardeur dans l'action, sagesse dans les mesures, promptitude dans l'exécution ; vertus que Pompée réunit seul dans
un plus haut degré qu'aucun des généraux que nous ayons vus ou dont nous ayons

_____

(1) *Ce ne sont pas seulement celles* . . . . phrase
commencée qui ne finit point, et qui se trouve in-
terrompue par une sorte de parenthèse très - longue.
Je noterai l'endroit où Cicéron en reprend le fil et la
suite.

entendu parler. Témoin l'Italie, qui, de l'aveu
de Sylla même vainqueur, fut pacifiée par le
courage et la sagesse de Pompée ; témoin la
Sicile (1), que le même Pompée délivra des
périls affreux dont elle étoit investie, moins
par la terreur des armes que par la célérité
des opérations ; témoin l'Afrique, inondée du
sang de ces innombrables ennemis qui la fou-
loient et la dévoroient ; témoin l'Espagne,
qui vit si souvent des milliers d'ennemis vaincus et terrassés par l'effort de son bras ; témoin
une seconde fois et d'autres fois encore l'Italie,
qui implora le secours de Pompée, absent
pour la guerre dangereuse et sanglante qu'elle
avoit à soutenir contre les esclaves, guerre
dont la fureur, rallentie par le seul nom de
ce grand homme, fut entièrement étouffée par
sa présence ; témoins toutes les contrées et toutes
les nations étrangères, les mers, enfin, toutes
ensemble, et dans chacune, tous les golphes

(1) Perperna et Carbon, chassés d'Italie, se retirè-
rent en Sicile. Un senatus-consulte envoya Pompée
contre eux. Perperna, voyant qu'il alloit être enveloppé, prit la fuite. Carbon fut pris, condamné
à mort, et sa tête envoyée à Sylla. Nous avons parlé
un peu plus haut de presque toutes les guerres dont
il est fait ici mention.

et

et tous les ports. Pendant ces dernières années,
quel endroit, dans toute l'étendue de la mer,
a été assez fortifié par l'art pour qu'on y fût
en sûreté, assez défendu par la nature pour qu'on
y échappât à la violence ? Qui a pu naviguer
sans s'exposer au péril de la mort ou de l'esclavage, parce qu'il falloit nécessairement,
ou mettre à la voile en hiver, ou voguer
sur une mer infestée de pirates ? Eût-on osé
espérer qu'une guerre si invétérée, si honteuse
pour nous, si au loin répandue, pût être terminée ou en une seule année par plusieurs
généraux, ou par un seul général en une longue
suite d'années ? Quelle province, dans ces tems
malheureux, s'est vue à l'abri des incursions
de ces brigands ? Est-il un de vos revenus sur
lequel vous ayez pu compter ? Quel allié avez-
vous pu défendre ? A qui vos flottes ont-elles
été de quelque secours ? Que d'îles abandon-
nées ! Que de villes alliées ou désertées par
crainte ou emportées par les Pirates ! Mais
pourquoi chercher au loin des exemples ? C'étoit
autrefois la gloire du peuple Romain, et une
gloire qui lui étoit propre, de ne faire la guerre
qu'à une grande distance de son pays, de défendre avec les forces de l'empire, non ses

Z

foyers et ses demeures, mais les fortunes de
ses alliés. Dirai-je que, dans ces derniers tems,
vos alliés ont vu la mer fermée pour eux,
tandis que vos armées n'ont pu partir de Brindes
qu'au fort de l'hiver ? Me plaindrai-je que des
députés de nations étrangères, venant à Rome,
aient été faits prisonniers, tandis qu'il a fallu
racheter des ambassadeurs(1)du peuple Romain ?
Dirai-je que la mer n'a pas été sûre pour nos
commerçans, tandis que les pirates ont enlevé deux préteurs romains avec leurs douze
licteurs ? Parlerai-je de la prise de Gnide, de
Colophon, de Samos, villes célèbres, et d'une
infinité d'autres, tandis que vos ports, vous
le savez, et des ports d'où vous tirez la vie
et la subsistance, sont tombés au pouvoir
des brigands maritimes ? Ignorez-vous que le
port de Caïete (2), ce port si commerçant et

(1) On ne sait pas quels étoient ces ambassadeurs,
et dans quel tems ils furent pris. —— *Deux préteurs*,
Sextilius et Bilinus. Avec *leurs douze licteurs*.
Chaque préteur avoit six licteurs portant des haches.
—— Gnide, Colophon, Samos, trois villes d'Ionie.

(2) *Port de Caïete*, port de Campanie. —— *Du
préteur*. L'histoire ne dit pas quel étoit ce préteur :
peut-être étoit-ce Marcus Antonius qui fut envoyé

si rempli de vaissaux , a été pillé par ces mêmes
brigands, sous les yeux même du préteur ; que,
dans Misène , la fille de ce préteur lui-même
qui venoit d'y faire la guerre aux pirates, a
été enlevée par les pirates ? Rappellerai-je la des-
cente d'Ostie , cette entreprise si honteuse et
si infamante pour le nom Romain , où une
flotte commandée par un consul (1) en personne , fut prise et coulée à fond par des
pirates, presque sous vos yeux ? Dieux immortels ! la faveur rare et divine d'un seul
homme a-t-elle bien pu , en si peu de tems (2) ,
changer tellement la face de nos affaires , qu'a-
près avoir vu une flotte ennemie à l'embouchure du Tibre , vous n'entendiez plus au-

avant Pompée contre les pirates. — *La fille* , en latin
liberos. On sait que les Latins disoient *liberi* au plurier d'un seul enfant, fils ou fille. Plutarque parle
d'une fille de Marcus Antonius qui fut prise par les
pirates.

(1) On ignore quel étoit ce consul. — *Presque
sous vos yeux.* Du Capitole on pouvoit appercevoir
dans un beau tems la mer qui environne Ostie.

(2) *En si peu de tems* , en quarante-neuf jours.
— *Dans toute l'étendue de la Méditerranée*, mot à
mot , *jusqu'à l'embouchure* (de la Méditerranée)
dans l'Océan.

jourd'hui parler d'un seul vaisseau pirate dans toute l'étendue de la Méditerranée ?

Et quelle a été la célérité de tous ces grands exploits ? Quoique vous ne l'ignoriez pas, je ne puis m'empêcher de vous le rappeller ici. Quel particulier, forcé par le besoin de ses affaires, ou attiré par l'appât du gain, a pu jamais parcourir un si grand nombre de villes et de pays avec autant de promptitude que nos armes, conduites par Pompée, ont parcouru de mers immenses dans leur marche rapide et impétueuse ? Lorsque le temps étoit le moins propre à la navigation, il se rendit en Sicile, visita l'Afrique, vint en Sardaigne avec une armée navale, munit de flottes et de bonnes garnisons ces trois greniers de la République. Delà, après avoir renforcé de soldats et de vaisseaux les deux Espagnes (1) et la Gaule Cisalpine, après avoir pareillement envoyé des vaisseaux vers les côtes de la mer d'Illyrie, dans l'Achaïe, dans toute la Grèce, il revint en Italie, distribua des forces maritimes sur les deux mers qui l'environnent, et

_____

(1) *Les deux Espagnes*, en-deçà et au-delà du fleuve Ibère. — *Les deux mers*, la mer Adriatique et celle de Toscane.

les mit à l'abri d'insulte. Lui-même en personne , quarante-neuf jours après son départ
de Brindes, eut bientôt soumis au Peuple Romain toute la Cilicie. Les pirates avoient disparu de toutes les mers : les uns furent pris et
tués, les autres vinrent se mettre à la discré-
tion du vainqueur. Les Crétois (1) envoient des
députés jusqu'en Pamphilie , pour implorer sa
clémence ; il leur fait espérer le pardon et
donner des ôtages. Ainsi une guerre si formidable, qui avoit duré si long-tems , qui s'éten-
doit si au loin , une guerre qui fatiguoit et
désoloit tant de peuples et de nations, Pompée
la dispose à la fin de l'hiver, la commence au
retour du printems, et au milieu de l'été elle
est achevée.

Telles sont les vertus guerrières , vertus
rares et presque divines , qui éclatent dans cet
illustre général. Que dirai-je de celles dont
j'ai suspendu le détail , (2) et qui ne sont chez
lui ni en moindre nombre , ni d'un moindre

(1) Auxquels Métellus faisoit alors la guerre : il
les soumit aux Romains, et fut surnommé *Créticus*.

(2) Voyez page 351 , la note que nous avons faite
sur une phrase dont le sens interrompu est comme
renoué ici après une espèce de longue parenthèse.

Z 3

mérite. Car dans un général accompli , on ne désire pas seulement les talens militaires ; il est beaucoup d'autres qualités excellentes qui doivent leur servir de ministres et de compagnes. Et d'abord quel doit être son désintéressement ? quelles doivent être ensuite sa modération en tout , sa bonne foi , son affabilité , son éloquence , sa douceur ?

Examinons en peu de mots à quel degré Pompée réunit ces qualités précieuses. Elles sont toutes chez lui, Romains, dans un degré sublime. Mais tout ce que sa conduite a d'admirable , on le sentira mieux en la comparant avec celle des autres , qu'en la considérant en elle-même. Je le demande , peut-on estimer un général dans l'armée de qui les grades militaires se vendent et se sont toujours (1) vendus ? Quelle vue noble et utile peut avoir pour le bien public un homme qui , par envie de se faire continuer dans le gouvernement d'une

(1) Quelques commentateurs ont cru que Cicéron en vouloit ici à Lucullus : mais je ne crois pas qu'il ait eu envie de décrier celui dont il vient de faire un si bel éloge : d'ailleurs il parle d'un commandant en exercice, et Lucullus avoit remis ses troupes à Glabrion. C'est plutôt à ce dernier qu'il en voudroit.

province ou de grossir sa fortune , distribue
aux magistrats ou place dans les banques de
Rome, l'argent qui lui a été remis pour fournir
aux frais de la guerre? Vous connoissez , Romains, les coupables, vos murmures le montrent assez. Pour moi je ne nomme personne ;
ainsi, on ne peut se plaindre de moi sans s'accuser soi-même. Qui de vous ignore que c'est
à l'avarice de nos généraux qu'on doit attribuer les désastres qui marquent par-tout le
passage de nos troupes? Rappellez-vous la conduite de ces généraux durant les dernières années , lorsque dans leurs marches , ils ont tra-
versé les villes d'Italie peuplées de citoyens
romains et le territoire de ces villes ; vous ju-
gerez par-là plus aisément des maux qu'ils font
souffrir aux nations étrangères. Croyez-vous
que , dans ces derniers tems , les armes de vos
guerriers aient renversé plus de villes ennemies que leurs quartiers d'hiver n'ont ruiné de
villes alliées? Un général qui ne se contient
pas lui-même, ne sauroit contenir ses soldats ;
et l'on n'a garde d'être sévère pour les autres ,
lorsque soi-même on craint d'être jugé avec
sévérité. Faut-il donc s'étonner de la supériorité de Pompée sur les autres généraux, de

Z 4

Pompée dont les légions sont arrivées en Asie,
sans que les mains, ni même les pas de tant
de milliers de soldats, aient causé le moindre
dommage à quiconque n'étoit pas ennemi?
Nous apprenons tous les jours par des lettres
et par les bruits publics, la discipline qui
règne dans les quartiers d'hiver. Loin de con-
traindre personne de fournir à l'entretien des
troupes, on en dispense même ceux qui voudroient le faire librement. Nos ancêtres, en
effet, ont voulu que les maisons de nos alliés
et de nos amis fussent des asyles contre les rigueurs de l'hiver, et non des retraites pour
l'avarice.

Maintenant voyez quelle est dans tout le
reste la modération de Pompée. D'où croyez-
vous que lui vienne cette incroyable célérité
et cette rapidité étonnante dans ses expédi-
tions? Ce n'est ni la force extraordinaire de ses
rameurs, ni une habileté dans la manœuvre
jusqu'alors inconnue, ni des vents nouveaux,
qui l'ont porté avec tant de promptitude, jusqu'aux extrémités du monde : mais ce qui arrête la plupart des généraux, n'a point ralenti
ses marches. Il n'a été séduit et détourné,
comme tant d'autres, par l'appât du butin,

ni par l'attrait du plaisir , ni par la beauté des
lieux , ni par l'envie de connoître une ville
célèbre , ni par le désir du repos que permet
un long travail. Les statues , les tableaux , ces
ornemens des villes grecques, qui excitent la
cupidité des autres, il ne les a pas même crus
dignes de sa curiosité. Aussi tous les peuples
le regardent-ils, non comme un général venu
de Rome , mais comme une divinité envoyée
du ciel. Ils commencent enfin à croire à cet
antique désintéressement de nos Romains,
qui leur paroissoit incroyable , qui leur sembloit n'être qu'une flatterie de l'histoire. Notre
empire reprend maintenant son lustre parmi
les nations étrangères : elles ne s'étonnent
plus maintenant que leurs ancêtres , quand
nous avions des magistrats aussi vertueux, aient
mieux aimé obéir au Peuple Romain que commander aux autres peuples.

Pompée d'ailleurs , à ce qu'on nous rapporte , est d'un accès si facile pour les particuliers même , il écoute avec tant de bonté
les plaintes de chacun , que , supérieur par sa
dignité aux plus grands personnages, on le
diroit par son affabilité l'égal du dernier des
hommes. Quant à la sagesse de ses conseils ,

à la force et à la fécondité de son éloquence ,
qualités qui relèvent avantageusement le mérite d'un général , vous les connoissez par vous-
mêmes , Romains , vous qui l'avez entendu
plus d'une fois à cette tribune. Et quelle idée
pensez-vous que les alliés aient de sa bonne
foi , lorsque les ennemis (1) de toutes les nations l'ont regardée comme sacrée ? Enfin telle
est sa douceur , qu'il seroit difficile de dire si
les ennemis ont plus redouté son courage dans
les combats, que chéri sa clémence après leur
défaite. Balancerez-vous donc encore à transporter le soin d'une guerre si importante à un
homme que les dieux semblent avoir fait naître pour terminer toutes les guerres de notre
siècle ?

Et si la réputation (2) est d'un grand poids
dans le commandement des armées et dans la
conduite des guerres , on ne peut douter assuré-

(1) Les pirates qui s'étoient abandonnés à Pompée.

(2) *La réputation* : c'est ici le vrai sens d'*autoritas.*
Autoritas, dit un savant en expliquant ce mot dans
cet endroit , *gravis et vehemens opinio de alicujus
singulari virtute ac magnitudine concepta.* — Plus
bas, *opinio famae* s'explique , *existimatio à famâ
nata.*

ment que Pompée ne soit supérieur dans cette
partie comme dans les autres. Ignore-t-on combien peut avoir d'influence sur le succès des
armes, l'idée que vos ennemis et vos alliés
ont de vos généraux, puisque, dans de telles
conjonctures, comme on sait, c'est l'opinion
et la renommée, plutôt que la raison, qui dé-
terminent le mépris ou la crainte, l'amour ou
la haine des peuples. Or quel nom dans l'univers est plus illustre que celui de Pompée? qui
jamais égala ses exploits? et, ce qui influe.
principalement sur la réputation,, quel autre
avez-vous honoré de témoignages d'estime (1)
aussi flatteurs et aussi éclatans? est-il une contrée si déserte qui n'ait entendu parler de ce
jour à jamais mémorable, où le Peuple Romain
couvrant la place publique, et remplissant
tous les temples d'où l'on peut appercevoir
cette tribune, proclama Pompée, seul général

(1) Pompée obtint les honneurs du triomphe, quoiqu'il fût encore dans l'ordre des chevaliers, et qu'il
n'eût pas l'âge d'entrer au sénat; il fut envoyé contre
Sertorius avec un commandement proconsulaire,
quoiqu'il fût simple particulier; il triompha une seconde fois en vertu de la même dispense; il parvint
au consulat sans avoir passé par les autres magistratures,

d'une guerre (1) qui intéressoit toutes les nations. Ainsi, sans nous étendre beaucoup,
et sans chercher ailleurs des exemples qui confirment ce que peut pour le succès des armes
la réputation brillante de cet illustre capitaine,
prenons dans Pompée lui-même, des exemples de ce que le nom seul d'un homme est capable de produire de grand et d'extraordinaire.
Vous vous en souvenez, Romains, le jour où
vous lui confiâtes le commandement de la
guerre maritime, le prix du blé, que l'extrême
disette avoit porté fort haut, baissa tout-à-coup:
le nom et la réputation d'un seul homme
firent ce qu'auroit pu faire à peine la plus abondante récolte au milieu d'une longue paix (2).
Dernièrement encore, après le malheur que
nous avons essuyé dans le Pont, et dont je ne
vous ai rappellé le souvenir qu'à regret, les
alliés étoient dans la crainte, les ennemis
avoient repris courage et rétabli leurs forces,
la province étoit mal gardée et mal défendue;

(1) De la guerre contre les pirates.

(2) Les pirates qui couvroient les mers empêchoient
les grains d'aborder en Italie; l'élection de Pompée
ranima la confiance, et l'on ne craignit plus à Rome
de manquer de grains.

vous auriez perdu l'Asie, si pour rétablir nos
affaires, une faveur divine et la fortune de la
République n'eussent conduit Pompée fort à
propos dans ces régions. Son arrivée contint
Mithridate fier du succès inattendu de ses armes; elle arrêta Tigrane qui, avec de puissantes troupes, menaçoit d'envahir l'Asie. Et
l'on doutera de ce que pourra faire par son
courage un général dont la réputation seule a
produit de si grands effets ; on doutera avec
quelle facilité, lorsqu'il sera à la tête d'une armée, il conservera nos alliés et nos revenus,
lui qui a pu les défendre par le seul bruit de
son nom ! Mais la plus grande preuve encore
de la haute réputation dont il jouit chez les
ennemis du Peuple Romain, c'est que tous les
peuples des pays les plus éloignés et les plus
opposés se soient rendus à lui seul en si peu
de tems ; c'est que les Crétois, qui avoient
dans leur isle un général (1) et une armée Romaine, aient député vers Pompée, presque
aux extrêmités de la terre, pour lui déclarer
que c'étoit entre ses mains qu'ils vouloient remettre toutes leurs villes. N'est-ce pas encore à

(1) Métellus. — *Presque aux extrémités de la
terre,* dans la Pamphilie.

lui que ce même Mithridate envoya jusqu'en
Espagne un ambassadeur, que des hommes jaloux de cette préférence (1) voulurent faire
passer pour un espion, mais que Pompée regarda toujours comme un ambassadeur? D'après
cela, Romains, vous pouvez juger quelle
grande influence aura chez les princes nos ennemis et chez les nations étrangères, une réputation si fort accrue par de nouveaux exploits et les magnifiques témoignages de votre
estime.

Il me reste à parler du bonheur (2) de Pompée : nul ne peut répondre pour soi-même de
cet avantage, mais on peut le relever dans les
autres, avec réserve pourtant et avec timidité,
comme il convient à un homme quand il parle
de ce qui dépend des dieux. Pour moi je
pense que, si on a confié si souvent des commandemens et des armées à Fabius, à Mar-

(1) Je supprime le second *semper* d'après l'autorité
d'un manuscrit. Un savant propose de lire *quibus
per erat molestum*, pour *quibus erat per molestum*.
J'adopterois volontiers cette leçon.

(2) Dans toute cette phrase, je me suis plus attaché, en traduisant, à l'esprit de l'orateur qu'à la
lettre.

cellus, à Scipion, à Marius, et aux autres
grands généraux, ce n'est pas moins en vue du
bonheur qui les suivoit qu'en considération
de leur courage. Car assurément le ciel a
comme attaché la fortune aux pas de quelques
grands-hommes pour concourir à leur splendeur et à leur gloire, pour les seconder dans
leurs exploits. En parlant du bonheur de
Pompée, je ne dirai point qu'il dispose à son
gré de la fortune; je dirai seulement que nous
devons nous autoriser du passé pour bien espérer de l'avenir: j'userai de cette modération
dans la crainte d'offenser les dieux par un sentiment d'orgueil ou d'ingratitude. Je ne van-
terai donc pas ici, Romains, tout ce qu'il a
fait de grand en paix comme en guerre, sur
terre comme sur mer, le bonheur qui l'a accompagné par-tout, la promptitude avec laquelle les citoyens ont embrassé ses avis, les
alliés rempli ses intentions, les ennemis ac-
cepté ses loix, les vents même et les saisons
servi ses desseins. Je le dirai en deux mots;
jamais homme ne fut assez ambitieux pour
oser même intérieurement demander aux immortels tous les éclatans succès qu'ils ont pro-
digués d'eux-mêmes à notre illustre général.

Vous devez, Romains, comme vous le faites, désirer que son bonheur soit stable et permanent; et vous le devez autant pour le salut de cet empire, que pour l'intérêt de Pompée lui-même.

Puis donc que la guerre actuelle est tellement indispensable qu'on ne puisse y renoncer; puisqu'elle est d'une importance à exiger de nous la plus sérieuse attention; puisqu'enfin nous pouvons en donner la conduite à un général qui réunit une connoissance profonde de l'art militaire, toutes les vertus d'un guerrier, une brillante réputation, et le bonheur le plus constant: balancerez-vous, Romains, à consacrer au salut et à l'agrandissement de la République, le bien inestimable qui nous est offert et accordé par les dieux immortels?

Quand Pompée seroit aujourd'hui dans Rome sans aucun commandement, il faudroit toujours le choisir pour une guerre si importante, et l'envoyer en Asie; mais puisqu'à tous les grands avantages que je viens de vous exposer, se joint encore cette circonstance favorable que Pompée est actuellement sur les lieux, qu'il y est avec une armée, et qu'il peut recevoir sur-le-champ le reste de nos troupes

des

des mains de ceux qui les commandent, qu'at-
tendons-nous? Pourquoi, sous les auspices des
immortels, ne pas confier la guerre présente
au même homme à qui nous en avons confié
tant d'autres pour le salut de la République?

Mais, dira-t-on, deux citoyens illustres,
dont l'un est connu par son grand amour
pour la République et par les honneurs dont
vous l'avez comblé, l'autre réunit dans sa personne l'éclat des dignités et des vertus, les
avantages de la fortune et les talens du génie;
Catulus et Hortensius s'opposent à la loi que
je défends. Je sais, Romains, toute la confiance que vous leur avez donnée dans plusieurs occasions, et j'avoue qu'ils la méritent:
mais dans l'affaire dont il s'agit, outre que
j'aurois à leur opposer les noms les plus
illustres et les plus respectables, ce ne sont
pas les autorités, c'est la nature même de la
chose, c'est la raison qui doit nous décider;
d'autant plus que nos adversaires eux-mêmes
conviennent de tout ce que je viens de dire,
reconnoissent que cette guerre est aussi importante qu'indispensable, et que Pompée seul
réunit toutes les qualités d'un grand général.

Que dit donc Hortensius? S'il falloit tout

accorder à un seul homme, personne n'en seroit plus digne assurément que Pompée; mais
il ne faut pas tout accumuler sur une seule tête.
Cette objection a perdu toute sa force; les
évènemens (1) l'ont réfutée bien mieux que
tous les discours. Vous-même, Hortensius,
doué, comme vous l'êtes, d'un génie fécond
et d'un talent rare pour la parole, vous avez
parlé avec beaucoup de force et d'éloquence
contre Gabinius, homme ferme, qui proposoit de donner à un seul général le commandement de la guerre contre les pirates : vous
avez attaqué sa loi par un discours étendu,
d'abord dans le sénat, et ensuite devant le
peuple, à cette tribune même où je parle. Je
vous le demande au nom des dieux, si vos raisons l'eussent emporté dans l'esprit du Peuple
Romain sur la considération de son salut et de
ses vrais intérêts, jouirions-nous aujourd'hui

_____

(1) Le succès de la guerre contre les pirates. Lorsqu'on délibéra si on donneroit à Pompée le commandement de l'armée navale, Hortensius et d'autres
avoient déja fait la même objection. On trouve dans
Dion Cassius les discours que prononcèrent alors
Catulus, et Gabinius, tribun du peuple : celui-ci
porta une loi appellée de son nom *Gabinia.*

de cette supériorité glorieuse qui nous assure
l'empire de l'univers? Où étoit-il cet empire
du monde lorsque les ambassadeurs du Peuple
Romain, ses préteurs et ses questeurs, recevoient les fers des pirates; lorsqu'on ne pouvoit tirer aucune provision d'aucune province,
soit au nom de l'état, soit en son propre nom;
lorsque, toutes les mers nous étant absolument fermées, ni les particuliers ne pouvoient (1) plus faire aucun commerce lointain,
ni nos magistrats se rendre dans des provinces
un peu éloignées? Y eut-il jamais une république, je ne dis pas celle d'Athènes, que l'on
sait avoir porté assez loin sa domination sur les
mers; ni celle de Carthage, que ses flottes et
son commerce maritime rendirent si puissante;
ni celle de Rhodes, encore célèbre de nos
jours par son habileté et ses succès dans la marine : y eut-il jamais une république si foible,
ou une isle si peu considérable, qui ne fût en
état de défendre par elle-même ses ports et ses
campagnes, une partie de ses côtes et de son
domaine? Mais pendant une longue suite d'années, avant la loi Gabinia, le Peuple Romain,
oui, ce peuple jusqu'à notre tems toujours in-

(1) Par la crainte qu'ils avoient des pirates.

A a 2

vincible dans les batailles navales, s'est vu dépouillé de la plus grande partie, je ne dis pas
seulement de ses revenus, je dis encore de sa
gloire et de son empire. Nous dont les ancêtres
ont triomphé avec leurs flottes des rois Antiochus (1) et Persée, ont vaincu sur mer en
toutes les occasions les Carthaginois si habiles
et si exercés dans la marine, nous ne pouvions
nulle part tenir contre de vils pirates, nous qui
auparavant mettions à couvert toute l'Italie,
qui dans les pays même les plus éloignés,
défendions tous nos alliés par la majesté
seule de notre empire, au point que l'isle de
Délos (1) placée si loin de nous dans la mer
Egée, cette isle l'entrepôt d'un commerce immense, n'avoit rien à craindre, quoique remplie de richesses, quoique peu considérable
par elle-même, quoique sans mur et sans rem-
part ; nous qu'on avoit vu si puissans et si re-
doutés, nous n'avions la libre jouissance ni

(1) Antiochus, roi d'une partie de l'Asie, fut
vaincu sur mer par Caïus Livius. Persée, roi de
Macédoine, fut défait sur le même élément par Caïus
Octavius.

(2) Le port de Delos étoit commode pour ceux qui
navigeoient de l'Italie et de la Grèce dans l'Asie.

de nos provinces, ni des côtes d'Italie, ni de nos ports, ni même de la voie Appienne (1). Et les magistrats du Peuple Romain ne rougissoient pas alors de monter à cette tribune que vos ancêtres avoient décorée des marques de leurs victoires navales et de la dépouille des flottes. Le Peuple Romain étoit persuadé que vous, Hortensius, et tous ceux qui étoient de votre avis, lui proposiez de bonne foi ce qui vous sembloit le plus avantageux : mais, dans une cause qui intéressoit le salut public, il crut devoir écouter bien plus que vos discours, la peine qu'il ressentoit des événemens. Aussi une seule loi, un seul homme, une seule année, non-seulement firent cesser nos disgraces et notre opprobre, mais encore nous rendirent sur l'un et l'autre élément le sceptre et la souveraineté de toutes les nations.

Et c'est pour cela que je trouve plus révoltant l'affront qu'on a fait, dirai-je à Gabinius

_____

(1) La voie Appienne étoit voisine de la mer, auprès de Terracina. Les pirates maîtres de cette partie de la côte d'Italie, y pilloient les voyageurs. — *Cette tribune que....* la tribune aux harangues s'appelloit *Rostra,* parce qu'elle étoit ornée des éperons des navires pris sur les Antiates.

ou à Pompée? dirai-je à l'un et à l'autre ; ce
qui est plus véritable, en refusant Gabinius
pour lieutenant à Pompée qui le souhaitoit et
le demandoit? Quoi donc? étoit-ce le général
chargé d'une guerre si importante qui ne méritoit pas d'obtenir un lieutenant selon ses de-
sirs , tandis que mille autres ont mené des lieutenans à leur gré pour piller nos alliés et déso-
ler nos provinces? ou bien celui même qui par
sa loi a assuré le salut et la dignité du Peuple
Romain et de tous les autres peuples, ne devoit-
il point partager la gloire d'un général et d'une
armée dont nous étions redevables à sa sagesse
et à son courage? Eh! quoi? Falcidius , Métellus , Latiniensis , Lentulus , que je nomme
tous ici avec les égards qui leur sont dus, auront pu obtenir des lieutenances l'année même
qui a suivi leur tribunat (1) ; et l'on se pique
d'une exactitude scrupuleuse pour le seul Gabinius, pour un homme qui, dans une guerre
entreprise d'après la loi même dont il étoit
l'auteur, dans une guerre que devoit soutenir
un général qu'il avoit créé lui-même par vos
suffrages , auroit dû jouir d'un privilège spécial!

(1) On ne pouvoit être lieutenant l'année d'après
qu'on avoit été tribun.

J'espére que les consuls proposeront aujour-
d'hui de le donner pour lieutenant à Pompée.
S'ils hésitent et s'ils s'en font une peine, je déclare que je le proposerai moi-même; et aucune
ordonnance contraire (1) ne m'empêchera de
soutenir avec votre secours le droit et la faveur
que je tiens de vous. Je n'écouterai rien que
l'opposition des tribuns; et je me l'imagine,
ceux même qui nous menacent de cette opposition, y penseront à plusieurs reprises avant
que d'y recourir. Au reste, Gabinius est le seul
qui doive partager avec Pompée l'honneur de
ses exploits militaires, puisque c'est lui qui a
déterminé la guerre maritime et ses succès :
l'un, par vos suffrages, a confié la guerre des

(1) *Aucune ordonnance contraire*, de la part des
magistrats supérieurs, des consuls. — *Le droit.* Le
droit de la préture qu'il avoit obtenue par les suffrages du peuple. On sait qu'il étoit préteur quand
il prononça ce discours. En l'absence des consuls,
les préteurs pouvoient convoquer le sénat. Cicéron
prétend qu'ils le pouvoient aussi quand les consuls
refusoient de le faire. Apparemment que d'autres
prétendoient qu'ils ne le pouvoient pas, puisqu'il
dit, *et aucune ordonnance...* —— Un peu plus bas,
Je n'écouterai... Il flatte le peuple en disant qu'il
n'écoutera que l'opposition des tribuns.

pirates à un seul général ; l'autre l'a eu bientôt
finie par sa valeur.

Il me reste à parler du sentiment de Catulus
et de la déférence que mérite son avis. Il vous
demandoit, Romains, à qui vous auriez recours si vous veniez à perdre Pompée (1) puisque vous fondez sur lui seul tout votre espoir;
il recueillit alors le digne prix de son mérite
rare et de ses vertus, lorsque tous d'une voix
unanime vous lui répondites que vous auriez
recours à lui-même. On peut dire, en effet,
de Catulus qu'il n'est point d'entreprise si importante et si difficile qu'il ne puisse conduire
par sa sagesse, soutenir par son intégrité, terminer par son courage. Mais ce qui me fait sur-
tout combattre son opinion, c'est que plus la
vie humaine est courte et fragile, plus la République doit se hâter de jouir, tant que les
dieux le lui permettent, de la vie et des vertus
d'un grand homme.

Mais, ajoute Catulus, il ne faut déroger en
rien aux loix et aux coutumes de nos ancêtres.

(1) *Si quid eo* ou *de eo factum esset* : car on lit de
ces deux manières. C'est-à-dire, *si quid humanitùs
ei contigisset, si obiisset: ominis causâ mortis men-
tionem vitavit*. L'explication est de Paul Manuce.

Je ne dirai pas que dans la paix nos ancêtres
suivoient exactement les usages établis, mais
que dans la guerre ils consultoient les plus
grands avantages de l'état, et que, lorsqu'il se
présentoit de nouveaux besoins, ils cherchoient de nouvelles ressources. Je ne dirai
pas que les guerres d'Afrique et d'Espagne,
ces deux guerres si importantes, ont été terminées par un seul général; que deux puissantes villes, les plus mortelles ennemies de
Rome, Carthage et Numance ont été détruites
par le seul Scipion (1). Je ne vous rappellerai
pas qu'il y a peu de tems vous et vos pères
vous avez cru devoir fonder sur le seul Marius
l'espoir de cet empire, et l'opposer lui seul
successivement à Jugurtha, aux Cimbres, aux
Theutons. Pour nons arrêter à ce même Pompée, en faveur de qui Catulus ne veut point
qu'on innove, rappellez-vous toutes les inno-
vations faites en sa faveur, du consentement
bien décidé de Catulus lui-même. Quoi de plus
nouveau que de voir un jeune homme (1), un

(1) Publius-Scipio AEmilianus, second Africain du
nom, prit et détruisit Carthage en Afrique, Numance en Espagne.

Pompée n'avoit alors que vingt-trois ans.

simple particulier, former une armée de son chef dans des circonstances critiques? Pompée l'a formée. Qu'il la commande? Il l'a commandée. Que sous ses ordres elle obtienne les plus brillans succès? Elle les a obtenus. Quoi de plus contraire à nos usages, que de donner à un jeune citoyen, encore fort éloigné de l'âge (1) sénatorial, le commandement de nos armées, de lui confier le gouvernement de la Sicile et de l'Afrique, et la conduite de la guerre que nous y soutenions? Pompée s'est distingué dans ces glorieux emplois par son courage, sa sagesse, son désintéressement. Il a terminé en Afrique une guerre difficile, et en a ramené son armée victorieuse. Quoi de plus inoui que de voir triompher un simple chevalier romain? Le peuple cependant a vu ce triomphe, il s'est même empressé de l'honorer du plus nombreux concours. Quoi de plus extraordinaire que de charger un chevalier ro-

(1) Ciceron exagère un peu; Pompée n'étoit pas si éloigné de l'âge sénatorial, s'il est vrai, d'après le réglement de Sylla, qu'on pût être sénateur à vingt-sept ans, l'année qui suivoit la questure. Nous avons parlé dans ce qui précède des différentes guerres dont fut chargé Pompée.

main , en qualité de proconsul , d'une guerre
importante et formidable , tandis qu'on avoit
pour consuls deux personnages (1) aussi illustres que courageux? Pompée en a été chargé.
Et dans cette occasion , quelques sénateurs
se sont récriés sur ce qu'on envoyoit un simple
particulier pour remplacer un consul ; et moi ,
dit l'orateur Philippus , je suis d'avis qu'on envoie Pompée, non à la place d'un seul consul,
mais de tous les deux ; on fondoit sur lui la
prospérité de l'empire au point de remettre la
fonction des deux consuls à la conduite d'un
homme seul et d'un jeune homme. Quoi de
plus inusité que de dispenser des loix un citoyen par un décret du sénat, et de le nommer (2) consul à un âge où les loix ne lui per-

_____

(1) Lepidus et Catulus. —— *Pour remplacer . . .*
Le latin ici a une grace qu'il est impossible de transporter en françois. On disoit ordinairement, envoyer
quelqu'un avec l'autorité consulaire, *mittere aliquem
proconsule.* Philippus l'orateur disoit qu'il falloit envoyer Pompée , non *proconsule,* mais *proconsulibus.*
—— *Que de voir triompher...* ——Après avoir vaincu
Cneus Domitius et le roi Iarbas.

(2) Il fut nommé consul dix ans avant l'âge marqué par les loix, sans avoir été même questeur. ——

mettoient de posséder aucune magistrature ? Quoi de plus singulier que de décerner un second triomphe à un chevalier romain ? Enfin toutes les prérogatives qu'on accorda de tout tems aux hommes qu'on vouloit honorer, n'égalent pas et pour le nombre et pour l'éclat celles qu'on a accordées à Pompée seul, sur la proposition même de Catulus et de beaucoup d'autres sénateurs non moin recommandables. Ne seroit-ce donc pas en eux une injustice criante de s'opposer aujourd'hui à vos desseins sur Pompée, après que vous avez confirmé par vos décisions leurs demandes pour lui ; sur-tout le Peuple Romain pouvant soutenir ces décisions contre ceux qui les attaquent, et en ayant acquis le droit depuis que vous avez choisi Pompée entre tous, malgré les réclamations de nos adversaires, pour le charger seul de la guerre contre les pirates ? S'il est reconnu que dans ce choix vous avez agi imprudemment et contre les intérêts de la République, c'est avec raison qu'ils s'efforcent de régler votre zèle par leurs conseils. Mais si vous vous êtes montrés plus éclairés qu'eux

Un second triomphe, après avoir terminé la guerre d'Espagne et vaincu Sertorius.

sur les intérêts de l'état ; si, résistant à leurs
avis, vous avez assuré par vous-mêmes la
dignité de votre empire et le salut de l'univers,
que ces premiers sénateurs avouent donc qu'ils
doivent comme les autres se rendre à l'autorité
du Peuple Romain.

Ils le doivent aujourd'hui d'autant plus que
notre guerre en Asie contre deux rois, demande, et les talens d'un grand général, talens que Pompée possède dans un degré supérieur, et toutes ces qualités excellentes de
l'ame dont j'ai parlé plus haut. Il est difficile
que, dans l'Asie, dans la Cilicie, dans la Syrie,
dans tous ces pays éloignés (1) des côtes, vos
généraux ne soient occupés que des ennemis
et de la gloire. D'ailleurs, le grand nombre de
nos commandans qui se montrent avides et
cruels, empêchent que les peuples ne croient
à la vertu de ceux qui sont réellement doux et
désintéressés. On ne peut dire, Romains,
combien la cupidité et la tyrannie des gouverneurs envoyés par nous dans ces provinces
depuis quelques années, nous ont rendus odieux

(1) *Regna interiorum nationum.* Ce sont les royaumes
des nations qui étoient dans l'intérieur des terres,
éloignées de la mer et des côtes.

aux nations étrangères. Quel temple dans ces régions a été sacré pour nos magistrats ? quelle ville a pu rester à l'abri de leur cupidité ? quelle maison a pu être assez fermée et assez défendue contre leur avarice ? On examine quelles sont les villes riches et opulentes, et l'on cherche des prétextes pour leur faire la guerre par le désir de les piller. J'entrerois volontiers dans le détail de ces excès en présence de Catulus et d'Hortensius, ces grands et illustres personnages, d'autant plus qu'ils connoissent les maux des alliés, qu'ils voient leurs désastres et entendent leurs plaintes. Vous croyez envoyer des armées contre vos ennemis pour la défense de vos alliés, et sous prétexte d'ennemis à combattre vous les envoyez contre vos amis et vos alliés mêmes. Quelle ville en Asie peut soutenir la fierté et assouvir la cupidité, je ne dis pas d'un général ou d'un lieutenant, mais d'un simple tribun de soldats ? Ainsi, Romains, tel de vos généraux qui pourroit combattre avec avantage Mithridate et Tigrane, s'il ne sait être assez maître de lui-même pour ne toucher, ni aux richesses des alliés, ni à leurs femmes et à leurs enfans, ni aux ornemens des temples et des villes, ni aux trésors des rois, s'il ne sait pas conserver purs ses mains, ses yeux, son cœur, ce n'est pas l'homme qu'il faut envoyer a une guerre en Asie et contre des monarques. Est-il aujourd'hui une ville que nos généraux n'attaquent pas comme ennemie lorsqu'elle est opulente ? Est-il une ville opulente qu'ils ne regardent pas comme ennemie ? Aussi les villes maritimes ont demandé Pompée moins pour sa gloire militaire que pour son rare désintéressement. Le Peuple Romain voyoit un petit nombre d'hommes s'enrichir tous les ans des deniers du trésor, et nos armemens ne faire que redoubler nos pertes et augmenter notre honte. Ignorent-ils donc, ceux qui s'opposent aujourd'hui à ce qu'on accumule tout sur une seule tête, avec quelle avidité nos magistrats poursuivent des gouvernemens, à quel prix (1) ils les obtiennent, avec quels avantages ils vont les exercer ? et ne voyons-nous pas que

(1) *Quibus jacturis pecuniarum*, c'est-à-dire, *quibus largitionibus*. Ensuite j'ai rendu *quibus conditionibus*, avec quels avantages, d'argent, de troupes, etc. J'ai entendu *conditionibus* dans le même sens qu'Horace *Attalicis conditionibus*.

Pompée, déja grand par ses vertus, l'est encore par les vices des autres?

Ne balancez donc plus, Romains, à tout
confier à celui-là seul qui est le seul (1) entre
tous que les alliés aient vu avec joie arriver
dans leurs villes à la tête d'une armée. Et si
pour vous décider à prendre ce parti, il vous
faut des autorités, vous avez un homme en
qui se trouve l'expérience de toutes les guerres
et des affaires les plus importantes, Servilius, (2)
qui s'est signalé par tant de grands exploits
sur terre et sur mer, que, lorsqu'on délibère
sur la guerre, il n'est point d'autorité préfé-
rable à la sienne : vous avez Curion, aussi
recommandable par la beauté de son génie et
l'étendue de ses connoissances que par l'éclat
de ses actions et la grandeur de vos bienfaits :

(1) Tous les livres portent *inter tot annos*. J'ai traduit en supprimant *annos*, qui embarrasse la phrase,
et la rend barbare. C'est l'opinion de plusieurs savans.

(2) Publius Servilius, surnommé Isauricus, parce
qu'étant proconsul, il avoit battu les Isaures et les pirates. Caius Scribonius Curio avoit été consul avec
Cnœus Octavius. Cnœus Lentulus avoit battu Spartacus ; Caïus Cassius avoit été consul l'année d'avant
Lentulus.

vous

vous avez Lentulus, à la sagesse et à la fermeté duquel vous rendez tous hommage en l'élevant aux premiers honneurs : vous avez enfin Cassius, citoyen d'une intégrité, d'un courage et d'une constance à toute épreuve. Or, je vous le demande, de telles autorités vous paroissent-elles capables de balancer les objections de nos adversaires ?

Ainsi, Manilius, d'abord je déclare que j'approuve sans restriction votre loi et vos sentimens ; je vous exhorte ensuite, puisque vous avez pour vous le Peuple Romain, à persister dans votre projet, à ne craindre ni menaces ni violences. Vous ne manquez par vous-même ni de courage ni de résolution ; et d'ailleurs le concours prodigieux de tous ces citoyens qui s'empressent avec tant de zèle pour la seconde fois de mettre le même homme à la tête des armées romaines ; ce concours et ce zèle nous permettent-ils de douter un moment de la justice et du succès de notre entreprise ? Quant à moi, je vous promets d'en seconder l'exécution avec toute l'ardeur, toute l'activité, toute la fermeté dont je suis capable, d'y employer sans relâche toutes les ressources, tout le crédit, et le peu de talent que j'ai pu

B b

acquérir par mon travail, enfin tout ce que peut me donner de considération la dignité de préteur dont le Peuple Romain a bien voulu m'honorer. J'en atteste tous les dieux (1), ceux sur-tout qui président à cette tribune et à cette auguste enceinte, et dont les regards lisent dans le cœur de tous les citoyens qui viennent traiter des affaires publiques ; je les prends à témoin que je n'ai entrepris cette cause à la sollicitation de qui que ce soit, ni pour me faire un ami de Pompée, ni pour trouver dans la puissance d'aucun homme des moyens de me soustraire aux accusations ou de m'élever aux honneurs. Je me flatte, autant qu'on peut répondre de soi, que mon innocence suffira pour me garantir de toute accusation : quant aux honneurs, je les obtiendrai avec votre agrément, non par le crédit d'un seul homme, ni par des harangues prononcées à cette tri-

_____

(1) Auprès de la tribune aux harangues étoient une statue d'Hercule et une de Venus mère. Peut - être aussi Cicéron parle-t-il des dieux dont les temples environnoient la place publique. —— *Cette auguste enceinte*, latin, *à ce temple*. On appelloit *temple* tout espace consacré par les auspices.

bune, mais par les travaux pénibles (1) auxquels je me suis toujours consacré. Je le proteste donc, Romains ; tout ce que j'ai fait dans
la circonstance actuelle, je l'ai fait pour l'avantage de la République ; et loin d'avoir cherché à
me procurer des amitiés utiles, je vois au contraire que je me suis attiré beaucoup d'inimitiés
secrettes ou déclarées, dont il résultera un
grand bien pour vous, s'il en résulte pour moi
quelque désagrément. J'ai pensé, Romains, que
comblé par vous de bienfaits, dans le rang où
je suis parvenu, je devois préférer à mes intérêts personnels, l'exécution de vos volontés,
la gloire de la République, le salut des alliés et
des provinces.

(1) En me livrant avec zèle au travail du barreau,
en plaidant pour les particuliers accusés.

Fin du cinquième volume.

1964

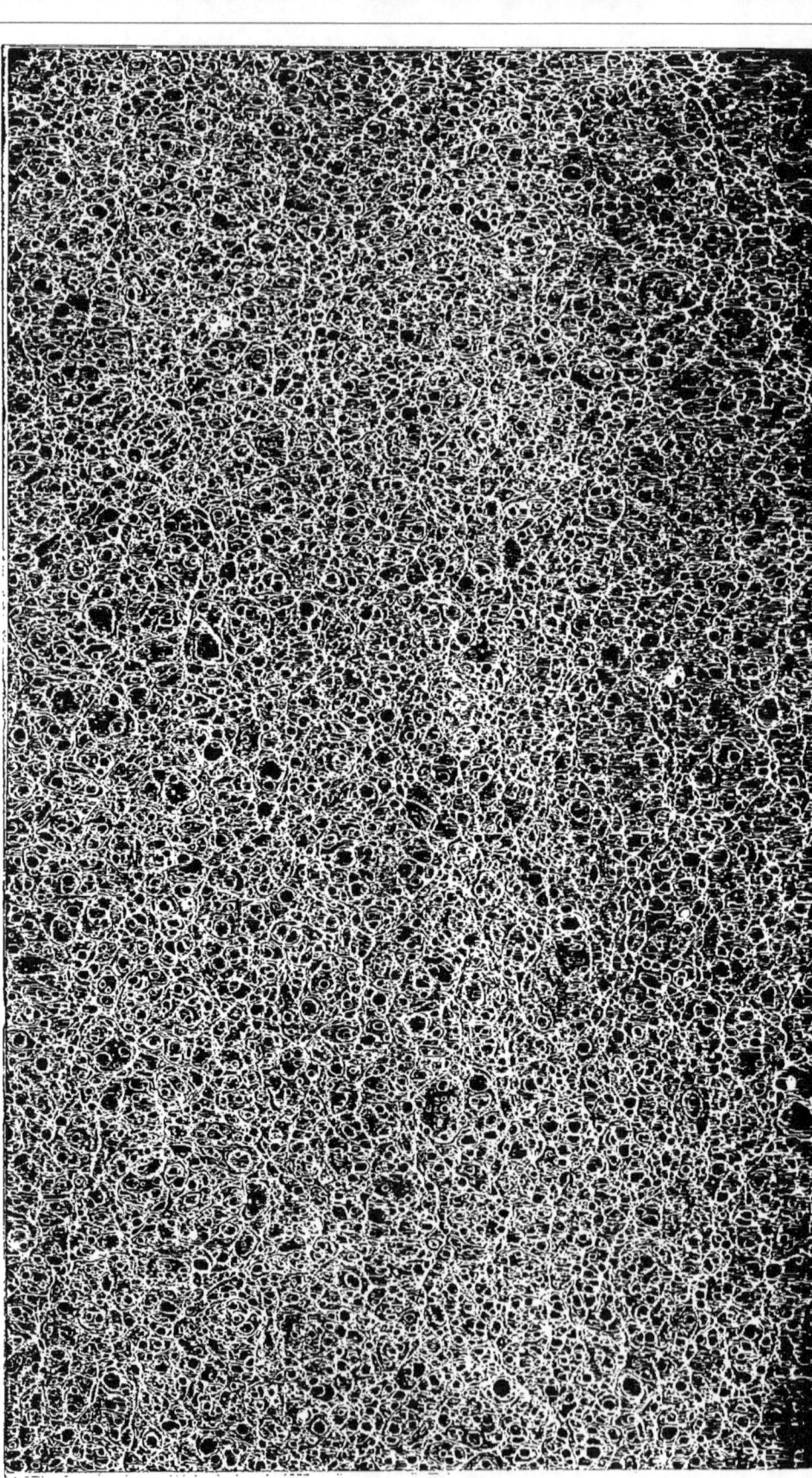

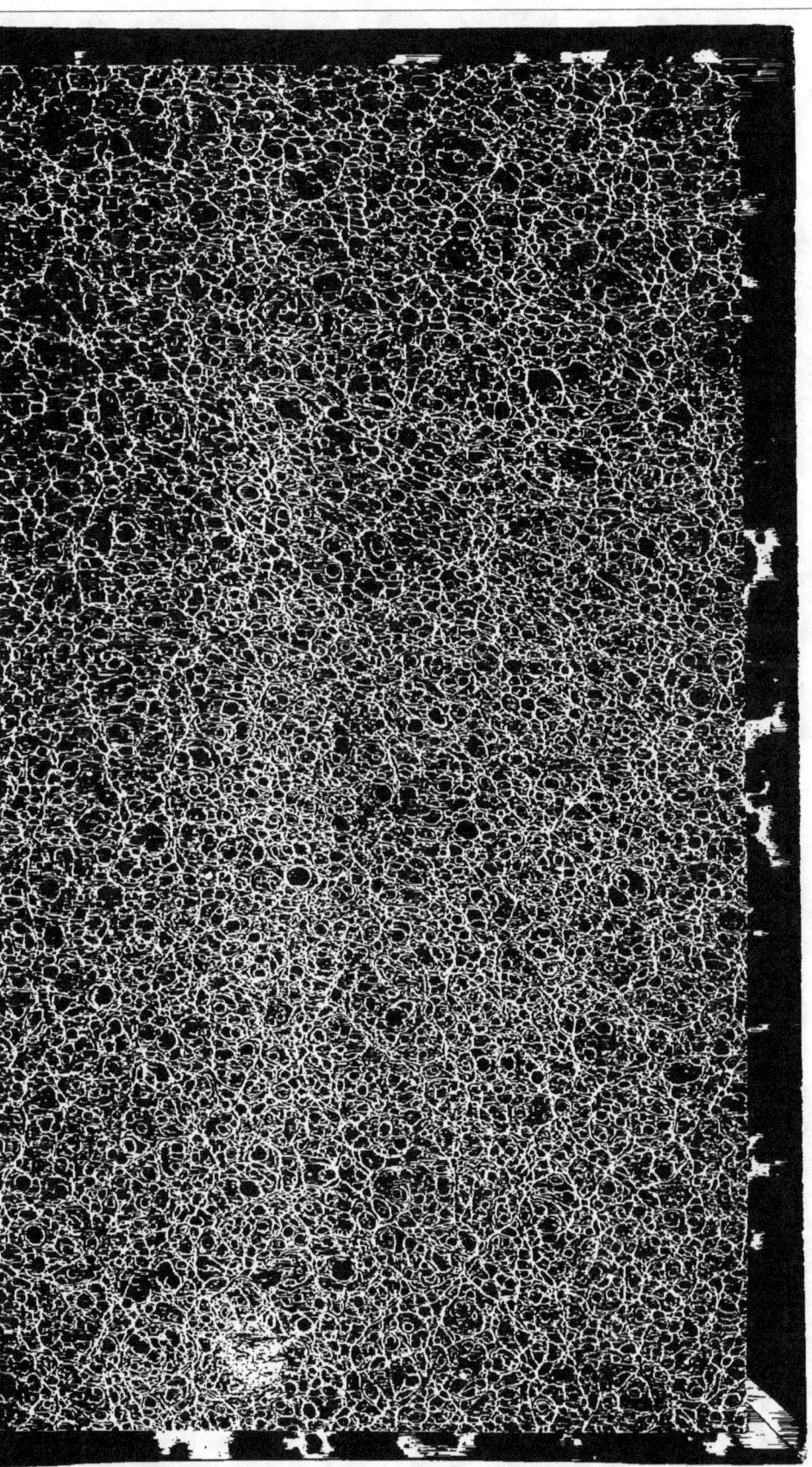